অহংকার পেরিয়ে প্রেম

এক অনন্য প্রেমের কাহিনী নিয়ে

এম আর জি কিউপিড

For permission requests, contact the author at
ghoshal.manoranjan@gmal.com

অহংকার পেরিয়ে প্রেম

সূচীপত্র

অহংকার পেরিয়ে প্রেম

সারসংক্ষেপ

"অহংকার পেরিয়ে প্রেম" একটি আবেগপ্রবণ প্রেমকাহিনী যেখানে সম্মান, আত্মমর্যাদা ও হৃদয়ের টানাপোড়েনের মধ্য দিয়ে প্রেম ধীরে ধীরে গড়ে ওঠে। গল্পটি আবর্তিত হয় মূল চরিত্রদের ঘিরে, যারা তাদের জীবনের কঠিন সিদ্ধান্তের মধ্যে দিয়ে একে অপরের প্রতি অনুভূতি আবিষ্কার করে। প্রেম এখানে তাৎক্ষণিক নয়, বরং সময়ের সঙ্গে সঙ্গে গভীর হয়— ভাঙে অহংকার, তৈরি হয় আত্মিক বন্ধন। এটি শুধু প্রেমের গল্প নয়, বরং সম্পর্ক, মূল্যবোধ, আত্মত্যাগ ও ক্ষমার এক অনুপম উপস্থাপনা।

ভূমিকা

মানুষের হৃদয়ে প্রেমের জন্ম স্বাভাবিক, কিন্তু সেই প্রেম টিকিয়ে রাখতে যে সহনশীলতা ও আত্মসমর্পণের প্রয়োজন, তা অনেকেই ভুলে যান। "অহংকার পেরিয়ে প্রেম" উপন্যাসটি সেই চিরন্তন সত্যকে তুলে ধরে—যেখানে একে অপরকে বোঝার চেষ্টাই সম্পর্কের ভিত্তি। গল্পের প্রতিটি চরিত্র জীবনের বাস্তবতা, আত্মসম্মান এবং আবেগের লড়াইয়ের মধ্য দিয়ে নিজেদের অবস্থান খুঁজে পায়। এই উপন্যাস পাঠককে শুধু প্রেমের গল্প শোনায় না, বরং জীবন ও সম্পর্ককে নতুন দৃষ্টিতে দেখতে শেখায়। ভাষার সহজতা, সংলাপের বাস্তবতা ও চরিত্রের গভীরতা এই উপন্যাসকে হৃদয়গ্রাহী করে তোলে।

পর্ব ১: পরিচয় ও প্রত্যাখ্যান

অধ্যায় ১: কমলের জগৎ

কমলের জগৎ ছিল সোনার খাঁচায় মোড়া এক অলস স্বপ্নপুরী। সূর্যের প্রথম রশ্মি যখন কলকাতার ঘুম ভাঙাতো, তখনো কমলের বিলাসবহুল শয়নকক্ষে ভেলভেটের ভারী পর্দাগুলো বাইরের আলো আটকে রাখতো। শীততাপ নিয়ন্ত্রিত কক্ষের মৃদু গুঞ্জন আর নরম বিছানার উষ্ণতা তাকে এক আরামদায়ক আলস্যে ডুবিয়ে রাখতো। ঘড়ির কাঁটা দশটা ছুঁই ছুঁই করলে হয়তো তার ঘুম ভাঙতো, কিন্তু তাতেও কোনো তাড়া ছিল না। সকালের ব্রেকফাস্ট থেকে শুরু করে দিনের প্রতিটি প্রহর ছিল তার ইচ্ছাধীন, কোনো বাঁধাধরা নিয়ম বা বাধ্যবাধকতা তাকে স্পর্শ করতে পারতো না।

কমলের বাবা, সুরেশ চন্দ্র রায়, ছিলেন কলকাতার একজন স্বনামধন্য শিল্পপতি। তাঁর সাম্রাজ্য কেবল ইট-পাথরের দালানে সীমাবদ্ধ ছিল না, তা বিস্তৃত ছিল ব্যবসা-বাণিজ্য, রিয়েল এস্টেট এবং আরও অনেক খাতে। সুরেশ বাবুর হাতের জাদুতে মাটিও যেন সোনা হয়ে উঠতো। তাঁর কঠোর পরিশ্রম, তীক্ষ্ণ বুদ্ধি আর দূরদর্শিতা তাঁকে সাফল্যের শিখরে পৌঁছে দিয়েছিল। কিন্তু সেই সাফল্যের সুফল ভোগ করার জন্য কমলকে বিন্দু পরিমাণও ঘাম ঝরাতে হয়নি। সে ছিল সেই বিশাল সাম্রাজ্যের একমাত্র উত্তরাধিকারী, একচ্ছত্র অধিপতি।

কলকাতার বুকে তাদের ছিল পাঁচ-পাঁচটা ফ্ল্যাট। প্রতিটি ফ্ল্যাটই ছিল একেকটি প্রাসাদতুল্য। দক্ষিণ কলকাতার অভিজাত এলাকায় অবস্থিত তাদের প্রধান ফ্ল্যাটটি ছিল প্রায়

অহংকার পেরিয়ে প্রেম

পাঁচ হাজার বর্গফুটের এক বিশাল অ্যাপার্টমেন্ট। ঝকঝকে মার্বেলের মেঝে, ইতালীয় ডিজাইনের আসবাবপত্র, অত্যাধুনিক গ্যাজেট আর দেশ-বিদেশের শিল্পকর্ম দিয়ে সাজানো ছিল প্রতিটি কক্ষ। ড্রইংরুমের বিশাল কাঁচের জানালা দিয়ে দেখা যেতো শহরের এক ঝলমলে চিত্র, রাতের বেলায় যা তারার মেলায় পরিণত হতো। কমলের নিজের ঘরটি ছিল যেন এক কিশোরের স্বপ্নরাজ্য। গেমিং কনসোল, বিশাল টেলিভিশন, উন্নত সাউন্ড সিস্টেম, আর দামি বইয়ের সংগ্রহ—সবকিছুই ছিল তার হাতের মুঠোয়। তার পোশাকের আলমারিটি ছিল নামিদামি ব্র্যান্ডের পোশাকে ঠাসা, জুতার র‍্যাকে শোভা পেতো বিশ্বের সেরা ব্র্যান্ডের স্নিকার্স ও ফরমাল শু।

শুধু কলকাতাই নয়, গ্রামের বাড়িতেও তাদের ছিল পেল্লায় এক অট্টালিকা। শত বছরের পুরনো সেই জমিদার বাড়িটি ছিল ঐতিহ্যের প্রতীক। বিশাল উঠোন, সারি সারি নারকেল গাছ, পুকুর আর প্রাচীন মন্দিরের সমন্বয়ে এক শান্ত, স্নিগ্ধ পরিবেশ। শহরের কোলাহল থেকে দূরে, প্রকৃতির কোলে এই বাড়িটি ছিল তাদের পারিবারিক ঐতিহ্যের ধারক। যদিও কমল বছরে একবার বা দুবারই সেখানে যেতো, তবুও তার অস্তিত্বই কমলের বিলাসী জীবনের এক অন্য মাত্রা যোগ করতো। গ্রামের মানুষ সুরেশ বাবুকে দেবতার মতো ভক্তি করতো, আর কমলকে দেখতো এক রাজপুত্রের মতো।

গাড়ি? তাদের গ্যারেজে ছিল বিলাসবহুল গাড়ির এক বিশাল বহর। জার্মান ইঞ্জিনিয়ারিংয়ের শ্রেষ্ঠ নিদর্শন থেকে শুরু করে

অহংকার পেরিয়ে প্রেম

ইতালীয় ডিজাইনের স্পোর্টস কার—সবকিছুই ছিল তাদের সংগ্রহে। কমলের জন্য আলাদা করে রাখা ছিল একটি চকচকে স্পোর্টস কার, যা সে বন্ধুদের সাথে লং ড্রাইভে বের হলে ব্যবহার করতো। এছাড়া পারিবারিক কাজে ব্যবহারের জন্য ছিল একাধিক এসইউভি এবং সেডান। ড্রাইভারের অভাব ছিল না, যখন খুশি যেখানে খুশি যাওয়ার স্বাধীনতা ছিল তার। এক ফোন কলেই গাড়ি আর ড্রাইভার হাজির হয়ে যেতো তার সামনে।

কমলের জীবনে "অভাব" শব্দটি ছিল এক অপরিচিত শব্দ। তার কোনো চাওয়া অপূর্ণ থাকতো না। দামি গ্যাজেট, লেটেস্ট মডেলের ফোন, বিদেশী পোশাক, আন্তর্জাতিক কনসার্টের টিকিট—যা চাইতো, মুহূর্তেই হাজির হয়ে যেতো তার সামনে। তার বাবার বিপুল ঐশ্বর্য তাকে এমন এক জীবন দিয়েছিল, যেখানে তাকে কোনো কিছুর জন্য চেষ্টা করতে হতো না, সংগ্রাম করতে হতো না। তার মনে হতো, এই পৃথিবীটা যেন তার জন্যেই তৈরি হয়েছে, আর সে যা কিছু চাইবে, তা তার কাছে এমনিতেই চলে আসবে।

কমলের দিনগুলো কাটতো এক অলস, উদ্দেশ্যহীন ছন্দে। সকালে দেরিতে ঘুম থেকে ওঠা, তারপর পরিচারকের হাতে তৈরি স্বাস্থ্যকর খাবার। এরপর হয়তো কিছুক্ষণ ভিডিও গেম খেলা, নয়তো সোশ্যাল মিডিয়ায় বন্ধুদের সাথে চ্যাট করা। দুপুর গড়িয়ে গেলে বন্ধুদের ফোন আসতো। তাদের দলটা ছিল বেশ বড়। সবাই কমলের মতো অবস্থাপন্ন না হলেও, কমলের সঙ্গ তাদের কাছে ছিল এক বিশেষ প্রাপ্তি। কমলের

গাড়িতে চড়ে তারা শহরের বিভিন্ন রেস্টুরেন্ট, ক্যাফে বা শপিং মলে আড্ডা দিতো। দামি খাবার, ব্র্যান্ডেড পোশাক আর পার্টিতে খরচ করার জন্য কমলের পকেট ছিল সবসময়ই ভর্তি। তার বন্ধুরা জানতো, কমলের সাথে থাকলে তাদের পকেট থেকে একটা টাকাও খরচ হবে না। এই উদারতা তাকে বন্ধুদের কাছে আরও জনপ্রিয় করে তুলেছিল।

তবে কমল বখাটে ছেলে ছিল না। তার বাবার কঠোর শাসন এবং পারিবারিক মূল্যবোধের প্রতি তার এক প্রকার সম্মান ছিল। সে বন্ধুদের সাথে মিলে নেশা করতো না, খারাপ কাজে জড়াতো না। ক্লাবে গিয়ে রাতভর পার্টি করলেও, তার সীমা সে জানতো। তার বাবা সুরেশ চন্দ্র রায় যদিও তাকে অবাধ স্বাধীনতা দিয়েছিলেন, কিন্তু কিছু অলিখিত নিয়ম ছিল যা কমল মেনে চলতো। কারণ সে জানতো, তার বাবার মেজাজ বিগড়ে গেলে তার বিলাসী জীবনেও হয়তো কিছুটা ছেদ পড়তে পারে। এই ভয়েই সে বড় কোনো অনাচারে জড়াতো না।

কিন্তু তার এই ভালো থাকার পেছনে ছিল এক গভীর অহংকার। তার বাবার বিপুল ঐশ্বর্য তাকে এক ধরণের আত্মম্ভরিতা দিয়েছিল। সে মনে করতো, তার বাবার টাকা আর ক্ষমতা থাকলে সে সবকিছু হাসিল করতে পারবে। স্কুল জীবনেও তার এই মনোভাব স্পষ্ট ছিল। পরীক্ষায় ভালো ফল না করলেও তার কোনো মাথাব্যথা ছিল না। কারণ সে জানতো, ভালো কলেজে ভর্তি হওয়ার জন্য তার বাবার টাকা আর প্রভাবই যথেষ্ট। শিক্ষকরাও তাকে সমীহ করে চলতেন,

কারণ তারা জানতেন কমল রায় একজন প্রভাবশালী ব্যক্তির সন্তান। মাধ্যমিক পরীক্ষায় সে সবে পাশ করেছিল, তাও খুব ভালো ফল করে নয়। কিন্তু এই ফলাফল নিয়ে তার বিন্দুমাত্র চিন্তা ছিল না। তার মনে হতো, লেখাপড়া কেবল সাধারণ মানুষের জন্য, যারা নিজেদের যোগ্যতায় কিছু করতে চায়। তার জন্য এসবের প্রয়োজন নেই।

কমলের জীবনে কোনো লক্ষ্য ছিল না। তার দিনগুলো ছিল একঘেয়ে, পুনরাবৃত্তিময়। ঘুম, খাওয়া, বন্ধুদের সাথে আড্ডা, আর মাঝে মাঝে লেখাপড়ার ভান করা। তার মনে হতো, তার বাবার যা আছে, তা সারা জীবন ধরে বসে খেলেও শেষ হবে না। তাহলে তার আর কিছু করার দরকারই বা কী? এই ভাবনাটি তার মনে এতটাই গেঁথে গিয়েছিল যে, সে কোনোদিনও নিজের যোগ্যতা প্রমাণ করার প্রয়োজন অনুভব করেনি। সে ছিল এক সোনার চামচ মুখে নিয়ে জন্মানো রাজপুত্র, যার জীবন ছিল কেবল ভোগ আর বিলাসিতার এক অবিরাম স্রোত।

তার অহংকার কেবল তার ধন-সম্পদেই সীমাবদ্ধ ছিল না, তা তার ব্যক্তিত্বের প্রতিটি পরতে মিশে গিয়েছিল। সে মনে করতো, তার বাবার সামাজিক প্রতিষ্ঠা, তার পারিবারিক ঐতিহ্য—সবকিছুই তাকে অন্যদের থেকে আলাদা করে তুলেছে। সাধারণ মানুষ তার কাছে ছিল নিছকই তুচ্ছ। তাদের স্বপ্ন, তাদের সংগ্রাম, তাদের অর্জন—এসবের কোনো মূল্যই তার কাছে ছিল না। সে বিশ্বাস করতো, অর্থই সকল ক্ষমতার উৎস, আর যার অর্থ আছে, তার কাছে সবকিছুই

ধরা দেবে। এই বিশ্বাসই তাকে এক ধরণের অন্ধত্বের দিকে ঠেলে দিয়েছিল, যেখানে সে বাস্তবতার অন্য কোনো দিক দেখতে পেতো না।

কমলের এই বিলাসী ও অহংকারী জীবনযাত্রা তার চারপাশের মানুষকেও প্রভাবিত করতো। তার বন্ধুরা তাকে ঘিরে থাকতো, তার মনোরঞ্জন করতো। তার কথায় সায় দিতো, তার প্রশংসায় পঞ্চমুখ থাকতো। তারা জানতো, কমলের সাথে বন্ধুত্ব মানেই এক নিশ্চিত বিলাসী জীবন। কিন্তু এই বন্ধুত্বের আড়ালে কি কোনো সত্যিকারের সম্পর্ক ছিল? কমল নিজেও হয়তো তা নিয়ে খুব একটা ভাবতো না। তার কাছে সম্পর্ক মানেই ছিল দেওয়া-নেওয়া, যেখানে সে কেবল দিতো আর তার বিনিময়ে পেতো আনুগত্য আর প্রশংসা।

তার এই জীবন ছিল এক বিশাল শূন্যতার উপর দাঁড়িয়ে। বাইরে থেকে দেখলে মনে হতো, তার সবকিছু আছে। কিন্তু ভেতরে ভেতরে সে কি সত্যিই সুখী ছিল? এই প্রশ্নটি হয়তো তার মনে কোনোদিনও উঁকি দেয়নি। কারণ সে জানতো না, জীবনের আসল আনন্দ কেবল অর্থ বা প্রতিপত্তিতে নয়, তা লুকিয়ে থাকে আত্ম-প্রতিষ্ঠা, সংগ্রাম আর ভালোবাসার মতো গভীর অনুভূতির মধ্যে। তার জগৎ ছিল এক সোনালী কারাগার, যেখানে সে ছিল এক স্বাধীন বন্দি।

অধ্যায় ২: অহংকারের বীজ

কমলের অহংকার কোনো আকস্মিক ঘটনা ছিল না, তা ছিল তার বেড়ে ওঠার প্রতিটি ধাপে গভীর প্রোথিত এক বীজ। এই বীজ রোপিত হয়েছিল তার জন্মলগ্ন থেকেই, সুরেশ চন্দ্র রায়ের বিপুল ঐশ্বর্যের উর্বর ভূমিতে। কমলের শৈশব কেটেছিল এমন এক পরিবেশে, যেখানে তার প্রতিটি চাহিদা, প্রতিটি আকাঙ্ক্ষা পূরণ হতো চোখের পলকে। খেলনা থেকে শুরু করে পোশাক, শিক্ষা থেকে শুরু করে বিনোদন—সবকিছুই তার কাছে আসতো বিনা পরিশ্রমে, বিনা চেষ্টায়। এই নিরবচ্ছিন্ন প্রাপ্তি তাকে শিখিয়েছিল যে, এই পৃথিবীতে অর্থই সর্বেসর্বা, আর অর্থ থাকলে কোনো কিছুই অসম্ভব নয়।

ছোটবেলা থেকেই কমল দেখে এসেছে, তার বাবা সুরেশ চন্দ্র রায় কীভাবে টাকার জোরে সবকিছু নিয়ন্ত্রণ করেন। সমাজের উঁচু মহলে তার বাবার অবাধ বিচরণ, রাজনৈতিক প্রভাব, এবং ব্যবসায়িক সাফল্য—সবকিছুই কমলের মনে এই ধারণা বদ্ধমূল করে দিয়েছিল যে, টাকা কেবল বস্তুগত সুখই নয়, ক্ষমতা, সম্মান এবং প্রভাবেরও চাবিকাঠি। সে দেখেছে, কীভাবে তার বাবার একটি ফোন কলে জটিল সমস্যাগুলো সমাধান হয়ে যায়, কীভাবে কঠিন পরিস্থিতিতেও তার বাবা অনায়াসে পথ খুঁজে নেন। এই অভিজ্ঞতাগুলো কমলের মনে টাকার প্রতি এক ধরণের ঐশ্বরিক বিশ্বাস তৈরি করেছিল। তার কাছে টাকা শুধু বিনিময়ের মাধ্যম ছিল না, ছিল এক

অপ্রতিরোধ্য শক্তি, যা দিয়ে সে পৃথিবীর যেকোনো কিছু জয় করতে পারবে।

তার এই অহংকারী মনোভাবের আরেকটি বড় কারণ ছিল তার চারপাশের মানুষের আচরণ। স্কুলের শিক্ষক থেকে শুরু করে পারিবারিক পরিচারক, আত্মীয়-স্বজন থেকে শুরু করে বন্ধুদের দল—সবাই কমলের প্রতি এক ধরণের বিশেষ সমীহ দেখাতো। শিক্ষকরা তাকে একটু বেশি ছাড় দিতেন, কারণ তারা জানতেন সে সুরেশ চন্দ্র রায়ের ছেলে। ক্লাসে তার অমনোযোগিতা বা পড়ালেখায় দুর্বলতা নিয়ে তারা খুব একটা চাপ দিতেন না। বরং, তার ছোটখাটো সাফল্যকেও তারা ফুলিয়ে-ফাঁপিয়ে দেখাতেন, যা কমলের আত্মতুষ্টিকে আরও বাড়িয়ে তুলতো। সে মনে করতো, ভালো ফল করার জন্য পরিশ্রম করার কোনো প্রয়োজন নেই, তার পারিবারিক পরিচয়ই তার জন্য যথেষ্ট।

বন্ধুদের ক্ষেত্রেও একই চিত্র দেখা যেতো। কমলের বন্ধুরা তার প্রতি এক ধরণের আনুগত্য দেখাতো, কারণ তারা জানতো কমলের সাথে থাকলে তাদের বিলাসী জীবন নিশ্চিত। কমলের গাড়িতে চড়ে ঘোরা, দামি রেস্টুরেন্টে খাওয়া, পার্টিতে অবাধ খরচ—সবকিছুই কমলের পকেট থেকে আসতো। এর বিনিময়ে তারা কমলের প্রতিটি কথায় সায় দিতো, তার প্রশংসায় পঞ্চমুখ থাকতো। এই স্তুতি তাকে আরও অহংকারী করে তুলতো। তার মনে হতো, মানুষ তার প্রতি আকৃষ্ট হয় তার ব্যক্তিত্বের জন্য নয়, বরং তার বাবার

টাকার জন্য। আর এই আকর্ষণকে সে তার নিজের ক্ষমতা বলেই ধরে নিতো।

কমল বিশ্বাস করতো, তার বাবার টাকা দিয়ে সে কেবল বস্তুগত সম্পদই নয়, মানুষের মনও জয় করতে পারবে। তার কাছে ভালোবাসা, সম্পর্ক, বন্ধুত্ব—সবকিছুই ছিল এক ধরণের লেনদেন। সে মনে করতো, সে যখন এতো টাকা খরচ করছে, তখন তার বিনিময়ে সে মানুষের ভালোবাসা বা আনুগত্য আশা করতেই পারে। এই বিশ্বাস তাকে আত্মকেন্দ্রিক করে তুলেছিল, যেখানে সে অন্যের অনুভূতি বা আত্মসম্মানবোধকে খুব একটা গুরুত্ব দিতো না। তার কাছে, অর্থই ছিল সকল সম্পর্কের ভিত্তি, এবং এই ভিত্তি এতটাই মজবুত যে তা দিয়ে সে যেকোনো সম্পর্ককে নিজের নিয়ন্ত্রণে রাখতে পারবে।

লেখাপড়ার প্রতি কমলের অনীহা ছিল তার অহংকারেরই এক প্রতিচ্ছবি। তার মনে হতো, যারা সাধারণ মানুষ, যাদের নিজেদের যোগ্যতা দিয়ে কিছু করতে হয়, তাদের জন্যই লেখাপড়া। তার মতো একজন "রাজার ছেলে"র জন্য এসবের কোনো প্রয়োজন নেই। সে দেখতো তার বাবা কীভাবে ব্যবসা করে কোটি কোটি টাকা উপার্জন করছেন, সেখানে পুঁথিগত বিদ্যার চেয়ে বাস্তব অভিজ্ঞতা আর ব্যবসায়িক বুদ্ধিই বেশি কাজে লাগে। তাই সে ভাবতো, লেখাপড়া করে কী হবে? তার তো আর চাকরি করতে হবে না, বা সাধারণ মানুষের মতো প্রতিযোগিতায় নামতে হবে না। তার বাবার সাম্রাজ্য তো তার জন্যই অপেক্ষা করছে।

অহংকার পেরিয়ে প্রেম

স্কুলে তার দিনগুলো কাটতো একঘেয়েমিতে। ক্লাসে শিক্ষকরা যখন কোনো বিষয় নিয়ে আলোচনা করতেন, তখন কমলের মন অন্য কোথাও ঘুরে বেড়াতো। সে হয়তো মনে মনে তার বন্ধুদের সাথে পরবর্তী আড্ডার পরিকল্পনা করতো, নয়তো কোনো নতুন গ্যাজেট কেনার কথা ভাবতো। বই খোলার প্রয়োজন সে অনুভব করতো না, কারণ সে জানতো পরীক্ষার আগে কিছুটা চোখ বুলিয়ে নিলেই চলবে। আর যদি তাতেও কাজ না হয়, তাহলে তার বাবার প্রভাব তো আছেই। এই বিশ্বাস তাকে পড়ালেখার প্রতি আরও উদাসীন করে তুলেছিল।

মাধ্যমিক পরীক্ষা ছিল কমলের জীবনে এক আনুষ্ঠানিকতা মাত্র। সে জানতো, এই পরীক্ষার ফলাফল তার ভবিষ্যৎকে খুব একটা প্রভাবিত করবে না। তাই সে পরীক্ষার জন্য বিশেষ কোনো প্রস্তুতি নেয়নি। রাত জেগে পড়াশোনা করা, কোচিং সেন্টারে দৌড়ানো—এসব ছিল তার কাছে সাধারণ শিক্ষার্থীদের জন্য। সে বিশ্বাস করতো, তার মেধা বা পরিশ্রমের প্রয়োজন নেই, তার বাবার টাকা আর প্রভাবই তাকে ভালো ফল এনে দেবে। পরীক্ষার হলে সে হয়তো কোনোমতে উত্তরগুলো লিখে আসতো, নয়তো কিছু প্রশ্ন ছেড়ে দিতো। তার মনে কোনো উদ্বেগ বা ভয় ছিল না।

যখন মাধ্যমিকের ফলাফল প্রকাশিত হলো, তখন কমলের ফল ছিল খুবই সাধারণ। সে কোনোমতে পাশ করেছিল, কিন্তু তার প্রাপ্ত নম্বর ছিল খুবই হতাশাজনক। তার বাবা-মা হয়তো কিছুটা চিন্তিত হয়েছিলেন, কিন্তু কমল ছিল নির্বিকার। তার

মুখে কোনো দুশ্চিন্তার ছাপ ছিল না। সে কাঁধ ঝাঁকিয়ে বলতো, "আরে বাবা, পাশ তো করেছি! আর কী চাই?" তার কাছে এই ফলাফল ছিল নিছকই একটি সংখ্যা, যা তার জীবনে কোনো প্রভাব ফেলবে না। তার মনে হতো, এই সাধারণ ফলাফলও তার বাবার প্রভাবের কারণেই সম্ভব হয়েছে।

এই ফলাফল তার অহংকারকে আরও বাড়িয়ে তুলেছিল। সে মনে করতো, সামান্য চেষ্টা আর তার বাবার প্রভাব দিয়েই সে পাশ করে গেছে। তাহলে আর কঠোর পরিশ্রম করার কী প্রয়োজন? এই ঘটনা তার মনে এই ধারণা আরও পাকাপোক্ত করে দিয়েছিল যে, টাকা থাকলে সত্যিই সবকিছু জয় করা যায়, এমনকি লেখাপড়ায় ভালো ফলও। সে জানতো, তার বাবা তাকে যেকোনো ভালো কলেজে ভর্তি করিয়ে দেবেন, যেখানে তার এই সাধারণ ফলাফল কোনো বাধা হবে না।

কমলের এই অহংকারী মনোভাব তাকে এক ধরণের ভুল জগতে বাস করতে শিখিয়েছিল। সে মনে করতো, তার চারপাশের সবাই তার থেকে নিচু স্তরের, এবং তারা সবাই তার বাবার টাকার প্রতি আকৃষ্ট। এই ধারণা তাকে মানুষের প্রতি সহমর্মিতা বা শ্রদ্ধাবোধ থেকে দূরে সরিয়ে রেখেছিল। সে জানতো না যে, সত্যিকারের সম্মান বা ভালোবাসা অর্থ দিয়ে কেনা যায় না, তা অর্জন করতে হয় নিজের যোগ্যতা, পরিশ্রম এবং মানবিক গুণাবলী দিয়ে। তার অহংকারের বীজ তার মনে এতটাই গভীরে প্রোথিত হয়েছিল যে, তা উপড়ে ফেলা প্রায় অসম্ভব মনে হতো। এই বীজই তাকে ভবিষ্যতের

এক কঠিন পরীক্ষার মুখোমুখি দাঁড় করায়, যেখানে তার অর্থ বা প্রভাব কোনো কাজে আসে না। সেই পরীক্ষা হয় তার আত্মসম্মানবোধ এবং ভালোবাসার।

অধ্যায় ৩: বন্ধুদের আড্ডা

কমলের দিনগুলো শুরু হতো দেরিতে, কিন্তু তার বন্ধুদের আড্ডা শুরু হতো তারও আগে। সকালের প্রথম প্রহর থেকেই তাদের ফোন আসা শুরু হতো, যদিও কমল সেসবে পাত্তা দিতো না। তার ঘুম ভাঙতো বেলা করে, আর তারপর অলস ভঙ্গিতে ব্রেকফাস্ট সেরে সে যখন মোবাইল হাতে নিতো, তখন বন্ধুদের মেসেজ আর মিসড কলের বন্যা বয়ে যেতো। "কোথায় রে কমল?" "আজ কী প্ল্যান?" "আজকে কি ওই নতুন ক্যাফেতে যাবি?"—এমন হাজারো প্রশ্ন। কমল এক এক করে মেসেজগুলো দেখতো, আর মুখে এক চিলতে হাসি ফুটে উঠতো। সে জানতো, তার বন্ধুরা তার জন্য অপেক্ষা করছে, আর এই অপেক্ষা তার অহংকারকে আরও বাড়িয়ে তুলতো।

কমলের বন্ধুদের দলটা ছিল বেশ বড়। অভি, রাতুল, আকাশ, রিয়া, অন্বেষা—সবাই তার ঘনিষ্ঠ বৃত্তের অংশ। এদের মধ্যে কেউ কেউ কমলের মতোই অবস্থাপন্ন পরিবারের সন্তান ছিল, তবে বেশিরভাগই ছিল মধ্যবিত্ত বা নিম্ন-মধ্যবিত্ত পরিবারের ছেলেমেয়ে। তাদের কাছে কমলের সঙ্গ ছিল এক বিশেষ প্রাপ্তি। কমলের সাথে থাকলে তাদের পকেট থেকে একটা

টাকাও খরচ হতো না, বরং বিলাসবহুল জীবনযাপনের এক ঝলক স্বাদ পেতো তারা। দামি রেস্টুরেন্টে খাওয়া, ব্র্যান্ডেড শপিং, শহরের সেরা নাইটক্লাবে পার্টি—সবকিছুই কমলের বদান্যতায় সম্ভব হতো।

দুপুরের পর থেকে কমলের আড্ডা শুরু হতো। তার চকচকে স্পোর্টস কারটা গ্যারেজ থেকে বের হয়ে আসতো, আর বন্ধুরা একে একে উঠে বসতো তাতে। অভি হয়তো সামনের সিটে বসতো, আর পেছনে ঠাসাঠাসি করে বসতো বাকিরা। গাড়ির কাঁচ নামিয়ে তারা শহরের রাস্তায় ঘুরতো, উচ্চস্বরে গান বাজাতো, আর পথচারীদের দিকে তাকিয়ে হাসাহাসি করতো। তাদের কাছে এটা ছিল এক ধরণের ক্ষমতা প্রদর্শনের খেলা। কমল জানতো, তার গাড়ি, তার পোশাক, তার চালচলন—সবকিছুই মানুষের চোখে পড়ছে, আর এই মনোযোগ তার অহংকারকে আরও পুষ্ট করতো।

তাদের আড্ডার নির্দিষ্ট কোনো জায়গা ছিল না। কখনো তারা পার্ক স্ট্রিটের কোনো নামিদামি রেস্টুরেন্টে যেতো, যেখানে বিদেশি খাবারের স্বাদ নিতো। কখনো বা নিউ টাউনের বিশাল শপিং মলে ঢুকে পড়তো, যেখানে কমল নিজের জন্য এবং কখনো কখনো বন্ধুদের জন্যেও দামি পোশাক বা গ্যাজেট কিনতো। রিয়া বা অন্বেষা হয়তো কোনো নতুন ডিজাইনের ব্যাগ বা জুতা দেখাতো, আর কমল মুহূর্তেই সেগুলো কিনে দিতো। তাদের চোখে কৃতজ্ঞতা দেখে কমলের ভালো লাগতো। তার মনে হতো, সে যেন এক দাতা, আর এই দানশীলতাই তাকে বন্ধুদের কাছে অপরিহার্য করে তুলেছে।

অহংকার পেরিয়ে প্রেম

সন্ধ্যার পর তাদের আড্ডা আরও জমতো। শহরের কোনো অভিজাত ক্যাফেতে বসে তারা ঘণ্টার পর ঘণ্টা গল্প করতো। গল্প বলতে, নিজেদের ভবিষ্যৎ নিয়ে কোনো আলোচনা নয়, বরং কে কী নতুন সিনেমা দেখলো, কোন ওয়েব সিরিজটা ভালো, বা কোন সেলিব্রিটির স্ক্যান্ডাল নিয়ে গুজব চলছে— এসবই ছিল তাদের আলোচনার বিষয়। কমল এসব আলোচনায় খুব একটা অংশ নিতো না। সে চুপচাপ বসে বন্ধুদের কথা শুনতো, আর মাঝে মাঝে নিজের ফোন ঘাঁটতো। তার কাছে এই আড্ডাগুলো ছিল নিছকই সময় কাটানোর মাধ্যম, যেখানে তাকে কোনো গভীর চিন্তা বা দায়িত্ব নিতে হতো না।

তবে কমল বখাটে ছেলে ছিল না। তার বাবার কঠোর শাসন এবং পারিবারিক মূল্যবোধের প্রতি তার এক প্রকার সম্মান ছিল। সুরেশ চন্দ্র রায় যদিও তাকে অবাধ স্বাধীনতা দিয়েছিলেন, কিন্তু কিছু অলিখিত নিয়ম ছিল যা কমল মেনে চলতো। নেশা করা বা খারাপ কাজে জড়ানো তার জন্য ছিল নিষিদ্ধ। তার বাবা স্পষ্ট করে বলে দিয়েছিলেন, "টাকা আছে মানে এই নয় যে তুমি যা খুশি তাই করবে। আমাদের একটা সম্মান আছে সমাজে, সেটা যেন নষ্ট না হয়।" কমলের মনে বাবার প্রতি এক ধরণের ভয় কাজ করতো। সে জানতো, যদি সে কোনো বড় অনাচারে জড়ায়, তাহলে তার বিলাসী জীবনেও হয়তো কিছুটা ছেদ পড়তে পারে। এই ভয়েই সে বড় কোনো নেশা বা অপরাধমূলক কাজে জড়াতো না।

তার বন্ধুরা যদিও মাঝে মাঝে সিগারেট বা মদের প্রস্তাব দিতো, কমল সেসবে সায় দিতো না। সে বলতো, "ধুর, এসব আমার ভালো লাগে না।" তার এই সংযম বন্ধুরা মেনে নিতো, কারণ তারা জানতো কমলের সঙ্গ তাদের জন্য কতটা গুরুত্বপূর্ণ। তারা কমলের এই "ভালো ছেলে" ইমেজকে সম্মান করতো, কারণ এর ফলেই তারা কমলের সাথে অবাধে মিশতে পারতো। কমল নিজেও এই ইমেজটা ধরে রাখতে চাইতো। সে চাইতো না তার বাবা-মায়ের কাছে তার কোনো খারাপ খবর পৌঁছাক।

কিন্তু এই "বখাটে না হওয়া"র আড়ালে কমলের জীবন ছিল উদ্দেশ্যহীন। তার কোনো লক্ষ্য ছিল না, কোনো স্বপ্ন ছিল না, কোনো উচ্চাকাঙ্ক্ষা ছিল না। তার দিনগুলো কাটতো একঘেয়ে, পুনরাবৃত্তিময়। ঘুম, খাওয়া, বন্ধুদের সাথে আড্ডা, আর মাঝে মাঝে লেখাপড়ার ভান করা। তার মনে হতো, তার বাবার যা আছে, তা সারা জীবন ধরে বসে খেলেও শেষ হবে না। তাহলে তার আর কিছু করার দরকারই বা কী? এই ভাবনাটি তার মনে এতটাই গেঁথে গিয়েছিল যে, সে কোনোদিনও নিজের যোগ্যতা প্রমাণ করার প্রয়োজন অনুভব করেনি। সে ছিল এক সোনার চামচ মুখে নিয়ে জন্মানো রাজপুত্র, যার জীবন ছিল কেবল ভোগ আর বিলাসিতার এক অবিরাম স্রোত।

রাতের বেলা তাদের আড্ডা শেষ হতো কোনো নাইটক্লাবে গিয়ে। সেখানে উচ্চস্বরে গান বাজতো, আর সবাই নাচতো। কমলও নাচতো, কিন্তু তার নাচ ছিল নিছকই শরীর

দোলানো। তার চোখে কোনো গভীর আনন্দ বা উন্মাদনা দেখা যেতো না। সে হয়তো এক গ্লাস জুস হাতে নিয়ে এক কোণে দাঁড়িয়ে থাকতো, আর বন্ধুদের দিকে তাকিয়ে হাসতো। তার মনে হতো, এটাই জীবন, এটাই আনন্দ। কিন্তু এই আনন্দের গভীরে ছিল এক বিশাল শূন্যতা। সে জানতো না যে, সত্যিকারের আনন্দ আসে লক্ষ্য পূরণের তৃপ্তি থেকে, পরিশ্রমের ফল থেকে, বা ভালোবাসার গভীর সম্পর্ক থেকে।

তার বন্ধুদের সাথে সম্পর্কও ছিল এক ধরণের লেনদেন। সে টাকা দিতো, আর তার বিনিময়ে পেতো সঙ্গ, প্রশংসা আর আনুগত্য। তার বন্ধুরা তার প্রতি এক ধরণের নির্ভরশীলতা তৈরি করেছিল, আর কমল এই নির্ভরশীলতাকে উপভোগ করতো। সে মনে করতো, এই নির্ভরশীলতাই তার ক্ষমতা। কিন্তু এই সম্পর্কের গভীরে কোনো সত্যিকারের ভালোবাসা বা বোঝাপড়া ছিল না। যখনই কমলের টাকা বা প্রভাবের প্রয়োজন ফুরিয়ে যেতো, তখনই হয়তো এই সম্পর্কগুলোও ভেঙে যেতো। কিন্তু কমল সেসবে পাত্তা দিতো না। তার মনে হতো, বন্ধুত্বের অভাব হলে সে আরও নতুন বন্ধু তৈরি করতে পারবে, কারণ তার বাবার টাকা তো আছেই।

কমলের জীবন ছিল এক বিশাল শূন্যতার উপর দাঁড়িয়ে। বাইরে থেকে দেখলে মনে হতো, তার সবকিছু আছে। তার বিলাসবহুল জীবন, তার বন্ধুদের দল, তার অবাধ স্বাধীনতা— সবকিছুই তাকে সুখী করেছে। কিন্তু ভেতরে ভেতরে সে কি সত্যিই সুখী ছিল? এই প্রশ্নটি হয়তো তার মনে কোনোদিনও উঁকি দেয়নি। কারণ সে জানতো না, জীবনের আসল আনন্দ

কেবল অর্থ বা প্রতিপত্তিতে নয়, তা লুকিয়ে থাকে আত্ম-প্রতিষ্ঠা, সংগ্রাম আর ভালোবাসার মতো গভীর অনুভূতির মধ্যে। তার জগৎ ছিল এক সোনালী কারাগার, যেখানে সে ছিল এক স্বাধীন বন্দি, যার জীবনের কোনো নির্দিষ্ট গন্তব্য ছিল না, ছিল না কোনো উদ্দেশ্য। সে কেবল স্রোতে গা ভাসিয়ে চলছিল, আর ভাবছিল এটাই তার নিয়তি।

অধ্যায় ৪: পিউয়ের জগৎ

কমলের জগৎ যেখানে ছিল সোনা আর বিলাসের ঝলমলে আলোয় মোড়া, পিউয়ের জগৎ সেখানে ছিল সাদামাটা, স্নিগ্ধ এক মধ্যবিত্ত পরিবারের উষ্ণ নিড়ে বাঁধা। কলকাতার এক সাধারণ পাড়ায় তাদের ছোট্ট ফ্ল্যাটটি ছিল ভালোবাসায় ভরপুর। হয়তো কমলের ফ্ল্যাটের মতো বিশাল মার্বেলের মেঝে বা ইতালীয় আসবাবপত্র ছিল না, কিন্তু প্রতিটি কোণায় ছিল যত্নের ছাপ, প্রতিটি বস্তুতে মিশে ছিল পরিবারের সদস্যদের শ্রম আর ভালোবাসা। বসার ঘরের পুরোনো কাঠের সোফাগুলো হয়তো আধুনিক ছিল না, কিন্তু সেখানে বসে বাবা-মায়ের সাথে গল্প করার যে আনন্দ ছিল, তা কোনো দামি সোফায় বসেও পাওয়া যেতো না। দেয়ালগুলোয় শোভা পেতো পিউয়ের আঁকা কিছু ছবি আর পরিবারের পুরোনো দিনের স্মৃতিমাখা ফ্রেমবন্দী মুহূর্ত।

পিউ ছিল তার বাবা-মায়ের একমাত্র সন্তান, তাদের চোখের মণি। বাবা, সুধীর বাবু, ছিলেন একজন স্কুল শিক্ষক। তাঁর

অহংকার পেরিয়ে প্রেম

বেতন হয়তো খুব বেশি ছিল না, কিন্তু তাঁর সততা, নিষ্ঠা আর জ্ঞানের গভীরতা ছিল অতুলনীয়। তিনি ছিলেন একজন আদর্শবাদী মানুষ, যিনি বিশ্বাস করতেন যে শিক্ষা কেবল বইয়ের পাতায় সীমাবদ্ধ নয়, তা জীবনের প্রতিটি পদক্ষেপে ছড়িয়ে আছে। সুধীর বাবু পিউকে ছোটবেলা থেকেই মূল্যবোধ, সততা আর পরিশ্রমের গুরুত্ব শিখিয়েছিলেন। তিনি বলতেন, "টাকা দিয়ে সব কেনা যায় না, মা। সম্মান আর আত্মমর্যাদা অর্জন করতে হয় নিজের যোগ্যতা দিয়ে।" এই কথাগুলো পিউয়ের মনে গভীরভাবে গেঁথে গিয়েছিল।

পিউয়ের মা, রেবা দেবী, ছিলেন একজন গৃহিণী। তাঁর হাতে ছিল জাদু। সামান্য উপকরণ দিয়েও তিনি সুস্বাদু খাবার তৈরি করতেন, আর তাঁর হাতের ছোঁয়ায় ছোট্ট ফ্ল্যাটটি সবসময় ঝকঝকে থাকতো। রেবা দেবী ছিলেন অত্যন্ত যত্নশীল আর স্নেহময়ী। পিউয়ের প্রতিটি ছোট ছোট আবদার তিনি পূরণ করার চেষ্টা করতেন, কিন্তু একই সাথে তাকে শিখিয়েছিলেন অল্পে তুষ্ট থাকতে। তিনি পিউকে ঘরোয়া কাজকর্মে সাহায্য করতে শেখাতেন, যাতে পিউ আত্মনির্ভরশীল হতে পারে। মা-মেয়ের সম্পর্ক ছিল বন্ধুর মতো। পিউ তার সব কথা মায়ের সাথে ভাগ করে নিতে পারতো, আর মাও তাকে সঠিক পথ দেখাতেন।

পিউয়ের দিনগুলো কাটতো এক ছিমছাম ছন্দে, যা কমলের অলস জীবনের সম্পূর্ণ বিপরীত ছিল। সকালে ঘুম থেকে উঠেই সে নিজের বিছানা গুছিয়ে নিতো, তারপর মায়ের সাথে হাত লাগাতো সকালের খাবার তৈরিতে। বাবা স্কুলে যাওয়ার

আগে সবাই মিলে একসাথে ব্রেকফাস্ট করতো, আর সেই সময়টা ছিল তাদের পরিবারের সবচেয়ে প্রিয় মুহূর্ত। বাবার মুখে স্কুলের মজার গল্প, মায়ের হাতের সুস্বাদু খাবার আর পিউয়ের মিষ্টি হাসি—এই সবকিছু মিলে এক অনাবিল আনন্দময় পরিবেশ তৈরি হতো।

স্কুলে পিউ ছিল একজন মেধাবী ছাত্রী। তার বাবা শিক্ষক হওয়ায় পড়ালেখার প্রতি তার এক সহজাত টান ছিল। সে নিয়মিত পড়াশোনা করতো, ক্লাসের প্রতিটি বিষয় মনোযোগ দিয়ে শুনতো। তার কাছে লেখাপড়া কেবল পরীক্ষায় ভালো ফল করার মাধ্যম ছিল না, ছিল জ্ঞান অর্জনের এক আনন্দময় যাত্রা। সে জানতো, তার বাবা-মায়ের স্বপ্ন পূরণের জন্য তাকে ভালো ফল করতে হবে, নিজের পায়ে দাঁড়াতে হবে। তার সহপাঠীরা তাকে ভালোবাসতো তার বিনয়ী স্বভাব আর সাহায্য করার মানসিকতার জন্য। শিক্ষকরাও তাকে স্নেহ করতেন তার মেধা আর ভদ্রতার জন্য।

স্কুল থেকে ফিরে পিউ কিছুক্ষণ বিশ্রাম নিতো, তারপর আবার পড়াশোনায় মন দিতো। বিকেলে হয়তো কিছুক্ষণ ছাদে বা বাড়ির সামনের ছোট পার্কে বন্ধুদের সাথে খেলাধুলা করতো। তাদের খেলাধুলা ছিল সরল, কোনো প্রতিযোগিতা বা দামি গ্যাজেটের ছোঁয়া তাতে ছিল না। সন্ধ্যেবেলায় পরিবারের সবাই মিলে একসাথে চা পান করতো, আর তারপর পিউ আবার পড়াশোনায় বসতো। রাতে বাবা-মায়ের সাথে বসে রাতের খাবার খাওয়া, আর তারপর হয়তো কিছুক্ষণ টিভি দেখা বা বই পড়া—এভাবেই তার দিন শেষ হতো।

অহংকার পেরিয়ে প্রেম

পিউয়ের জীবনযাপন ছিল অত্যন্ত সরল। তার পোশাক ছিল সাদামাটা, কিন্তু পরিপাটি। দামি ব্র্যান্ডের পোশাক বা জুতার প্রতি তার কোনো আকর্ষণ ছিল না। সে জানতো, তার বাবা-মায়ের সীমিত আয়, তাই সে কখনো তাদের কাছে অহেতুক আবদার করতো না। বরং, সে সবসময় চেষ্টা করতো তাদের বোঝা কমাতে। নিজের পড়ার খরচ বা ছোটখাটো শখের জন্য সে টিউশনি করার কথাও ভাবতো, যদিও তার বাবা-মা তাকে সেসবে জড়াতে দিতে চাইতেন না।

পিউয়ের মনে ছিল আত্মনির্ভরশীল হওয়ার এক প্রবল স্বপ্ন। সে স্বপ্ন দেখতো, একদিন সে নিজের পায়ে দাঁড়াবে, নিজের যোগ্যতা দিয়ে কিছু করবে। তার মনে হতো, একজন মানুষের আসল পরিচয় তার অর্থ-সম্পদে নয়, বরং তার কর্মে, তার জ্ঞানে আর তার মানবিকতায়। সে কোনোদিনও অন্যের উপর নির্ভরশীল হতে চায়নি। তার স্বপ্ন ছিল, সে এমন একজন মানুষ হবে, যে সমাজের জন্য কিছু করতে পারবে, নিজের বাবা-মায়ের মুখে হাসি ফোটাতে পারবে।

তার এই আত্মনির্ভরশীলতার স্বপ্ন কেবল নিজের জন্য ছিল না, তা তার জীবনসঙ্গী নির্বাচনের ক্ষেত্রেও প্রতিফলিত হতো। সে মনে মনে এমন একজন মানুষকে কল্পনা করতো, যে নিজের যোগ্যতায় প্রতিষ্ঠিত হবে। যে অর্থ বা বংশের অহংকার করবে না, বরং নিজের পরিশ্রম আর মেধা দিয়ে নিজের পথ তৈরি করবে। তার কাছে, একজন মানুষের চারিত্রিক গুণাবলী আর আত্মসম্মানবোধ ছিল সবচেয়ে গুরুত্বপূর্ণ। সে বিশ্বাস করতো,

অহংকার পেরিয়ে প্রেম

সত্যিকারের ভালোবাসা আর সম্মান কেবল যোগ্যতার ভিত্তিতেই পাওয়া যায়, অর্থ দিয়ে তা কেনা যায় না।

কমলের জগৎ যেখানে ছিল প্রাচুর্যের ভারে নুয়ে পড়া, পিউয়ের জগৎ সেখানে ছিল সরলতার সৌন্দর্যে উজ্জ্বল। কমলের অহংকার যেখানে তাকে অন্ধ করে রেখেছিল, পিউয়ের আত্মমর্যাদা সেখানে তাকে দিয়েছিল এক স্পষ্ট দৃষ্টি। কমলের জীবন যেখানে ছিল উদ্দেশ্যহীন, পিউয়ের জীবন সেখানে ছিল স্বপ্ন আর লক্ষ্য দিয়ে সাজানো। এই দুই ভিন্ন জগতের দুই বাসিন্দা, যারা একে অপরের থেকে সম্পূর্ণ আলাদা, তাদের ভাগ্যে কী লেখা আছে, তা তখনো অজানা ছিল। কিন্তু পিউয়ের এই সরলতা, মেধা আর আত্মনির্ভরশীলতার স্বপ্নই তাকে কমলের মতো একজন অহংকারী যুবকের জীবনে এক নতুন দিগন্ত উন্মোচন করতে সাহায্য করে, যা কমলের জীবনকে আমূল পরিবর্তন করে দেয়। পিউয়ের জগৎ ছিল তার মূল্যবোধের প্রতিচ্ছবি, যা তাকে শিখিয়েছিল যে সত্যিকারের সম্পদ হলো জ্ঞান, চরিত্র আর আত্মসম্মান। এই শিক্ষা তাকে ভবিষ্যতের কঠিন পথ পাড়ি দিতে সাহায্য করে, এবং তাকে এমন এক জায়গায় নিয়ে যায় যেখানে তার মূল্য কোনো অর্থ দিয়ে পরিমাপ করা যায় না।

অধ্যায় ৫: মেধা ও স্বপ্ন

পিউয়ের জগৎ ছিল কেবল সরলতায় মোড়া নয়, তা ছিল মেধা, রূপ আর স্বপ্নের এক অপরূপ সমন্বয়। তার সৌন্দর্য ছিল স্নিগ্ধ, প্রাকৃতিক, যা কোনো প্রসাধনীর আড়ালে ঢাকা পড়তো না। তার গায়ের রঙ ছিল উজ্জ্বল শ্যামলা, যা বাঙালি নারীর চিরায়ত রূপের প্রতীক। টানা টানা চোখ দুটি ছিল গভীর কালো, যেন তার ভেতরের আত্মবিশ্বাস আর বুদ্ধিমত্তা সেই চোখ দিয়ে ঠিকরে বেরোতো। তার ঘন কালো চুলগুলো পিঠ ছাড়িয়ে কোমর পর্যন্ত নেমে আসতো, যা সে সাধারণত বিনুনি করে রাখতো অথবা আলতো করে বেঁধে রাখতো। তার হাসি ছিল মিষ্টি, নির্মল, যা মুহূর্তেই যেকোনো বিষণ্ণতা দূর করে দিতে পারতো। তার চলনে ছিল এক ধরণের আত্মমর্যাদা, যা তাকে অন্যদের থেকে আলাদা করে তুলতো। সে যখন কথা বলতো, তার কণ্ঠস্বর ছিল নরম কিন্তু স্পষ্ট, যা তার আত্মবিশ্বাসের পরিচয় দিতো। পিউয়ের রূপ ছিল এমন, যা দেখে চোখ জুড়িয়ে যেতো, কিন্তু তা কেবল বাহ্যিক সৌন্দর্য ছিল না, তার ভেতরের পবিত্রতা আর সরলতাও তাতে প্রতিফলিত হতো।

কিন্তু পিউয়ের আসল সৌন্দর্য ছিল তার মেধায়। সে ছিল জন্মগতভাবেই অত্যন্ত মেধাবী। তার তীক্ষ্ণ বুদ্ধি, বিশ্লেষণ করার ক্ষমতা আর শেখার আগ্রহ ছিল অসাধারণ। স্কুলের প্রতিটি ক্লাসে সে ছিল শিক্ষকের প্রিয় ছাত্রী। কেবল পাঠ্যবইয়ের মধ্যেই তার জ্ঞান সীমাবদ্ধ ছিল না, সে বাইরের

অহংকার পেরিয়ে প্রেম

বই পড়তে ভালোবাসতো, বিভিন্ন বিষয়ে জানতে চাইতো। বিজ্ঞান, সাহিত্য, ইতিহাস—সবকিছুতেই তার সমান আগ্রহ ছিল। তার প্রশ্ন করার ভঙ্গি ছিল অনন্য, যা শিক্ষকদেরও মুগ্ধ করতো। সে কেবল মুখস্থ করে পরীক্ষায় ভালো ফল করতো না, বরং প্রতিটি বিষয়কে গভীরভাবে উপলব্ধি করার চেষ্টা করতো। তার বাবা, সুধীর বাবু, ছিলেন একজন শিক্ষক, তাই তিনি পিউয়ের এই মেধা আর শেখার আগ্রহকে সবসময়ই উৎসাহিত করতেন। তিনি পিউকে বিভিন্ন বই এনে দিতেন, তার সাথে বিভিন্ন বিষয়ে আলোচনা করতেন, যা পিউয়ের জ্ঞানকে আরও সমৃদ্ধ করতো।

পিউ ছিল সর্বগুণসম্পন্না। কেবল পড়ালেখায় নয়, সে ছিল একজন ভালো শিল্পীও। তার আঁকা ছবিগুলো তার ঘরের দেয়ালে শোভা পেতো, যা তার সৃজনশীলতার পরিচয় দিতো। তার তুলির টানে ফুটে উঠতো প্রকৃতির সৌন্দর্য, মানুষের আবেগ আর কল্পনার জগত। সে গান গাইতেও পারতো, যদিও তা কেবল নিজের আনন্দের জন্য। তার কণ্ঠ ছিল মিষ্টি, যা শুনে মন ভরে যেতো। রান্নাঘরে মায়ের সাথে কাজে হাত লাগাতেও সে ভালোবাসতো। মায়ের কাছ থেকে সে শিখেছিল কীভাবে সামান্য উপকরণ দিয়েও সুস্বাদু খাবার তৈরি করা যায়। তার হাতের ছোঁয়ায় সাধারণ ডাল-ভাতও যেন অমৃত হয়ে উঠতো। সে ছিল বিনয়ী, ভদ্র, এবং সবার প্রতি সহানুভূতিশীল। পাড়া-প্রতিবেশী বা আত্মীয়-স্বজনের বিপদে সে সবসময় এগিয়ে আসতো। তার এই মানবিক গুণাবলী তাকে সবার কাছে প্রিয় করে তুলেছিল।

অহংকার পেরিয়ে প্রেম

পিউয়ের জীবনে সবচেয়ে বড় স্বপ্ন ছিল আত্মনির্ভরশীল হওয়া। সে কোনোদিনও অন্যের উপর নির্ভরশীল হতে চায়নি, বিশেষ করে অর্থনৈতিকভাবে। তার বাবা সুধীর বাবুর কাছ থেকে সে শিখেছিল যে, নিজের পায়ে দাঁড়ানো কতটা গুরুত্বপূর্ণ। তিনি সবসময় বলতেন, "মা, তোমার সবচেয়ে বড় সম্পদ হলো তোমার জ্ঞান আর তোমার যোগ্যতা। টাকা আসবে যাবে, কিন্তু এই জিনিসগুলো তোমার সাথে সবসময় থাকবে। নিজের যোগ্যতায় কিছু করো, দেখবে জীবন কতটা সুন্দর।" এই কথাগুলো পিউয়ের মনে গভীরভাবে গেঁথে গিয়েছিল। সে স্বপ্ন দেখতো, একদিন সে এমন একটি পেশা বেছে নেবে, যেখানে সে নিজের মেধা আর পরিশ্রম দিয়ে সমাজের জন্য কিছু করতে পারবে, নিজের বাবা-মায়ের মুখ উজ্জ্বল করতে পারবে। সে জানতো, তার বাবা-মায়ের সীমিত আয়, তাই সে কোনোদিনও তাদের উপর বোঝা হতে চায়নি। বরং, সে সবসময় চেষ্টা করতো তাদের বোঝা কমাতে, তাদের মুখে হাসি ফোটাতে।

তার এই আত্মনির্ভরশীলতার স্বপ্ন কেবল নিজের জন্য ছিল না, তা তার জীবনসঙ্গী নির্বাচনের ক্ষেত্রেও প্রতিফলিত হতো। পিউ মনে মনে এমন একজন মানুষকে কল্পনা করতো, যে নিজের যোগ্যতায় প্রতিষ্ঠিত হবে। যে অর্থ বা বংশের অহংকার করবে না, বরং নিজের পরিশ্রম আর মেধা দিয়ে নিজের পথ তৈরি করবে। তার কাছে, একজন মানুষের চারিত্রিক গুণাবলী, আত্মসম্মানবোধ এবং কর্মঠ মনোভাব ছিল সবচেয়ে গুরুত্বপূর্ণ। সে বিশ্বাস করতো, সত্যিকারের

অহংকার পেরিয়ে প্রেম

ভালোবাসা আর সম্মান কেবল যোগ্যতার ভিত্তিতেই পাওয়া যায়, অর্থ দিয়ে তা কেনা যায় না।

কমলের মতো এক ধনী পরিবারের ছেলে, যে তার বাবার বিপুল ঐশ্বর্যের অহংকার করে, সে পিউয়ের কল্পনার জীবনসঙ্গী থেকে সম্পূর্ণ বিপরীত ছিল। পিউয়ের মনে হতো, যে মানুষ নিজের যোগ্যতায় কিছু করতে পারে না, কেবল অন্যের উপর ভরসা করে চলে, তার মধ্যে কোনো দৃঢ়তা থাকতে পারে না। সে এমন একজন জীবনসঙ্গী চাইতো, যে তার সাথে কাঁধে কাঁধ মিলিয়ে জীবনের পথে হাঁটতে পারবে, যে তাকে বুঝতে পারবে, এবং যার সাথে সে নিজের স্বপ্নগুলো ভাগ করে নিতে পারবে। তার কাছে, একজন মানুষের আত্মমর্যাদা আর কর্মের প্রতি নিষ্ঠা ছিল সবচেয়ে বড় আকর্ষণ। সে মনে করতো, অর্থ হয়তো সুখ কিনতে পারে, কিন্তু সত্যিকারের শান্তি আর সম্মান কেবল নিজের যোগ্যতাতেই আসে।

পিউয়ের এই স্বপ্ন ছিল তার আত্মমর্যাদার প্রতীক। সে জানতো, তার রূপ হয়তো অনেক ছেলেকে আকৃষ্ট করবে, কিন্তু সে চাইতো এমন একজন, যে তার মেধা, তার স্বপ্ন আর তার ব্যক্তিত্বকে মূল্য দেবে, কেবল তার বাহ্যিক সৌন্দর্যকে নয়। সে এমন একজন জীবনসঙ্গী চাইতো, যার সাথে তার মানসিক বোঝাপড়া হবে, যে তার জীবনের লক্ষ্যগুলোকে সম্মান করবে, এবং যে তাকে তার স্বপ্ন পূরণে সাহায্য করবে। এই ভাবনাগুলো পিউয়ের মনে এতটাই দৃঢ় ছিল যে,

অহংকার পেরিয়ে প্রেম

সে কোনোদিনও অর্থের লোভে বা সামাজিক প্রতিষ্ঠার মোহে নিজের আদর্শ থেকে বিচ্যুত হতে চায়নি।

তার এই মেধা, রূপ আর স্বপ্নের সমন্বয়ই তাকে অন্যদের থেকে আলাদা করে তুলেছিল। সে ছিল এক বিরল ব্যক্তিত্ব, যার মধ্যে ছিল সরলতা, দৃঢ়তা আর এক অদম্য ইচ্ছাশক্তি। এই গুণাবলীগুলোই তাকে ভবিষ্যতের কঠিন পথ পাড়ি দিতে সাহায্য করে, এবং তাকে এমন এক জায়গায় নিয়ে যায় যেখানে তার মূল্য কোনো অর্থ দিয়ে পরিমাপ করা যায় না। তার এই আদর্শই তাকে কমলের মতো এক অহংকারী যুবকের জীবনে এক নতুন দিগন্ত উন্মোচন করতে সাহায্য করে, যা কমলের জীবনকে আমূল পরিবর্তন করে দেয়। পিউয়ের জগৎ ছিল তার মূল্যবোধের প্রতিচ্ছবি, যা তাকে শিখিয়েছিল যে সত্যিকারের সম্পদ হলো জ্ঞান, চরিত্র আর আত্মসম্মান। এই শিক্ষা তাকে ভবিষ্যতের কঠিন পথ পাড়ি দিতে সাহায্য করে, এবং তাকে এমন এক জায়গায় নিয়ে যায় যেখানে তার মূল্য কোনো অর্থ দিয়ে পরিমাপ করা যায় না।

অধ্যায় ৬: প্রথম দেখা

কলকাতার শীতের সন্ধ্যা। বাতাসে এক অদ্ভুত আমেজ, যা উৎসবের জানান দিচ্ছে। আলো ঝলমলে এক বিয়েবাড়ি, যেখানে শত শত মানুষের কলরব আর হাসির শব্দে মুখরিত চারপাশ। সুগন্ধি ফুলের মালা, উজ্জ্বল আলোর রোশনাই আর সানাইয়ের মিষ্টি সুর—সবকিছু মিলে এক মায়াবী পরিবেশ তৈরি হয়েছে। এটি ছিল কমলের এক ঘনিষ্ঠ বন্ধুর বোনের বিয়ে। বন্ধুদের দলবল নিয়ে কমলও হাজির হয়েছিল সেখানে। তার পরনে ছিল একটি ডিজাইনার শেরওয়ানি, যা তার সুদর্শন চেহারাকে আরও আকর্ষণীয় করে তুলেছিল। তার চোখেমুখে ছিল সেই চিরচেনা অহংকারের ছাপ, যা তার বাবার বিপুল ঐশ্বর্যের প্রতিচ্ছবি। সে জানতো, বিয়েবাড়িতেও সে আলোচনার কেন্দ্রবিন্দুতে থাকবে।

কমল যখন বন্ধুদের সাথে প্রবেশ করলো, তখন অনেকেই তার দিকে তাকিয়ে ফিসফিস করতে শুরু করলো। কেউ বললো, "আরে, সুরেশ চন্দ্র রায়ের ছেলে এসেছে!" কেউ বা তার পোশাকের প্রশংসা করলো, "কী দারুণ লাগছে দেখতে!" কমল এসব প্রশংসা উপভোগ করতো। তার মনে হতো, এই মনোযোগ তার প্রাপ্য। সে বন্ধুদের সাথে ঘুরে ঘুরে পরিচিতদের সাথে কুশল বিনিময় করছিলো, হালকা হাসি বিনিময় করছিলো। তার কাছে বিয়েবাড়ি মানেই ছিল এক ধরণের সামাজিক অনুষ্ঠান, যেখানে সে নিজের অবস্থান জাহির করতে পারতো।

অহংকার পেরিয়ে প্রেম

খাবার টেবিলে তখন এলাহি আয়োজন। বিরিয়ানি, চাপ, কাবাব, চিলি চিকেন—সবকিছুর সুগন্ধ বাতাসে ভেসে বেড়াচ্ছিলো। কমল বন্ধুদের সাথে বসে গল্প করছিলো, হাসাহাসি করছিলো। তার মনে কোনো বিশেষ উত্তেজনা ছিল না। সে ভাবছিল, আর কতক্ষণ এই লোক দেখানো ভদ্রতা করে থাকতে হবে। তার মন চাইছিল দ্রুত এই আনুষ্ঠানিকতা শেষ করে বন্ধুদের সাথে কোনো নাইটক্লাবে গিয়ে আড্ডা দিতে।

হঠাৎ করেই তার চোখ আটকে গেল এক জায়গায়। খাবার পরিবেশনকারীদের ভিড়ে, অতিথিদের কোলাহলের মাঝে, এক অপরূপা তরুণী দাঁড়িয়েছিল। তার পরনে ছিল একটি সাধারণ কিন্তু মার্জিত শাড়ি, যা তার স্নিগ্ধ সৌন্দর্যকে আরও বাড়িয়ে তুলেছিল। তার মুখে কোনো চড়া মেকআপ ছিল না, কিন্তু তার প্রাকৃতিক রূপ ছিল চোখ ধাঁধানো। টানা টানা চোখ দুটি যেন তার ভেতরের এক গভীরতা প্রকাশ করছিল, আর তার হাসি ছিল চাঁদের আলোর মতো শান্ত ও স্নিগ্ধ। সে সম্ভবত অতিথিদের সাথে কথা বলছিল, আর মাঝে মাঝে হাসছিল। তার হাসি এতটাই নির্মল ছিল যে, কমলের চোখ তার উপর থেকে সরছিল না।

কমল যেন এক মুহূর্তের জন্য সবকিছু ভুলে গেল। তার বন্ধুদের কথা, খাবারের সুগন্ধ, চারপাশের কোলাহল—সবকিছুই যেন তার কাছে অর্থহীন মনে হলো। তার চোখ শুধু সেই তরুণীকেই খুঁজছিল। সে এর আগে অনেক সুন্দরী মেয়ে দেখেছে, মডেল, অভিনেত্রী—কিন্তু এমন স্নিগ্ধ, পবিত্র সৌন্দর্য

সে আগে কখনো দেখেনি। তার মনে হলো, এই মেয়েটি যেন এই কোলাহলপূর্ণ বিয়েবাড়ির মাঝে এক শান্ত দ্বীপ, যেখানে সে আশ্রয় খুঁজে পেতে পারে।

সে বন্ধুদের দিকে তাকিয়ে বললো, "ওই মেয়েটা কে রে?" অভি, যে কমলের পাশে বসেছিল, সে চোখ তুলে তাকালো। "কোন মেয়ে?" কমল ইশারা করে দেখালো। "ওই যে, সাদা শাড়ি পরা।" অভি চোখ ছোট করে দেখলো। "ওহ, ও তো পিউ। অনিতার বেস্ট ফ্রেন্ড। কেন রে?" "পিউ?" কমলের মুখে নামটা যেন এক নতুন সুর তুললো। "কী করে জানিস?" "আরে বাবা, অনিতা তো আমারও বন্ধু। ওর বোনের বিয়েতে এসেছে, তাই চিনি।" অভি হাসলো। "কেন রে, পছন্দ হয়েছে নাকি?" কমল কোনো উত্তর দিল না। তার চোখ তখনো পিউয়ের দিকে। সে দেখলো, পিউ হাসছে, কথা বলছে। তার প্রতিটি নড়াচড়া যেন এক ছন্দময় কবিতা। কমলের মনে এক অদ্ভুত অনুভূতি হলো। সে এর আগে কখনো এমন অনুভূতি অনুভব করেনি। তার মনে হলো, এই মেয়েটি অন্যদের থেকে আলাদা। তার বাবার টাকা বা ক্ষমতা দিয়ে যাকে হয়তো সহজে জয় করা যাবে না। আর এই ভাবনাটিই তাকে আরও বেশি আকৃষ্ট করলো।

কমল সাধারণত মেয়েদের সাথে কথা বলতে অভ্যস্ত ছিল না। তার বাবার টাকা আর তার সুদর্শন চেহারা দেখেই মেয়েরা তার দিকে আকৃষ্ট হতো। তাকে কখনো নিজে থেকে এগিয়ে গিয়ে কথা বলতে হয়নি। কিন্তু পিউকে দেখে তার মনে এক ধরণের ব্যাকুলতা তৈরি হলো। সে চাইছিল পিউয়ের সাথে

কথা বলতে, তার সম্পর্কে জানতে। কিন্তু কীভাবে শুরু করবে, তা সে বুঝতে পারছিল না। তার অহংকার তাকে বাধা দিচ্ছিল, কিন্তু তার ভেতরের আকাঙ্ক্ষা তাকে অস্থির করে তুলছিল।

সে বন্ধুদের সাথে কথা বলতে বলতেও তার চোখ পিউকে অনুসরণ করছিল। পিউ একসময় তাদের টেবিলের পাশ দিয়ে হেঁটে যাচ্ছিলো। কমলের মনে হলো, এই সুযোগ! সে কিছু বলতে চাইলো, কিন্তু শব্দ তার গলা দিয়ে বের হলো না। পিউ তাদের পাশ কাটিয়ে চলে গেল। কমল হতাশ হলো। সে নিজেকে ধিক্কার দিল। এত টাকা, এত ক্ষমতা, অথচ একটা মেয়ের সাথে কথা বলতে পারছে না!

তার মনে এক ধরণের জেদ চেপে বসলো। সে পিউয়ের সাথে কথা বলবেই। কিন্তু কীভাবে? সে বন্ধুদের দিকে তাকিয়ে বললো, "অনিতা কোথায় রে?" "অনিতা? ও তো বোধহয় ভেতরে আছে, বর-বউয়ের সাথে।" অভি বললো। কমল উঠে দাঁড়ালো। "চল, একটু ভেতরে যাই।" বন্ধুরা অবাক হলো। কমল সাধারণত এমন সামাজিক অনুষ্ঠানে খুব একটা আগ্রহী হতো না। কিন্তু তারা কিছু বললো না। তারা জানতো, কমলের মনে কিছু একটা চলছে।

কমল বন্ধুদের সাথে ভেতরে গেল। বর-বউয়ের পাশে দাঁড়িয়ে অনিতা হাসছিল। কমল অনিতার দিকে এগিয়ে গেল। "কিরে অনিতা, কেমন আছিস?" অনিতা কমলকে দেখে খুশি হলো। "আরে কমল! তুই কখন এলি? ভালো আছি। তুই কেমন আছিস?" "আমি ভালো আছি।" কমল ইতস্তত করলো।

অহংকার পেরিয়ে প্রেম

"আচ্ছা, তোর ওই বন্ধুটা কে রে? পিউ, তাই না?" অনিতা হাসলো। "হ্যাঁ, পিউ। কেন রে?" "না, এমনি। ওকে দেখে মনে হলো বেশ ইন্টারেস্টিং।" কমল বললো। "ওর সাথে একটু আলাপ করিয়ে দিবি?" অনিতা অবাক হলো। কমল সাধারণত এমন অনুরোধ করতো না। সে জানতো, কমলের পেছনে অনেক মেয়ে ঘোরে। কিন্তু পিউয়ের প্রতি কমলের আগ্রহ দেখে সে একটু অবাকই হলো। "আচ্ছা, ঠিক আছে। চল, ওকে ডাকি।"

অনিতা পিউকে ডাকলো। পিউ তাদের দিকে এগিয়ে আসলো। তার মুখে সেই স্নিগ্ধ হাসি। কমল পিউকে দেখে আরও মুগ্ধ হলো। তার হার্টবিট যেন বেড়ে গেল। অনিতা পিউয়ের সাথে কমলের আলাপ করিয়ে দিল। "পিউ, এ হলো কমল। আমার মাসতুতো ভাই।" পিউ কমলের দিকে তাকিয়ে হাসলো। "নমস্কার।" কমলও হাসলো। "নমস্কার। কেমন আছেন?" পিউ বললো, "ভালো আছি। আপনি?" "আমিও ভালো আছি।" কমল আর কী বলবে বুঝতে পারছিল না। তার মনে হচ্ছিলো, তার সব কথা যেন হারিয়ে গেছে। সে এতক্ষণ ধরে যা ভাবছিল, তা কিছুই বলতে পারছিল না। তার অহংকার যেন এক মুহূর্তে উধাও হয়ে গিয়েছিল।

পিউ দেখলো, ছেলেটি বেশ হ্যান্ডসাম। তার চালচলনে এক ধরণের আভিজাত্য আছে। কিন্তু তার চোখেমুখে এক ধরণের অস্থিরতা। পিউয়ের মনে হলো, ছেলেটি হয়তো তার সাথে কথা বলতে চাইছে, কিন্তু সংকোচ করছে। পিউয়ের মনেও

অহংকার পেরিয়ে প্রেম

ছেলেটির প্রতি এক ধরণের আকর্ষণ তৈরি হলো। তার মনে হলো, ছেলেটি মন্দ না।

কমল কোনোমতে বললো, "আপনার সাথে কথা বলে ভালো লাগলো।" পিউ হাসলো। "আমারও।" অনিতা তাদের দুজনকে দেখে হাসছিল। সে বুঝতে পারছিল, কমলের মনে কিছু একটা চলছে। সে বললো, "তোরা কথা বল, আমি একটু আসছি।" অনিতা চলে যেতেই কমল আর পিউ একা হলো। কমলের মনে হলো, এই সুযোগ! সে বললো, "আপনি কী করেন?" পিউ বললো, "আমি কলেজে পড়ছি। আর নিজের পায়ে দাঁড়ানোর স্বপ্ন দেখি।" পিউয়ের কথা শুনে কমল অবাক হলো। তার মনে হলো, এই মেয়েটি সত্যিই অন্যদের থেকে আলাদা। তার কথায় কোনো কৃত্রিমতা নেই, কোনো অহংকার নেই। তার সরলতা আর আত্মবিশ্বাস কমলকে আরও আকৃষ্ট করলো। সে চাইলো পিউয়ের সাথে আরও কথা বলতে, তার সম্পর্কে আরও জানতে। তার মনে এক ধরণের ব্যাকুলতা তৈরি হলো, যা সে আগে কখনো অনুভব করেনি। এই ব্যাকুলতা ছিল কেবল শারীরিক আকর্ষণ নয়, ছিল এক ধরণের মানসিক টান, যা তাকে পিউয়ের দিকে আরও বেশি করে টেনে নিচ্ছিলো।

অধ্যায় ৭: হাবভাব ও আকর্ষণ

বিয়েবাড়ির কোলাহল, আলোর রোশনাই আর সানাইয়ের সুরের মাঝেও পিউয়ের চোখ এড়ায়নি কমলের হাবভাব। অনিতার সাথে কথা বলতে বলতেও সে দেখছিল ছেলেটিকে। কমল যখন প্রথমবার তার দিকে তাকিয়েছিল, তখন পিউয়ের মনে এক ধরণের অস্বস্তি হয়েছিল। এমন সুদর্শন আর আত্মবিশ্বাসী চেহারার ছেলে সাধারণত মেয়েদের মনোযোগ আকর্ষণ করতে অভ্যস্ত। কিন্তু কমলের চোখে পিউ এক ধরণের অস্থিরতা আর ব্যাকুলতা দেখতে পেয়েছিল, যা তার কাছে অপ্রত্যাশিত ছিল। সে বুঝতে পারছিল, ছেলেটি তার সাথে কথা বলতে চাইছে, কিন্তু যেন দ্বিধা করছে। এই দ্বিধা কমলের অহংকারী চেহারার আড়ালে এক ধরণের মানবিক দুর্বলতা প্রকাশ করছিল, যা পিউয়ের মনে এক ধরণের কৌতূহল জাগিয়েছিল।

কমলের চেহারা ছিল সত্যিই আকর্ষণীয়। লম্বা, সুঠাম দেহ, ফর্সা গায়ের রঙ, তীক্ষ্ণ নাক আর গভীর চোখ—সবকিছু মিলে তাকে এক রাজপুত্রের মতো দেখাতো। তার পরনে ছিল একটি দামি শেরওয়ানি, যা তার আভিজাত্যকে আরও বাড়িয়ে তুলেছিল। তার চালচলনে ছিল এক ধরণের আত্মবিশ্বাস, যা ধনী পরিবারের ছেলেদের মধ্যে দেখা যায়। পিউ সাধারণত এমন ধরণের ছেলেদের থেকে দূরে থাকতেই পছন্দ করতো, কারণ তাদের মধ্যে এক ধরণের অহংকার আর উন্নাসিকতা দেখতে পেতো। কিন্তু কমলের ক্ষেত্রে যেন কিছুটা ভিন্নতা

ছিল। তার চোখেমুখে এক ধরণের মুগ্ধতা ছিল, যা পিউয়ের নজর এড়ায়নি।

যখন অনিতা তাদের দুজনকে পরিচয় করিয়ে দিল, তখন কমলের ইতস্তত ভাবটা আরও স্পষ্ট হয়ে উঠলো। সে যেন কী বলবে বুঝতে পারছিল না। তার কণ্ঠস্বর ছিল নরম, কিন্তু তাতে এক ধরণের জড়তা ছিল। পিউ লক্ষ্য করলো, কমল তার দিকে সরাসরি তাকাতে পারছিল না, যেন সংকোচ করছিল। এই বিষয়টি পিউয়ের মনে এক ধরণের বিস্ময় তৈরি করলো। সে ভাবলো, এমন আত্মবিশ্বাসী চেহারার ছেলে কেন এত জড়তা দেখাচ্ছে? এই প্রশ্নটি পিউয়ের মনে কমলের প্রতি এক ধরণের আগ্রহ তৈরি করলো।

পিউ সাধারণত ছেলেদের প্রতি খুব একটা আকৃষ্ট হতো না। তার কাছে মেধা, চরিত্র আর আত্মসম্মানবোধ ছিল সবচেয়ে গুরুত্বপূর্ণ। সে এমন একজন জীবনসঙ্গী চাইতো, যে নিজের যোগ্যতায় প্রতিষ্ঠিত হবে, যে অর্থ বা বংশের অহংকার করবে না। কিন্তু কমলের সুদর্শন চেহারা আর তার হাবভাব পিউয়ের মনে এক ধরণের আকর্ষণ তৈরি করলো। সে ভাবলো, ছেলেটি মন্দ না। তার চোখেমুখে এক ধরণের সরলতা ছিল, যা তার বাহ্যিক আভিজাত্যের সাথে ঠিক খাপ খাচ্ছিল না।

কমল যখন অনিতার চলে যাওয়ার পর পিউকে "আপনি কী করেন?" জিজ্ঞেস করলো, তখন পিউ তার উত্তর দিল আত্মবিশ্বাসের সাথে। "আমি কলেজে পড়ছি। আর নিজের পায়ে দাঁড়ানোর স্বপ্ন দেখি।" পিউয়ের এই উত্তরে কমলের চোখে এক ধরণের মুগ্ধতা দেখতে পেলো সে। কমলের মুখে

এক ধরণের বিস্ময় ফুটে উঠলো, যেন সে এমন উত্তর আশা করেনি। এই বিষয়টি পিউয়ের মনে এক ধরণের স্বস্তি এনে দিল। সে বুঝতে পারলো, ছেলেটি হয়তো তার বাহ্যিক রূপের চেয়েও তার ব্যক্তিত্ব আর স্বপ্নকে মূল্য দিচ্ছে।

পিউয়ের মনে কমলের প্রতি এক ধরণের আকর্ষণ তৈরি হলো, যা সে আগে কখনো অনুভব করেনি। এই আকর্ষণ কেবল শারীরিক আকর্ষণ ছিল না, ছিল এক ধরণের মানসিক টান। সে বুঝতে পারছিল, ছেলেটি হয়তো তার মতো নয়, তার জীবনযাত্রা সম্পূর্ণ ভিন্ন। কিন্তু তার চোখের সেই ব্যাকুলতা, তার জড়তা আর তার মুগ্ধতা পিউয়ের মনে এক ধরণের কৌতূহল জাগিয়েছিল। সে চাইছিল কমলের সম্পর্কে আরও জানতে, তার ভেতরের মানুষটিকে চিনতে।

পিউয়ের মনে হচ্ছিলো, কমলের মধ্যে হয়তো এক ধরণের দ্বন্দ্ব চলছে। বাইরে থেকে তাকে অহংকারী আর আত্মবিশ্বাসী মনে হলেও, ভেতরে ভেতরে সে হয়তো এক ধরণের শূন্যতা অনুভব করছে। পিউয়ের মনে হলো, তার এই আকর্ষণ হয়তো কমলের সেই শূন্যতাকে পূরণ করতে পারবে। সে ভাবলো, যদি এই ছেলেটি তার অহংকার ত্যাগ করে নিজের যোগ্যতা প্রমাণ করতে পারে, তাহলে হয়তো সে একজন ভালো মানুষ হতে পারবে।

পিউয়ের মনে কমলের প্রতি এক ধরণের সহানুভূতিও তৈরি হলো। সে দেখছিল, কমলের চারপাশে অনেক লোক থাকলেও, তার মধ্যে এক ধরণের একাকীত্ব ছিল। তার বন্ধুরা হয়তো তার টাকার জন্য তার সাথে থাকতো, কিন্তু

অহংকার পেরিয়ে প্রেম

সত্যিকারের ভালোবাসা বা বোঝাপড়া হয়তো তার জীবনে ছিল না। পিউয়ের মনে হলো, সে হয়তো কমলকে সেই সত্যিকারের ভালোবাসা দিতে পারবে, যা সে আগে কখনো পায়নি।

পিউয়ের এই আকর্ষণ ছিল এক ধরণের চ্যালেঞ্জ। সে জানতো, কমলের মতো একজন ধনী পরিবারের ছেলেকে পরিবর্তন করা সহজ হবে না। কিন্তু তার মনে এক ধরণের জেদ চেপে বসলো। সে চাইছিল কমলকে তার আসল মূল্যবোধ শেখাতে, তাকে আত্ম-প্রতিষ্ঠার গুরুত্ব বোঝাতে। তার মনে হলো, যদি কমল নিজের যোগ্যতায় কিছু করতে পারে, তাহলে সে একজন সত্যিকারের মানুষ হয়ে উঠবে।

পিউয়ের মনে এই নতুন আকর্ষণ এক ধরণের উত্তেজনা তৈরি করলো। সে জানতো না, এই আকর্ষণ তাকে কোথায় নিয়ে যাবে। কিন্তু তার মনে হচ্ছিলো, কমলের সাথে তার দেখা হওয়াটা হয়তো কোনো দৈব ঘটনা। সে ভাবছিল, হয়তো এই ছেলেটিই তার জীবনের সেই মানুষ, যে তার স্বপ্নগুলোকে বুঝতে পারবে, এবং যার সাথে সে নিজের জীবনকে নতুন করে সাজাতে পারবে। তার মনে এক ধরণের আশা দানা বাঁধলো, যা তার সরল জীবনে এক নতুন মাত্রা যোগ করলো। এই আকর্ষণ ছিল পিউয়ের জীবনে এক নতুন অধ্যায়ের সূচনা, যেখানে সে এক ভিন্ন জগতের মানুষের সাথে এক নতুন সম্পর্ক গড়ে তোলার স্বপ্ন দেখছিল।

অধ্যায় ৮: অনিতার ভূমিকা

বিয়েবাড়ির আলো ঝলমলে পরিবেশে কমলের সাথে পিউয়ের প্রথম আলাপ ছিল সংক্ষিপ্ত, কিন্তু তার রেশ রয়ে গিয়েছিল দুজনের মনেই। কমলের মনে তখন পিউকে জয় করার এক তীব্র বাসনা, আর পিউয়ের মনে কমলের প্রতি এক ধরণের কৌতূহল ও আকর্ষণ। এই দুই ভিন্ন জগতের মানুষের মাঝে সেতুবন্ধন হিসেবে দাঁড়িয়েছিল অনিতা, যে ছিল একদিকে পিউয়ের প্রিয় বান্ধবী, আর অন্যদিকে কমলের মাসতুতো বোন।

অনিতা ছিল পিউয়ের আত্মার বান্ধবী। ছোটবেলা থেকেই তাদের বন্ধুত্ব। একই স্কুলে পড়া, একই পাড়ায় বড় হওয়া, আর জীবনের প্রতিটি ধাপে একে অপরের পাশে থাকা—এই সবকিছু তাদের বন্ধুত্বকে এক গভীর বন্ধনে আবদ্ধ করেছিল। পিউয়ের বাবা-মাও অনিতাকে নিজেদের মেয়ের মতোই দেখতেন। পিউ তার মনের সব কথা অনিতার সাথে ভাগ করে নিতে পারতো। তার স্বপ্ন, তার আদর্শ, তার ছোট ছোট অভিমান—সবকিছুই অনিতার কাছে ছিল খোলা বইয়ের মতো। অনিতা পিউয়ের প্রতিটি সিদ্ধান্তকে সম্মান করতো, তাকে সমর্থন দিতো, আর প্রয়োজনে সঠিক পরামর্শ দিতো। পিউয়ের আত্মনির্ভরশীল হওয়ার স্বপ্ন, নিজের যোগ্যতায় প্রতিষ্ঠিত হওয়ার আকাঙ্ক্ষা—সবকিছুই অনিতা খুব ভালো করে জানতো। পিউয়ের সরলতা, তার মেধা আর তার দৃঢ়চেতা মনোভাবের প্রতি অনিতার ছিল অগাধ শ্রদ্ধা।

অন্যদিকে, অনিতা ছিল কমলের মাসতুতো বোন। পারিবারিক অনুষ্ঠানে তাদের দেখা হতো, আর সেই সূত্রে কমলের বিলাসী জীবনযাপন, তার বাবার বিপুল ঐশ্বর্য এবং কমলের অহংকারী মনোভাব সম্পর্কে অনিতা বেশ অবগত ছিল। সে জানতো, কমলের পেছনে অনেক মেয়ে ঘোরে, তার বাবার টাকার জন্য অনেকেই তার কাছাকাছি আসতে চায়। কমল নিজেও এই বিষয়গুলো সম্পর্কে সচেতন ছিল, আর সে তার বাবার ঐশ্বর্যকে নিজের এক ধরণের ক্ষমতা বলেই মনে করতো। অনিতা কমলের এই দিকটা জানতো, কিন্তু পারিবারিক সম্পর্কের কারণে সে কমলের প্রতি এক ধরণের স্নেহ অনুভব করতো। কমলের সুদর্শন চেহারা আর তার আভিজাত্য সম্পর্কেও অনিতা অবগত ছিল।

বিয়েবাড়িতে পিউয়ের সাথে সংক্ষিপ্ত আলাপচারিতার পর কমলের মনে পিউকে জয় করার এক তীব্র বাসনা জন্ম নিয়েছিল। সে বুঝতে পারছিল, এই মেয়েটি অন্যদের থেকে আলাদা। তাকে সাধারণ উপায়ে জয় করা যাবে না। আর এই কারণেই তার মনে এক ধরণের জেদ চেপে বসেছিল। সে জানতো, পিউয়ের ঘনিষ্ঠ বান্ধবী অনিতা, তাই অনিতার মাধ্যমেই পিউয়ের কাছে পৌঁছানো সহজ হবে।

বিয়েবাড়ির আনুষ্ঠানিকতা শেষ হওয়ার পর, যখন অতিথিরা একে একে চলে যাচ্ছিল, কমল অনিতাকে একান্তে পেলো। তার মুখে এক ধরণের অস্থিরতা, যা অনিতার নজর এড়ালো না। "কিরে কমল, কী হয়েছে? তোকে কেমন যেন অন্যরকম লাগছে?" অনিতা জিজ্ঞেস করলো। কমল ইতস্তত করলো।

অহংকার পেরিয়ে প্রেম

তার অহংকারী স্বভাব তাকে সরাসরি তার মনের কথা বলতে বাধা দিচ্ছিলো। সে সাধারণত মেয়েদের পেছনে ছুটতো না, মেয়েরাই তার পেছনে ঘুরতো। কিন্তু পিউয়ের ক্ষেত্রে ব্যাপারটা সম্পূর্ণ ভিন্ন ছিল। "আসলে... একটা কথা বলছিলাম," কমল শুরু করলো। "হ্যাঁ বল না, কী বলবি?" অনিতা কৌতূহলী হলো। কমল একটু কেশে গলা পরিষ্কার করলো। "ওই যে তোর বন্ধু... পিউ... ওর সাথে আলাপ করিয়ে দিলি না?" অনিতার মুখে এক চিলতে হাসি ফুটে উঠলো। সে বুঝতে পারছিল কমলের মনের কথা। "হ্যাঁ, পিউ। কী হয়েছে ওর?" "না মানে... ওকে আমার খুব ভালো লেগেছে।" কমল বললো, তার মুখে এক ধরণের লজ্জা, যা তার অহংকারী চেহারার সাথে ঠিক খাপ খাচ্ছিল না। "আমি ওর সাথে বন্ধুত্ব করতে চাই... মানে... আরও বেশি কিছু।" অনিতা অবাক হলো। কমলের মুখে এমন কথা সে আগে কখনো শোনেনি। কমল সাধারণত মেয়েদের প্রতি এত সিরিয়াস হতো না। "তুই সিরিয়াস?" "হ্যাঁ, আমি সিরিয়াস।" কমল অনিতার দিকে তাকিয়ে বললো, তার চোখে এক ধরণের দৃঢ়তা। "তুই ওকে একটু বলবি? আমার মনের কথা?" অনিতা কিছুক্ষণ চুপ করে রইলো। সে জানতো, কমলকে প্রত্যাখ্যান করা সহজ হবে না। কমলের বাবার বিপুল ঐশ্বর্য, তার সামাজিক অবস্থান—এই সবকিছুই তাকে এক ধরণের অপ্রতিরোধ্য ক্ষমতা দিয়েছিল। আর পিউ, সে তো মধ্যবিত্ত পরিবারের মেয়ে। কমলের মতো একজন "রাজার ছেলে" যদি তাকে প্রেম প্রস্তাব দেয়, তাহলে তো

অহংকার পেরিয়ে প্রেম

পিউয়ের ভাগ্য খুলে যাবে! অনিতার মনে হলো, পিউ হয়তো এমন সুযোগ হাতছাড়া করবে না।

"আচ্ছা ঠিক আছে, আমি বলবো।" অনিতা বললো। "কিন্তু তুই ওকে কী বলবি? মানে, কী বলতে চাস?" কমল একটু ভেবে বললো, "বলবি যে, আমি ওকে পছন্দ করি। আমি ওর সাথে সম্পর্ক গড়তে চাই।" অনিতা মাথা নাড়লো। "ঠিক আছে। আমি পিউয়ের সাথে কথা বলবো।"

বিয়েবাড়ি থেকে ফেরার পর অনিতা পিউয়ের সাথে দেখা করার সুযোগ খুঁজলো। দুদিন পর তারা এক বিকেলে পিউদের বাড়ির কাছে একটি ছোট পার্কে দেখা করলো। পিউ তখনো কমলের কথা ভাবছিল। তার মনে কমলের প্রতি এক ধরণের আকর্ষণ তৈরি হয়েছিল, কিন্তু তার অহংকারী মনোভাব তাকে কিছুটা দ্বিধায় ফেলেছিল।

অনিতা পিউয়ের পাশে বসলো। "কিরে, কেমন আছিস?" "ভালো আছি। তুই?" পিউ বললো। "আমিও ভালো। আচ্ছা, একটা কথা বলবো?" অনিতা ইতস্তত করলো। "হ্যাঁ বল না। কী হয়েছে?" পিউ কৌতূহলী হলো। অনিতা একটু হাসলো। "কমলের কথা মনে আছে? আমার মাসতুতো ভাই?" পিউয়ের মুখে এক চিলতে হাসি ফুটে উঠলো। "হ্যাঁ, মনে আছে। কেন?" "ও তোকে খুব পছন্দ করেছে।" অনিতা সরাসরি বললো। "ও তোর জন্য প্রেম প্রস্তাব পাঠিয়েছে।" পিউ অবাক হলো। তার মনে এক ধরণের মিশ্র অনুভূতি হলো। সে জানতো, কমলের মতো একজন ছেলে তাকে পছন্দ করবে, এটা তার কাছে অপ্রত্যাশিত ছিল না। কিন্তু তার মনে

অহংকার পেরিয়ে প্রেম

কমলের প্রতি যে আকর্ষণ তৈরি হয়েছিল, তা কি কেবল তার বাহ্যিক রূপের জন্য ছিল? নাকি তার ভেতরের অন্য কোনো কিছুর জন্য?

অনিতা পিউয়ের প্রতিক্রিয়া দেখে হাসলো। "কিরে, চুপ করে আছিস কেন? এটা তো তোর জন্য দারুণ খবর! ছেলেটি এক প্রকার রাজার ছেলে। ওর বাপের কী নেই বল তো? কলকাতার বুকে পাঁচ-পাঁচটা ফ্ল্যাট, গ্রামে পেল্লায় বাড়ি, গাড়ির বহর—সবকিছু আছে! ওর সাথে প্রেম করার জন্য অনেক মেয়েরা লাইন দিয়ে আছে। আর ও কিনা তোর সাথে... তুই তো ভাগ্যবতী ভাই!"

অনিতার কথাগুলো পিউয়ের কানে যেন বিষ ঢেলে দিল। "রাজার ছেলে", "বাপের টাকা", "ভাগ্যবতী"—এই শব্দগুলো পিউয়ের আত্মসম্মানবোধে আঘাত হানলো। সে জানতো, অনিতা তাকে ভালোবেসেই এসব কথা বলছে, কিন্তু তার মনের গভীরে এক ধরণের বিদ্রোহ দানা বাঁধলো। পিউয়ের কাছে অর্থ বা প্রতিপত্তি কখনোই সম্পর্কের ভিত্তি ছিল না। সে চাইতো নিজের যোগ্যতায় প্রতিষ্ঠিত হতে, আর তেমনই একজন জীবনসঙ্গী।

"ধুর! ভাগ্যবতী না ছাই!" পিউয়ের কণ্ঠে এক ধরণের বিরক্তি ফুটে উঠলো। "অমন ছেলে আমার পছন্দ না। বাপের নিয়ে ফুটানি সকলেই মারতে পারে। নিজে করে দেখাক তবে বুঝব ওর দম আছে।"

অনিতা পিউয়ের এমন প্রতিক্রিয়ায় হতবাক হলো। সে আশা করেনি পিউ এমন কথা বলবে। সে জানতো, পিউ

অহংকার পেরিয়ে প্রেম

আত্মমর্যাদাবান, কিন্তু কমলের মতো একজন "রাজার ছেলে"কে সে এভাবে প্রত্যাখ্যান করবে, তা সে কখনো ভাবেনি। "কিরে, কী বলছিস এসব? এমন সুযোগ কি বারবার আসে নাকি?" অনিতা বললো। "সুযোগ? এটা কোনো সুযোগ নয়, অনিতা।" পিউ দৃঢ় কণ্ঠে বললো। "আমি এমন কাউকে চাই না, যে কেবল তার বাবার টাকায় ফুটানি মারে। আমি এমন কাউকে চাই, যে নিজের যোগ্যতায় কিছু করবে, নিজের পায়ে দাঁড়াবে। যে নিজের পরিশ্রম দিয়ে নিজের পরিচয় তৈরি করবে।"

অনিতা পিউয়ের দিকে তাকিয়ে রইলো। সে জানতো, পিউ যা বলছে, তা তার মনের কথা। পিউয়ের আদর্শ আর মূল্যবোধ সম্পর্কে সে অবগত ছিল। কিন্তু কমলের মতো একজন ছেলেকে এভাবে প্রত্যাখ্যান করা, তা অনিতার কাছে কিছুটা অবিশ্বাস্য মনে হলো। সে বুঝতে পারছিল, পিউয়ের আত্মসম্মানবোধ কতটা প্রবল।

পিউয়ের এই প্রত্যাখ্যান অনিতার মনে এক ধরণের দ্বন্দ্ব তৈরি করলো। একদিকে তার প্রিয় বান্ধবী, যার আদর্শকে সে সম্মান করে। অন্যদিকে তার মাসতুতো ভাই, যে বিপুল ঐশ্বর্যের অধিকারী। অনিতা জানতো না, কমলের কাছে এই খবর কীভাবে পৌঁছাবে। কমল যে তার প্রস্তাব প্রত্যাখ্যান হবে, তা সে কখনো ভাবেনি। তার অহংকার হয়তো এই প্রত্যাখ্যানকে মেনে নিতে পারবে না। কিন্তু পিউয়ের দৃঢ়তা দেখে অনিতার মনে এক ধরণের গর্বও হলো। সে জানতো, পিউ যা করছে, তা সঠিক।

অনিতা পিউকে আর কিছু বললো না। সে বুঝতে পারলো, পিউয়ের সিদ্ধান্ত অটল। সে শুধু বললো, "ঠিক আছে, আমি কমলকে বলবো।" পিউয়ের প্রত্যাখ্যানের খবর কমলের কাছে পৌঁছানোর দায়িত্ব অনিতার উপরই বর্তালো। এই প্রত্যাখ্যান কমলের জীবনে এক নতুন মোড় নেবে, যা অনিতা তখনো জানতো না। অনিতার ভূমিকা ছিল কেবল এক বার্তাবাহকের, কিন্তু তার এই বার্তা কমলের অহংকারী জীবনে এক নতুন অধ্যায়ের সূচনা করল, যা তার জীবনের গতিপথকে সম্পূর্ণ বদলে দিল।

অধ্যায় ৯: কমলের পরিচয়

পার্কের সবুজ ঘাসে বসেছিল পিউ আর অনিতা। বিকেলের নরম আলো গাছের ফাঁক দিয়ে এসে পড়ছিল তাদের মুখে। অনিতা সবে কমলের প্রেম প্রস্তাবের কথা জানিয়েছে, আর পিউ তখনো সেই কথার রেশ ধরে চুপ করে বসেছিল। তার মুখে এক ধরণের বিস্ময়, যা ধীরে ধীরে এক মিশ্র অনুভূতির জন্ম দিচ্ছিল। অনিতা পিউয়ের নীরবতা দেখে ভাবলো, হয়তো সে আনন্দে অভিভূত। এই ভাবনা থেকেই অনিতা শুরু করলো কমলের পরিচয় বর্ণনা, যা তার চোখে ছিল এক রূপকথার মতো।

"কিরে, চুপ করে আছিস কেন? এটা তো তোর জন্য দারুণ খবর!" অনিতা পিউয়ের হাত ধরে ঝাঁকিয়ে বললো, তার চোখেমুখে এক ঝলমলে উত্তেজনা। "জানিস, কমল কে? ও

তো এক প্রকার রাজার ছেলে! ওর বাপের কী নেই বল তো?"

অনিতার কণ্ঠস্বরে ছিল এক ধরণের ভক্তি, যা কমলের প্রতি তার পরিবারের মানুষের দৃষ্টিভঙ্গিরই প্রতিচ্ছবি। সে যেন এক গল্প বলতে শুরু করলো, যার প্রতিটি শব্দে ছিল ঐশ্বর্যের ঝনঝনানি।

"কলকাতার বুকে ওদের পাঁচ-পাঁচটা ফ্ল্যাট! ভাবা যায়? একেকটা ফ্ল্যাট যেন একেকটা প্রাসাদ। আমি একবার ওদের দক্ষিণ কলকাতার ফ্ল্যাটে গিয়েছিলাম, উফফ! কী বিশাল! মার্বেলের মেঝে, ইতালীয় আসবাবপত্র, সব যেন সিনেমার সেট!" অনিতা চোখ বড় বড় করে বললো, যেন পিউকে সেই বিলাসবহুল জগতের ছবিটা দেখাতে চাইছে। "আর ওদের গ্রামের বাড়ি? সে তো পেল্লায় এক জমিদার বাড়ি! শত বছরের পুরনো, বিশাল উঠোন, পুকুর—সবকিছু আছে। বছরে একবার বা দুবার ওরা যায়, কিন্তু সেই বাড়িতে গেলে মনে হয় যেন কোনো রাজপ্রাসাদে এসেছি।"

পিউ অনিতার কথা শুনছিল, তার চোখে কোনো উচ্ছ্বাস ছিল না। সে জানতো, অনিতা যা বলছে তা সত্যি। কমলের পরিবার যে অত্যন্ত ধনী, সে সম্পর্কে তার একটা ধারণা ছিল। কিন্তু অনিতার বর্ণনায় সেই ঐশ্বর্যের পরিমাণ যেন আরও স্পষ্ট হয়ে উঠছিল, যা পিউয়ের মনে এক ধরণের অস্বস্তি তৈরি করছিল।

"গাড়ি? সে কথা আর বলিস না!" অনিতা আরও উত্তেজিত হয়ে বললো। "ওদের গ্যারেজে কত দামি গাড়ি আছে তার

হিসেব নেই। বিএমডব্লিউ, মার্সিডিজ, অডি—সব আছে। কমলের জন্য আলাদা করে একটা স্পোর্টস কার আছে, যেটা ও বন্ধুদের সাথে লং ড্রাইভে নিয়ে যায়। যখন খুশি যেখানে খুশি যেতে পারে, ড্রাইভার সবসময় রেডি থাকে। ওর কোনো কিছুর অভাব নেই, পিউ। যা চাইবে, মুহূর্তেই হাজির হয়ে যাবে।"

অনিতা যেন কমলের জীবনকে এক স্বপ্নের মতো করে তুলে ধরছিল, যেখানে কোনো অভাব নেই, কোনো চিন্তা নেই, কেবল বিলাস আর আরাম। তার কাছে কমলের এই জীবন ছিল ঈর্ষণীয়, আর পিউয়ের কাছে এমন সুযোগ আসাটা ছিল ভাগ্যের ব্যাপার।

"আর জানিস, ওর পেছনে কত মেয়েরা লাইন দিয়ে আছে!" অনিতা এবার আসল পয়েন্টে আসলো। "কমল দেখতেও যেমন হ্যান্ডসাম, তেমনি ওর বাবার এত টাকা। তাই অনেক মেয়েরা ওর সাথে প্রেম করার জন্য পাগল। ওর একটা ইশারায় কত মেয়েরা ছুটে আসবে। কলেজে, পার্টিতে—সব জায়গায় ওর পেছনে মেয়েরা ঘুরঘুর করে। আর ও কিনা তোর সাথে... তুই তো ভাগ্যবতী ভাই!"

এই শেষ বাক্যটি, "তুই তো ভাগ্যবতী ভাই!"—পিউয়ের কানে যেন তীক্ষ্ণ তীরের মতো বিঁধলো। অনিতার চোখেমুখে যে উচ্ছ্বাস ছিল, তা পিউয়ের কাছে অর্থহীন মনে হলো। ভাগ্যবতী? কিসের জন্য ভাগ্যবতী? কেবল একজন ধনী ছেলের প্রেম প্রস্তাব পেয়েছে বলে? পিউয়ের আত্মসম্মানবোধে আঘাত লাগলো। তার মনে হলো, অনিতা যেন তাকে এক

ধরণের পণ্য হিসেবে দেখছে, যার মূল্য কেবল তার সাথে যুক্ত হওয়া অর্থের পরিমাণের উপর নির্ভর করছে।

পিউয়ের মুখটা কঠিন হয়ে উঠলো। তার ভেতরের আত্মমর্যাদা যেন জেগে উঠলো। সে অনিতার দিকে তাকিয়ে বললো, তার কণ্ঠে এক ধরণের দৃঢ়তা, যা অনিতার কাছে অপ্রত্যাশিত ছিল।

"ধুর! ভাগ্যবতী না ছাই।" পিউয়ের কণ্ঠে বিরক্তি স্পষ্ট।

"অমন ছেলে আমার পছন্দ না।"

অনিতা অবাক হয়ে পিউয়ের দিকে তাকালো। "কিরে, কী বলছিস এসব? তুই কি পাগল হয়ে গেছিস? এমন সুযোগ কি বারবার আসে নাকি?"

"সুযোগ?" পিউয়ের কণ্ঠে এবার স্পষ্ট বিদ্রোহ। "এটা কোনো সুযোগ নয়, অনিতা। এটা তো এক ধরণের দাসত্ব! বাপের নিয়ে ফুটানি সকলেই মারতে পারে। নিজে করে দেখাক তবে বুঝব ওর দম আছে।"

পিউয়ের কথাগুলো অনিতার কাছে যেন এক ভিন্ন ভাষা মনে হলো। সে বুঝতে পারছিল না পিউ কী বলতে চাইছে। তার কাছে কমলের মতো একজন ধনী ছেলে মানেই ছিল সুখ, নিরাপত্তা আর বিলাসিতা। সেখানে "ফুটানি" বা "দম" এর প্রশ্ন কেন আসছে?

"মানে কী বলছিস তুই?" অনিতা বিভ্রান্ত হয়ে বললো। "ওর বাবা এত পরিশ্রম করে এত টাকা কামিয়েছেন, কমল সেই টাকা ভোগ করবে না তো কী করবে? আর ওর তো কোনো অভাব নেই, তাহলে ও আবার নতুন করে কী করবে?"

অহংকার পেরিয়ে প্রেম

পিউ এবার অনিতাকে বোঝানোর চেষ্টা করলো, তার মূল্যবোধের জায়গাটা কোথায়। "দেখ অনিতা, আমি এমন কাউকে চাই না, যে কেবল তার বাবার টাকায় বাঁচে। আমি এমন একজন মানুষকে চাই, যে নিজের যোগ্যতায় কিছু করবে। যে নিজের পরিশ্রম দিয়ে নিজের পরিচয় তৈরি করবে। যে নিজের পায়ে দাঁড়াবে, নিজের স্বপ্ন পূরণ করবে। কমলের বাবা হয়তো অনেক পরিশ্রম করেছেন, কিন্তু কমল নিজে কী করেছে? সে তো কেবল বসে বসে খাচ্ছে আর বাবার টাকায় ফুটানি মারছে।"

পিউয়ের কণ্ঠে ছিল এক ধরণের আবেগ, যা তার ভেতরের আদর্শকে প্রকাশ করছিল। সে স্বপ্ন দেখতো, তার জীবনসঙ্গী হবে একজন কর্মঠ, আত্মবিশ্বাসী মানুষ, যে নিজের মেধা আর পরিশ্রম দিয়ে সমাজের জন্য কিছু করবে। কমলের মতো একজন অলস, অহংকারী ছেলে তার সেই স্বপ্নের সাথে কোনোভাবেই খাপ খাচ্ছিল না।

"কিন্তু পিউ," অনিতা তখনও চেষ্টা করছিলো পিউকে বোঝাতে। "সবাই তো আর কমলের মতো ধনী হয় না। ও তো জন্ম থেকেই সব পেয়ে এসেছে। ওর তো আর কষ্ট করার দরকার নেই।"

"দরকার নেই মানে?" পিউয়ের চোখ দুটো জ্বলে উঠলো। "দরকার নেই মানেই কি সে কোনো কিছু করবে না? নিজের কোনো পরিচয় তৈরি করবে না? নিজের কোনো লক্ষ্য থাকবে না? আমি এমন কাউকে চাই না, যে কেবল অন্যের উপর

নির্ভরশীল। আমি চাই এমন একজন মানুষ, যে নিজের উপর বিশ্বাস রাখে, নিজের ক্ষমতাকে কাজে লাগায়।"

পিউয়ের এই দৃঢ়তা অনিতাকে স্তম্ভিত করে দিল। অনিতা বুঝতে পারছিল, পিউ যা বলছে তা তার মনের কথা, তার আদর্শ। পিউয়ের আত্মসম্মানবোধ এতটাই প্রবল যে, সে কোনো অর্থ বা প্রতিপত্তির কাছে মাথা নত করতে রাজি নয়। অনিতা দেখছিল, পিউয়ের চোখেমুখে এক ধরণের জেদ, যা তার সরল চেহারার আড়ালে লুকিয়ে ছিল।

অনিতা জানতো, পিউয়ের বাবা একজন স্কুল শিক্ষক, আর তাদের পরিবার মধ্যবিত্ত। তাদের জীবনে হয়তো অনেক অভাব আছে, কিন্তু পিউ কোনোদিনও সেই অভাবকে তার আদর্শের পথে বাধা হতে দেয়নি। সে সবসময়ই নিজের মেধা আর পরিশ্রমের উপর বিশ্বাস রেখেছে। অনিতা বুঝতে পারছিল, পিউয়ের কাছে কমলের বাবার টাকা কোনো আকর্ষণীয় বিষয় নয়, বরং তা তার কাছে এক ধরণের বোঝা।

"তুই কি সত্যি বলছিস এসব?" অনিতা শেষবারের মতো নিশ্চিত হতে চাইলো। "তুই কমলকে প্রত্যাখ্যান করবি?"

পিউ অনিতার দিকে তাকিয়ে হাসলো, এক ধরণের আত্মবিশ্বাসী হাসি। "হ্যাঁ, আমি তাই করবো। আমি এমন কাউকে চাই না, যে কেবল তার বাবার টাকায় বাঁচে। আমি চাই এমন একজন, যে নিজের যোগ্যতায় প্রতিষ্ঠিত হবে।"

অনিতা আর কিছু বলতে পারলো না। সে বুঝতে পারছিল, পিউয়ের সিদ্ধান্ত অটল। তার বান্ধবী, যে কিনা এত সরল,

এত বিনয়ী, তার মধ্যে এমন দৃঢ়তা দেখে অনিতা কিছুটা অবাকই হলো। সে জানতো, কমলের কাছে এই খবর পৌঁছানো সহজ হবে না। কমলের অহংকার হয়তো এই প্রত্যাখ্যানকে মেনে নিতে পারবে না। কিন্তু অনিতা পিউয়ের এই আত্মমর্যাদাকে সম্মান করলো। সে জানতো, পিউ যা করছে, তা তার আদর্শের প্রতি বিশ্বস্ততা। আর এই বিশ্বস্ততাই পিউকে অন্যদের থেকে আলাদা করে তুলেছিল।

অধ্যায় ১০: প্রত্যাখ্যানের দৃঢ়তা

পার্কের শান্ত পরিবেশে অনিতার মুখে কমলের প্রেম প্রস্তাব আর তার বিলাসী জীবনের বর্ণনা শুনে পিউয়ের মনে এক গভীর আলোড়ন সৃষ্টি হলো। অনিতার উচ্ছ্বসিত কণ্ঠে কমলের "রাজার ছেলে" পরিচয় এবং "ভাগ্যবতী" হওয়ার উপাধি পিউয়ের আত্মসম্মানে তীব্র আঘাত হানলো। এই শব্দগুলো যেন পিউয়ের মূল্যবোধের সাথে সরাসরি সাংঘর্ষিক ছিল। তার চোখেমুখে ফুটে উঠলো এক ধরণের দৃঢ়তা, যা অনিতার কাছে অপ্রত্যাশিত ছিল।

"ধুর! ভাগ্যবতী না ছাই।" পিউয়ের কণ্ঠে এক ধরণের বিরক্তি স্পষ্ট হয়ে উঠলো, যা অনিতাকে অবাক করে দিল। "অমন ছেলে আমার পছন্দ না।"

অনিতা হতবাক হয়ে পিউয়ের দিকে তাকালো। "কিরে, কী বলছিস এসব? তুই কি পাগল হয়ে গেছিস? এমন সুযোগ কি বারবার আসে নাকি? কমলের মতো ছেলে তোকে প্রেম

প্রস্তাব দিয়েছে, আর তুই বলছিস পছন্দ না?" অনিতার চোখেমুখে ছিল এক ধরণের অবিশ্বাস, যেন পিউ এক অসম্ভব কথা বলছে।

পিউয়ের চোখ দুটো জ্বলে উঠলো। তার ভেতরের আদর্শ যেন এক মুহূর্তে জেগে উঠলো। সে অনিতার দিকে তাকিয়ে বললো, তার কণ্ঠে কোনো দ্বিধা ছিল না, কেবল অটল বিশ্বাস। "সুযোগ? এটা কোনো সুযোগ নয়, অনিতা। এটা তো এক ধরণের দাসত্ব! বাপের নিয়ে ফুটানি সকলেই মারতে পারে। নিজে করে দেখাক তবে বুঝব ওর দম আছে।"

পিউয়ের কথাগুলো অনিতার কাছে যেন এক ভিন্ন ভাষা মনে হলো। সে বুঝতে পারছিল না পিউ কী বলতে চাইছে। তার কাছে কমলের মতো একজন ধনী ছেলে মানেই ছিল সুখ, নিরাপত্তা আর বিলাসিতা। সেখানে "ফুটানি" বা "দম" এর প্রশ্ন কেন আসছে? অনিতা জানতো, পিউয়ের পরিবার মধ্যবিত্ত, তাদের জীবনে হয়তো অনেক অভাব আছে। এমন অবস্থায় কমলের মতো একজন ধনী ছেলের প্রস্তাব ফিরিয়ে দেওয়াটা তার কাছে অযৌক্তিক মনে হলো।

পিউ অনিতার বিভ্রান্তি বুঝতে পারলো। সে শান্তভাবে অনিতাকে বোঝানোর চেষ্টা করলো, তার মূল্যবোধের জায়গাটা কোথায়। "দেখ অনিতা, আমি এমন কাউকে চাই না, যে কেবল তার বাবার টাকায় বাঁচে। আমি এমন একজন মানুষকে চাই, যে নিজের যোগ্যতায় কিছু করবে। যে নিজের পরিশ্রম দিয়ে নিজের পরিচয় তৈরি করবে। যে নিজের পায়ে দাঁড়াবে, নিজের স্বপ্ন পূরণ করবে। কমলের বাবা হয়তো

অনেক পরিশ্রম করেছেন, কিন্তু কমল নিজে কী করেছে? সে তো কেবল বসে বসে খাচ্ছে আর বাবার টাকায় ফুটানি মারছে।"

পিউয়ের কণ্ঠে ছিল এক ধরণের আবেগ, যা তার ভেতরের আদর্শকে প্রকাশ করছিল। সে স্বপ্ন দেখতো, তার জীবনসঙ্গী হবে একজন কর্মঠ, আত্মবিশ্বাসী মানুষ, যে নিজের মেধা আর পরিশ্রম দিয়ে সমাজের জন্য কিছু করবে। কমলের মতো একজন অলস, অহংকারী ছেলে তার সেই স্বপ্নের সাথে কোনোভাবেই খাপ খাচ্ছিল না। পিউয়ের কাছে, সত্যিকারের সম্পর্ক গড়ে ওঠে পারস্পরিক সম্মান আর যোগ্যতার ভিত্তিতে, অর্থ বা প্রতিপত্তির উপর নয়।

"কিন্তু পিউ," অনিতা তখনও চেষ্টা করছিলো পিউকে বোঝাতে। "সবাই তো আর কমলের মতো ধনী হয় না। ও তো জন্ম থেকেই সব পেয়ে এসেছে। ওর তো আর কষ্ট করার দরকার নেই। ওর বাবা তো ওকে সব দিয়ে রেখেছেন।"

"দরকার নেই মানে?" পিউয়ের চোখ দুটো আরও দৃঢ় হলো। "দরকার নেই মানেই কি সে কোনো কিছু করবে না? নিজের কোনো পরিচয় তৈরি করবে না? নিজের কোনো লক্ষ্য থাকবে না? আমি এমন কাউকে চাই না, যে কেবল অন্যের উপর নির্ভরশীল। আমি চাই এমন একজন মানুষ, যে নিজের উপর বিশ্বাস রাখে, নিজের ক্ষমতাকে কাজে লাগায়। যে নিজের একটি পরিচয় তৈরি করবে, যা তার বাবার পরিচয়ের আড়ালে ঢাকা পড়বে না।"

পিউয়ের এই দৃঢ়তা অনিতাকে স্তম্ভিত করে দিল। অনিতা বুঝতে পারছিল, পিউ যা বলছে তা তার মনের কথা, তার আদর্শ। পিউয়ের আত্মসম্মানবোধ এতটাই প্রবল যে, সে কোনো অর্থ বা প্রতিপত্তির কাছে মাথা নত করতে রাজি নয়। অনিতা দেখছিল, পিউয়ের চোখেমুখে এক ধরণের জেদ, যা তার সরল চেহারার আড়ালে লুকিয়ে ছিল। পিউয়ের এই মনোভাব অনিতাকে এক নতুন দৃষ্টিকোণ থেকে ভাবতে বাধ্য করলো।

"আমি জানি, আমার বাবা-মাও হয়তো চাইবেন আমি এমন একটি সুযোগ গ্রহণ করি," পিউ বললো, তার কণ্ঠে এক ধরণের বিষণ্ণতা, "কিন্তু আমি নিজের সাথে আপস করতে পারবো না। আমি এমন একজন জীবনসঙ্গী চাই, যার সাথে আমি সমান তালে চলতে পারবো, যার সাথে আমার স্বপ্নগুলো মিলে যাবে। যে আমাকে আমার স্বপ্ন পূরণে সাহায্য করবে, আর আমি তাকে। আমি কেবল কারো ছায়ায় বাঁচতে চাই না। আমি নিজের আলোয় উজ্জ্বল হতে চাই।"

পিউয়ের এই কথাগুলো অনিতার মনে এক গভীর প্রভাব ফেললো। অনিতা জানতো, পিউয়ের বাবা একজন স্কুল শিক্ষক, আর তাদের পরিবার মধ্যবিত্ত। তাদের জীবনে হয়তো অনেক অভাব আছে, কিন্তু পিউ কোনোদিনও সেই অভাবকে তার আদর্শের পথে বাধা হতে দেয়নি। সে সবসময়ই নিজের মেধা আর পরিশ্রমের উপর বিশ্বাস রেখেছে। অনিতা বুঝতে পারছিল, পিউয়ের কাছে কমলের বাবার টাকা কোনো

আকর্ষণীয় বিষয় নয়, বরং তা তার কাছে এক ধরণের বোঝা, যা তার আত্মমর্যাদাকে ক্ষুণ্ণ করবে।

"তুই কি সত্যি বলছিস এসব?" অনিতা শেষবারের মতো নিশ্চিত হতে চাইলো। তার মনে এক ধরণের মিশ্র অনুভূতি, একদিকে তার প্রিয় বান্ধবীর দৃঢ়তা দেখে গর্ব, অন্যদিকে কমলের প্রতিক্রিয়ার ভয়। "তুই কমলকে প্রত্যাখ্যান করবি?"

পিউ অনিতার দিকে তাকিয়ে হাসলো, এক ধরণের আত্মবিশ্বাসী হাসি। তার চোখে ছিল এক অদম্য জেদ। "হ্যাঁ, আমি তাই করবো। আমি এমন কাউকে চাই না, যে কেবল তার বাবার টাকায় বাঁচে। আমি চাই এমন একজন, যে নিজের যোগ্যতায় প্রতিষ্ঠিত হবে। যে নিজের পরিচয় তৈরি করবে, আর সেই পরিচয়ে আমি গর্বিত হতে পারবো।"

অনিতা আর কিছু বলতে পারলো না। সে বুঝতে পারছিল, পিউয়ের সিদ্ধান্ত অটল। তার বান্ধবী, যে কিনা এত সরল, এত বিনয়ী, তার মধ্যে এমন দৃঢ়তা দেখে অনিতা কিছুটা অবাকই হলো। সে জানতো, কমলের কাছে এই খবর পৌঁছানো সহজ হবে না। কমলের অহংকার হয়তো এই প্রত্যাখ্যানকে মেনে নিতে পারবে না। কিন্তু অনিতা পিউয়ের এই আত্মমর্যাদাকে সম্মান করলো। সে জানতো, পিউ যা করছে, তা তার আদর্শের প্রতি বিশ্বস্ততা। আর এই বিশ্বস্ততাই পিউকে অন্যদের থেকে আলাদা করে তুলেছিল।

পিউয়ের এই প্রত্যাখ্যান কেবল কমলের প্রেম প্রস্তাবের প্রত্যাখ্যান ছিল না, তা ছিল তার মূল্যবোধের এক সুস্পষ্ট ঘোষণা। সে প্রমাণ করে দিল যে, তার কাছে অর্থ বা

প্রতিপত্তির চেয়ে আত্মসম্মান আর যোগ্যতা অনেক বেশি গুরুত্বপূর্ণ। এই প্রত্যাখ্যানই কমলের অহংকারী জীবনে এক নতুন অধ্যায়ের সূচনা করল, যা তার জীবনের গতিপথকে সম্পূর্ণ বদলে দিল। পিউয়ের এই দৃঢ়তা ছিল তার স্বপ্নের প্রতি, তার আদর্শের প্রতি এক অটল অঙ্গীকার।

পর্ব ২: জেদ ও প্রতিজ্ঞা

অধ্যায় ১১: খবর পৌঁছানো

কমলের মনে তখন এক অদ্ভুত উত্তেজনা। পিউয়ের সাথে সংক্ষিপ্ত আলাপচারিতা আর অনিতার মাধ্যমে পাঠানো প্রেম প্রস্তাবের পর সে এক প্রকার নিশ্চিত ছিল যে, পিউ তার প্রস্তাব গ্রহণ করবে। তার মনে কোনো সন্দেহ ছিল না। সে জানতো, তার বাবার বিপুল ঐশ্বর্য, তার সামাজিক অবস্থান, আর তার সুদর্শন চেহারা—এই সবকিছুই যেকোনো মেয়ের কাছে এক অপ্রতিরোধ্য আকর্ষণ। পিউয়ের মতো একজন সাধারণ মধ্যবিত্ত পরিবারের মেয়ের পক্ষে তার প্রস্তাব প্রত্যাখ্যান করাটা ছিল অকল্পনীয়। সে মনে মনে পিউকে জয় করার স্বপ্ন দেখছিল, তার অহংকার তাকে এই বিশ্বাস দিয়েছিল যে, পিউ তার হাতে ধরা দেবেই।

বিয়েবাড়ির পর দুদিন কেটে গেছে। কমল অধীর আগ্রহে অনিতার ফোনের অপেক্ষা করছিল। তার মনে হচ্ছিলো, অনিতা হয়তো পিউয়ের সম্মতি নিয়ে যেকোনো মুহূর্তে ফোন করবে। সে তার বন্ধুদের সাথেও এই বিষয়ে হালকা ইঙ্গিত দিয়েছিল, আর বন্ধুরা তার আত্মবিশ্বাসে সায় দিয়েছিল। তারা জানতো, কমলের মতো একজন ছেলের পক্ষে কোনো মেয়ের প্রস্তাব প্রত্যাখ্যান করাটা অসম্ভব।

তৃতীয় দিন সকালে, কমল যখন তার বিলাসবহুল ফ্ল্যাটের ড্রইংরুমে বসে মোবাইল ঘাঁটছিল, তখনই অনিতার ফোন এলো। কমল দ্রুত ফোনটা ধরলো, তার মুখে এক চিলতে

হাসি। "কিরে অনিতা! কী খবর? পিউ কী বললো?" কমলের কণ্ঠে ছিল এক ধরণের আত্মবিশ্বাসী কৌতূহল।

ফোনের ওপাশ থেকে অনিতার কণ্ঠস্বর ছিল কিছুটা দ্বিধান্বিত, যেন সে কোনো অপ্রিয় খবর দিতে চাইছে। "আসলে... কমল... পিউয়ের সাথে আমার কথা হয়েছে।"

কমলের ভ্রু কুঁচকে গেল। অনিতার কণ্ঠস্বরের দ্বিধা তার মনে এক ধরণের অস্বস্তি তৈরি করলো। "হ্যাঁ, কী হয়েছে? ও কি রাজি হয়েছে? নাকি একটু সময় চাইছে?" কমলের মনে তখনো প্রত্যাখ্যানের কোনো ধারণা ছিল না।

অনিতা দীর্ঘশ্বাস ফেললো। "কমল... পিউ তোর প্রস্তাব প্রত্যাখ্যান করেছে।"

এই কথাগুলো কমলের কানে যেন বোমার মতো বাজলো। তার হাতের মোবাইলটা প্রায় পড়ে যাচ্ছিলো। "কী বলছিস তুই? প্রত্যাখ্যান করেছে? এটা কীভাবে সম্ভব?" তার কণ্ঠে ছিল অবিশ্বাস আর এক ধরণের তীব্র রাগ।

"হ্যাঁ কমল, ও স্পষ্ট করে না করে দিয়েছে।" অনিতার কণ্ঠে এক ধরণের দৃঢ়তা ছিল, যা পিউয়ের মনোভাবের প্রতিচ্ছবি। "ও বলেছে, বাপের টাকায় ফুটানি মারা ছেলে ওর পছন্দ নয়। ও এমন কাউকে চায়, যে নিজের যোগ্যতায় প্রতিষ্ঠিত হবে, নিজের পায়ে দাঁড়াবে।"

কমলের সারা শরীর যেন জ্বলে উঠলো। তার অহংকারে তীব্র আঘাত লাগলো। সে ভাবতেই পারছিল না, একজন সাধারণ মধ্যবিত্ত পরিবারের মেয়ে তাকে প্রত্যাখ্যান করার সাহস পায়! তার জীবনে এমন ঘটনা আগে কখনো ঘটেনি। মেয়েরা তার

পেছনে ঘুরতো, তার একটি ইশারায় ছুটে আসতো। আর এই মেয়ে কিনা তাকে প্রত্যাখ্যান করলো!

"কী? ওর এত সাহস?" কমলের কণ্ঠে ছিল তীব্র ক্রোধ। "একটা সাধারণ মধ্যবিত্ত পরিবারের মেয়ে হয়ে ও আমাকে প্রত্যাখ্যান করে? ও নিজেকে কী ভাবে? মহারানী?" তার মুখ লাল হয়ে উঠলো, চোখ দুটো যেন আগুন ঝরাচ্ছিলো।

অনিতা শান্তভাবে বললো, "কমল, ও যা বলেছে, তা ওর আদর্শ। ও নিজের যোগ্যতায় কিছু করতে চায়, আর তেমনই একজন জীবনসঙ্গী চায়। টাকার প্রতি ওর কোনো লোভ নেই।"

"টাকার প্রতি লোভ নেই?" কমল বিদ্রূপের হাসি হাসলো। "এই পৃথিবীতে সবাই টাকার পেছনে ছোটে, আর ও বলছে লোভ নেই? ভণ্ডামি! ও নিশ্চয়ই নিজেকে খুব বড় কিছু ভাবে।"

কমলের মনে তখন কেবল রাগ আর অপমান। তার সুদীর্ঘ অহংকারী জীবনে এমন আঘাত সে আগে কখনো পায়নি। সে নিজেকে সমাজের উঁচুতলার মানুষ মনে করতো, আর পিউয়ের মতো মেয়েদের দেখতো নিছকই তুচ্ছ। অথচ সেই তুচ্ছ মেয়েই তাকে প্রত্যাখ্যান করলো! এই অপমান তার কাছে অসহনীয় ছিল।

"আমি ভাবতেই পারছি না!" কমল প্রায় চিৎকার করে উঠলো। "আমার মতো একজন ছেলেকে ও প্রত্যাখ্যান করলো? আমি ওকে দেখে নেবো! ওর এত সাহস হয় কীভাবে?"

অনিতা বুঝলো, কমলের রাগ এখন চরমে। তাকে বোঝানো এখন বৃথা। সে শুধু বললো, "কমল, শান্ত হ। পিউ যা করেছে, তা ওর আদর্শের জায়গা থেকে করেছে।"

"আদর্শ? ধুর ছাই আদর্শ!" কমল ফোনটা প্রায় ছুঁড়ে ফেলে দিল। তার মনে হচ্ছিলো, তার সব ক্ষমতা যেন এক মুহূর্তে অর্থহীন হয়ে গেছে। তার বাবার টাকা, তার প্রভাব—সবকিছুই যেন এই প্রত্যাখ্যানের কাছে মূল্যহীন মনে হলো।

কমল সারা দিন ধরে এই প্রত্যাখ্যানের কথা ভাবলো। প্রথমে ছিল তীব্র রাগ আর অপমান। কিন্তু ধীরে ধীরে সেই রাগ এক ধরণের বিস্ময়ে পরিণত হলো। সে ভাবলো, পিউ কেন এমন করলো? তার তো কোনো অভাব নেই, সে তো পিউকে সব সুখ দিতে পারতো। তাহলে কেন সে এই সুযোগ হাতছাড়া করলো?

এই প্রশ্নটি কমলের মনে এক ধরণের অস্থিরতা তৈরি করলো। সে এতদিন ধরে বিশ্বাস করতো, টাকা দিয়ে সবকিছু কেনা যায়। মেয়েরাও টাকার পেছনে ছোটে। কিন্তু পিউয়ের প্রত্যাখ্যান তার সেই বিশ্বাসে চিড় ধরালো। পিউ অন্যদের মতো নয়, সে টাকার লোভে তার পেছনে ছোটেনি। তার মধ্যে এমন কিছু আছে, যা কমলের কাছে অজানা।

কমলের মনে হলো, পিউয়ের এই প্রত্যাখ্যান তার অহংকারকে ভেঙে দিয়েছে। সে এতদিন ধরে নিজেকে এক অজেয় শক্তি মনে করতো, কিন্তু পিউ তাকে দেখিয়ে দিল যে, তার অহংকার কতটা ঠুনকো। এই মেয়েটি তার ভুল ভেঙে দিয়েছে। সে অন্যদের মতো নয়। কমলের মনে পিউয়ের

প্রতি এক ধরণের আকর্ষণ তৈরি হলো, যা আগে কেবল বাহ্যিক রূপের জন্য ছিল, এখন তা তার ব্যক্তিত্ব আর দৃঢ়তার জন্য।

তার মনে এক ধরণের জেদ চেপে বসলো। সে পিউকে জয় করবেই। কিন্তু এবার আর টাকার জোরে নয়, নিজের যোগ্যতায়। পিউয়ের প্রত্যাখ্যান কমলের জীবনে এক নতুন মোড় আনলো। তার অলস, উদ্দেশ্যহীন জীবনে এক নতুন লক্ষ্য তৈরি হলো। সে পিউকে প্রমাণ করে দেবে যে, সে কেবল তার বাবার টাকায় বাঁচে না, তার নিজেরও "দম" আছে। এই প্রত্যাখ্যানই কমলের জীবনে এক নতুন অধ্যায়ের সূচনা করল, যা তাকে আত্ম-প্রতিষ্ঠার পথে ধাবিত করল।

অধ্যায় ১২: মুখোমুখি

পিউয়ের প্রত্যাখ্যানের খবর কমলের কানে পৌঁছানোর পর তার মনে যে ঝড় উঠেছিল, তা সহজে থামার ছিল না। প্রথমে তীব্র অপমান আর ক্রোধ, তারপর ধীরে ধীরে সেই রাগ এক ধরণের বিস্ময়ে পরিণত হলো। সে ভাবতেই পারছিল না, একজন সাধারণ মধ্যবিত্ত পরিবারের মেয়ে তাকে, সুরেশ চন্দ্র রায়ের একমাত্র পুত্রকে, এমনভাবে প্রত্যাখ্যান করার সাহস পায়! তার অহংকার তাকে এমন আঘাত আগে কখনো দেয়নি। সে নিজেকে সমাজের উঁচুতলার মানুষ মনে করতো, আর পিউয়ের মতো মেয়েদের দেখতো নিছকই তুচ্ছ। অথচ সেই তুচ্ছ মেয়েই তাকে প্রত্যাখ্যান করলো! এই অপমান তার কাছে অসহনীয় ছিল।

কমল তার বিলাসবহুল ফ্ল্যাটের ড্রইংরুমে পায়চারি করছিল। তার মনে হাজারো প্রশ্ন। কেন পিউ এমন করলো? তার তো কোনো অভাব নেই, সে তো পিউকে সব সুখ দিতে পারতো। তাহলে কেন সে এই সুযোগ হাতছাড়া করলো? অনিতার বলা কথাগুলো তার কানে বাজছিল—"বাপের টাকায় ফুটানি মারা ছেলে ওর পছন্দ নয়। ও এমন কাউকে চায়, যে নিজের যোগ্যতায় প্রতিষ্ঠিত হবে, নিজের পায়ে দাঁড়াবে।" এই কথাগুলো কমলের মনে এক ধরণের অস্থিরতা তৈরি করলো। সে এতদিন ধরে বিশ্বাস করতো, টাকা দিয়ে সবকিছু কেনা যায়। মেয়েরাও টাকার পেছনে ছোটে। কিন্তু পিউয়ের প্রত্যাখ্যান তার সেই বিশ্বাসে চিড় ধরালো।

অহংকার পেরিয়ে প্রেম

পিউ অন্যদের মতো নয়, সে টাকার লোভে তার পেছনে ছোটেনি। তার মধ্যে এমন কিছু আছে, যা কমলের কাছে অজানা। এই ভাবনাটি কমলের মনে এক ধরণের নতুন আকর্ষণ তৈরি করলো। যে মেয়ে তাকে প্রত্যাখ্যান করার সাহস রাখে, তার মধ্যে নিশ্চয়ই বিশেষ কিছু আছে। তার অহংকার ভেঙে গেলেও, পিউয়ের প্রতি তার আকর্ষণ যেন আরও গভীর হলো। সে চাইলো পিউকে আরও কাছ থেকে দেখতে, তার সম্পর্কে আরও জানতে। তার মনে এক ধরণের জেদ চেপে বসলো—সে পিউকে জয় করবেই, কিন্তু এবার আর টাকার জোরে নয়, নিজের যোগ্যতায়।

কমল আর অপেক্ষা করতে পারলো না। তার মনে হচ্ছিলো, এক মুহূর্তও দেরি করা মানে পিউকে তার কাছে থেকে আরও দূরে ঠেলে দেওয়া। সে দ্রুত গাড়ি বের করলো, ড্রাইভারকে নির্দেশ দিল পিউদের পাড়ার দিকে যেতে। তার মনে তখনো রাগ আর জেদ মিশে ছিল, কিন্তু তার সাথে ছিল এক ধরণের কৌতূহল আর আকর্ষণ। সে জানতো না, পিউকে দেখে সে কী বলবে, কীভাবে তার মুখোমুখি হবে। কিন্তু তার মন তাকে পিউয়ের কাছে টেনে নিয়ে যাচ্ছিলো।

পিউ তখন তার ঘরের বারান্দায় বসে বই পড়ছিল। বিকেলের নরম আলো তার মুখে এসে পড়ছিল, তার চুলগুলো বাতাসে উড়ছিল। তার মনে তখনো কমলের প্রেম প্রস্তাব আর অনিতার কথাগুলো ঘুরপাক খাচ্ছিলো। সে জানতো, কমলের মতো একজন ধনী ছেলেকে প্রত্যাখ্যান করাটা সহজ ছিল না,

অহংকার পেরিয়ে প্রেম

কিন্তু তার আত্মমর্যাদা তাকে আপস করতে দেয়নি। সে নিজের সিদ্ধান্তে অটল ছিল।

হঠাৎ করেই তাদের বাড়ির সামনে একটি চকচকে স্পোর্টস কার এসে থামলো। পিউ বই থেকে চোখ তুলে দেখলো, গাড়ি থেকে একজন সুদর্শন যুবক নেমে এলো। তার পরনে ছিল একটি দামি জিন্স আর শার্ট, চোখেমুখে এক ধরণের দৃঢ়তা। পিউ তাকে চিনতে পারলো—কমল। তার হার্টবিট যেন বেড়ে গেল। সে ভাবতেই পারেনি কমল এভাবে সরাসরি তার সামনে এসে হাজির হবে।

কমল গাড়ি থেকে নেমে সোজা পিউদের বাড়ির দিকে হেঁটে এলো। তার চোখেমুখে ছিল এক ধরণের আত্মবিশ্বাস, কিন্তু তার সাথে মিশে ছিল এক ধরণের অস্থিরতা। সে পিউয়ের বারান্দার নিচে এসে দাঁড়ালো।

পিউ ততক্ষণে উপর থেকে নীচে নেমে এসেছে, একেবারে কমলের সামনে এসে দাঁড়িয়েছে। কমল এবার পিউয়ের দিকে সরাসরি তাকালো। তার চোখে ছিল এক ধরণের চ্যালেঞ্জ।

সে ক্রোধান্বিত অবস্থায় পিউকে বলল-

"তুমি নিজেকে কী ভাবো? মহারানী?" কমলের কণ্ঠে ছিল এক ধরণের অহংকার, যা তার চরিত্রের সাথে পরিচিত। তার প্রশ্নটি ছিল তীক্ষ্ণ, যেন পিউকে এক মুহূর্তে তার অবস্থান বুঝিয়ে দিতে চাইছে।

পিউ কমলের দিকে তাকালো। তার মুখে কোনো ভয় ছিল না, কোনো দ্বিধা ছিল না। তার চোখে ছিল এক ধরণের শান্ত দৃঢ়তা, যা কমলের অহংকারকে যেন তুচ্ছ করে দিল। সে

শান্তভাবে উত্তর দিল, তার কণ্ঠে কোনো উচ্চতা ছিল না, কেবল স্পষ্টতা।

"না। একজন মেয়ে, যে স্বপ্ন দেখে!"

পিউয়ের এই উত্তর কমলের কাছে অপ্রত্যাশিত ছিল। সে ভেবেছিল পিউ হয়তো ভয় পাবে, বা তার কথার কোনো প্রতিবাদ করবে না। কিন্তু পিউয়ের শান্ত, আত্মবিশ্বাসী উত্তর তাকে অবাক করে দিল। তার এতটুকু রাগ হলো না সে কথায়। বরং, পিউয়ের এই সরলতা আর দৃঢ়তা কমলকে আরও বেশি আকৃষ্ট করলো। তার মনে হলো, এই মেয়েটি সত্যিই অন্যদের থেকে আলাদা। তার কথায় কোনো কৃত্রিমতা নেই, কোনো ভণ্ডামি নেই।

কমল কিছুক্ষণ চুপ করে পিউয়ের দিকে তাকিয়ে রইলো। তার মনে তখন হাজারো চিন্তা। সে এতদিন মনে করতো বাপের টাকা থাকলেই সব পাওয়া যায়। মেয়েরাও সেই টাকা দেখে তার পেছনে পেছনে ঘুরবে। সেই ধারণা তার ভুল। এই মেয়েটি তার ভুল ভেঙে দিয়েছে। এ অন্যদের মত না। পিউয়ের এই প্রত্যাখ্যান, তার এই আত্মবিশ্বাসী উত্তর—সবকিছুই কমলের মনে এক নতুন উপলব্ধি এনে দিল। সে বুঝতে পারলো, সত্যিকারের মূল্যবোধ অর্থ দিয়ে কেনা যায় না, তা অর্জন করতে হয় নিজের যোগ্যতা আর আত্মমর্যাদা দিয়ে।

কমলের অহংকার যেন এক মুহূর্তে ভেঙে গেল। তার মনে হলো, পিউয়ের এই দৃঢ়তা তাকে এক নতুন পথের সন্ধান দিচ্ছে। সে এর আগে কখনো এমন অনুভূতি অনুভব করেনি।

অহংকার পেরিয়ে প্রেম

পিউয়ের প্রতি তার আকর্ষণ যেন আরও গভীর হলো। সে চাইলো পিউকে জয় করতে, কিন্তু এবার আর তার বাবার টাকায় নয়, নিজের যোগ্যতায়। তার মনে এক ধরণের জেদ চেপে বসলো। সে পিউকে প্রমাণ করে দেবে যে, সে কেবল তার বাবার টাকায় বাঁচে না, তার নিজেরও "দম" আছে।

কমল পিউয়ের দিকে তাকিয়ে মৃদু হাসলো। তার মুখে সেই অহংকারের ছাপ আর ছিল না, ছিল এক ধরণের বিনয়। সে বুঝতে পারছিল, এই মেয়েটি তার জীবনকে আমূল পরিবর্তন করে দেবে। তার অলস, উদ্দেশ্যহীন জীবনে এক নতুন লক্ষ্য তৈরি হলো। সে পিউকে প্রমাণ করে দেবে যে, সে যোগ্য, সে সক্ষম। এই মুখোমুখি কথোপকথন কমলের জীবনে এক নতুন অধ্যায়ের সূচনা করলো, যা তাকে আত্ম-প্রতিষ্ঠার পথে ধাবিত করল। পিউয়ের দৃঢ়তা তার অহংকারকে ভেঙে দিলেও, তার মনে এক নতুন আশার আলো জ্বালিয়ে দিল।

অধ্যায় ১৩: স্বপ্নের উত্তর

কমলের তীক্ষ্ণ প্রশ্ন, "তুমি নিজেকে কী ভাবো? মহারানী?" পিউয়ের কানে পৌঁছালো, কিন্তু তার মনে কোনো ভয়ের সঞ্চার করলো না। তার মুখে কোনো দ্বিধা ছিল না, চোখে ছিল না কোনো অস্থিরতা। বরং, তার দৃষ্টি ছিল শান্ত, স্থির, যেন কমলের অহংকারপূর্ণ প্রশ্নটি তার আত্মমর্যাদার সামনে তুচ্ছ। পিউ কমলের দিকে সরাসরি তাকালো, তার কণ্ঠে কোনো উচ্চতা ছিল না, কেবল স্পষ্টতা আর এক ধরণের অটল বিশ্বাস।

"না। একজন মেয়ে, যে স্বপ্ন দেখে!"

পিউয়ের এই উত্তর কমলের কাছে অপ্রত্যাশিত ছিল। সে ভেবেছিল পিউ হয়তো ভয় পাবে, তার কথার কোনো প্রতিবাদ করবে না, বা হয়তো ক্ষমা চাইবে। কিন্তু পিউয়ের শান্ত, আত্মবিশ্বাসী উত্তর তাকে অবাক করে দিল। তার এতটুকু রাগ হলো না সে কথায়। বরং, পিউয়ের এই সরলতা আর দৃঢ়তা কমলকে আরও বেশি আকৃষ্ট করলো। তার মনে হলো, এই মেয়েটি সত্যিই অন্যদের থেকে আলাদা। তার কথায় কোনো কৃত্রিমতা নেই, কোনো ভণ্ডামি নেই। তার উত্তরটি ছিল সংক্ষিপ্ত, কিন্তু তার গভীরে ছিল এক বিশাল অর্থ, যা কমলের অহংকারী মনকে নাড়িয়ে দিল।

কমল কিছুক্ষণ চুপ করে পিউয়ের দিকে তাকিয়ে রইলো। তার মনে তখন হাজারো চিন্তা। সে এতদিন মনে করতো বাপের টাকা থাকলেই সব পাওয়া যায়। মেয়েরাও সেই টাকা

দেখে তার পেছনে পেছনে ঘুরবে। সেই ধারণা তার ভুল। এই মেয়েটি তার ভুল ভেঙে দিয়েছে। এ অন্যদের মতো না। পিউয়ের এই প্রত্যাখ্যান, তার এই আত্মবিশ্বাসী উত্তর– সবকিছুই কমলের মনে এক নতুন উপলব্ধি এনে দিল। সে বুঝতে পারলো, সত্যিকারের মূল্যবোধ অর্থ দিয়ে কেনা যায় না, তা অর্জন করতে হয় নিজের যোগ্যতা আর আত্মমর্যাদা দিয়ে।

কমলের অহংকার যেন এক মুহূর্তে ভেঙে গেল। তার মনে হলো, পিউয়ের এই দৃঢ়তা তাকে এক নতুন পথের সন্ধান দিচ্ছে। সে এর আগে কখনো এমন অনুভূতি অনুভব করেনি। পিউয়ের প্রতি তার আকর্ষণ যেন আরও গভীর হলো। সে চাইলো পিউকে জয় করতে, কিন্তু এবার আর তার বাবার টাকায় নয়, নিজের যোগ্যতায়। তার মনে এক ধরণের জেদ চেপে বসলো। সে পিউকে প্রমাণ করে দেবে যে, সে কেবল তার বাবার টাকায় বাঁচে না, তার নিজেরও "দম" আছে।

কমলের মনে তখনো পিউয়ের প্রত্যাখ্যানের অপমান ছিল, কিন্তু সেই অপমানের চেয়েও বড় হয়ে উঠলো পিউয়ের ব্যক্তিত্বের আকর্ষণ। সে দেখলো, পিউয়ের চোখে কোনো লোভ নেই, কোনো ভণ্ডামি নেই। তার স্বপ্ন দেখার কথাটি কমলের মনে এক ধরণের কৌতূহল জাগিয়ে তুললো। সে ভাবলো, এই মেয়েটি কী স্বপ্ন দেখে? তার মতো বিলাসী জীবনে অভ্যস্ত একজন মানুষের কাছে সাধারণ মধ্যবিত্ত মেয়ের স্বপ্ন হয়তো তুচ্ছ মনে হতে পারতো, কিন্তু পিউয়ের আত্মবিশ্বাসী ভঙ্গিতে

বলা সেই কথাটি কমলের মনে এক অন্যরকম প্রভাব ফেললো।

কমল পিউয়ের দিকে তাকিয়ে মৃদু হাসলো। তার মুখে সেই অহংকারের ছাপ আর ছিল না, ছিল এক ধরণের বিনয়। সে বুঝতে পারছিল, এই মেয়েটি তার জীবনকে আমূল পরিবর্তন করে দেবে। তার অলস, উদ্দেশ্যহীন জীবনে এক নতুন লক্ষ্য তৈরি হলো। সে পিউকে প্রমাণ করে দেবে যে, সে যোগ্য, সে সক্ষম। এই মুখোমুখি কথোপকথন কমলের জীবনে এক নতুন অধ্যায়ের সূচনা করলো, যা তাকে আত্ম-প্রতিষ্ঠার পথে ধাবিত করবে। পিউয়ের দৃঢ়তা তার অহংকারকে ভেঙে দিলেও, তার মনে এক নতুন আশার আলো জ্বালিয়ে দিল। কমলের মনে হচ্ছিলো, পিউ যেন তাকে এক নতুন আয়না দেখিয়েছে। সেই আয়নায় সে তার নিজের অহংকার, তার অলসতা আর তার উদ্দেশ্যহীন জীবনকে স্পষ্ট দেখতে পাচ্ছিলো। পিউয়ের "একজন মেয়ে, যে স্বপ্ন দেখে!" এই কথাটি কমলের মনে এক ধরণের চ্যালেঞ্জ ছুড়ে দিল। সে ভাবলো, পিউ যদি স্বপ্ন দেখতে পারে, তাহলে সে কেন নয়? তার তো সবকিছু আছে, তাহলে সে কেন নিজের জন্য কোনো লক্ষ্য স্থির করবে না?

এই মুহূর্তে কমলের মনে কোনো রাগ ছিল না, কেবল ছিল এক ধরণের বিস্ময় আর পিউয়ের প্রতি এক গভীর আকর্ষণ। সে বুঝতে পারছিল, এই আকর্ষণ কেবল বাহ্যিক সৌন্দর্য বা শারীরিক আকর্ষণ নয়, এটি ছিল পিউয়ের ব্যক্তিত্ব, তার আত্মবিশ্বাস এবং তার মূল্যবোধের প্রতি এক ধরণের শ্রদ্ধা।

অহংকার পেরিয়ে প্রেম

সে চাইছিল পিউয়ের স্বপ্নগুলোকে জানতে, তার সাথে নিজের স্বপ্নগুলোকে মেলাতে। যদিও তার জীবনে তখনো কোনো স্বপ্ন ছিল না, কিন্তু পিউকে দেখে তার মনে হলো, সেও হয়তো স্বপ্ন দেখতে শিখতে পারবে।

কমল জানতো না, পিউয়ের এই ছোট্ট উত্তরটি তার জীবনকে কতটা বদলে দেবে। এই উত্তরটি তার অহংকারকে ভেঙে দিলেও, তাকে এক নতুন পথের সন্ধান দিল। সে বুঝতে পারলো, সত্যিকারের সুখ বা সাফল্য অর্থ দিয়ে কেনা যায় না, তা অর্জন করতে হয় নিজের পরিশ্রম আর আত্মসম্মান দিয়ে। পিউয়ের "স্বপ্নের উত্তর" কমলের জীবনে এক নতুন অধ্যায়ের সূচনা করলো, যেখানে সে নিজেকে নতুন করে আবিষ্কার করবে, আর ভালোবাসার জন্য এক নতুন সংগ্রাম শুরু করবে।

অধ্যায় ১৪: ভুল ভাঙা

পিউয়ের শান্ত, অথচ দৃঢ় উত্তর, "না। একজন মেয়ে, যে স্বপ্ন দেখে!" – কমলের কানে যেন এক নতুন সুর তুলেছিল। তার অহংকারপূর্ণ প্রশ্নটি পিউয়ের আত্মবিশ্বাসের সামনে মুহূর্তেই ম্লান হয়ে গিয়েছিল। কমলের মুখে সেই ক্ষণিকের রাগ বা বিরক্তি আর ছিল না; তার বদলে ফুটে উঠেছিল এক গভীর বিস্ময়। সে পিউয়ের দিকে তাকিয়ে রইল, যেন তার সামনে এক অচেনা জগৎ উন্মোচিত হয়েছে।

কমল এতদিন ধরে এক বদ্ধ ধারণার মধ্যে বাস করে আসছিল। তার মনে হতো, এই পৃথিবীতে টাকা থাকলেই সব পাওয়া যায়। মেয়েরা টাকার পেছনে ছোটে, তার বাবার বিপুল ঐশ্বর্য দেখেই তারা তার দিকে আকৃষ্ট হয়। সে অসংখ্য মেয়েকে দেখেছে, যারা তার সামান্য ইশারায় ছুটে এসেছে, তার প্রশংসা করেছে, তার বিলাসী জীবনযাপনের অংশীদার হতে চেয়েছে। তাদের চোখে সে লোভ আর মুগ্ধতা ছাড়া আর কিছুই দেখেনি। তাই তার মনে এই বিশ্বাস দৃঢ় হয়েছিল যে, অর্থই সকল ক্ষমতার উৎস, এবং এটি দিয়ে সে যেকোনো নারীকে জয় করতে পারবে। পিউয়ের মতো একজন সাধারণ মধ্যবিত্ত পরিবারের মেয়েকে প্রেম প্রস্তাব পাঠানোর সময়ও তার মনে একই ধারণা ছিল – পিউও নিশ্চয়ই তার বাবার টাকার ঝলকানিতে মুগ্ধ হবে, আর এক মুহূর্তও দেরি না করে তার প্রস্তাবে সায় দেবে।

অহংকার পেরিয়ে প্রেম

কিন্তু পিউয়ের প্রত্যাখ্যান, এবং তার চেয়েও বড় কথা, তার মুখোমুখি দাঁড়িয়ে বলা সেই আত্মবিশ্বাসী উত্তর – কমলের এতদিনকার ধারণাকে ভেঙে চুরমার করে দিল। পিউয়ের চোখে কোনো লোভ ছিল না, কোনো মুগ্ধতা ছিল না, ছিল কেবল এক ধরণের শান্ত আত্মমর্যাদা। তার কণ্ঠে কোনো ভয় ছিল না, ছিল কেবল নিজের আদর্শের প্রতি অটল বিশ্বাস। কমল স্পষ্ট দেখতে পাচ্ছিল, এই মেয়েটি অন্যদের মতো নয়। সে টাকার ঝলকানিতে অন্ধ হওয়ার পাত্রী নয়। তার কাছে অর্থ বা প্রতিপত্তির চেয়েও নিজের স্বপ্ন আর আত্মসম্মান অনেক বেশি মূল্যবান।

কমলের মনে হলো, পিউ যেন তাকে এক নতুন আয়না দেখিয়েছে। সেই আয়নায় সে তার নিজের অহংকার, তার অলসতা আর তার উদ্দেশ্যহীন জীবনকে স্পষ্ট দেখতে পাচ্ছিলো। সে এতদিন ধরে নিজেকে এক অজেয় শক্তি মনে করতো, কিন্তু পিউ তাকে দেখিয়ে দিল যে, তার অহংকার কতটা ঠুনকো। তার বাবার টাকা হয়তো তাকে সামাজিক প্রতিপত্তি এনে দিয়েছে, কিন্তু তা দিয়ে পিউয়ের মতো একজন আত্মমর্যাদাবান মেয়ের মন জয় করা যায় না। এই উপলব্ধি কমলের মনে এক গভীর প্রভাব ফেললো।

তার মনে কোনো রাগ ছিল না, কেবল ছিল এক ধরণের বিস্ময় আর পিউয়ের প্রতি এক গভীর আকর্ষণ। সে বুঝতে পারছিল, এই আকর্ষণ কেবল বাহ্যিক সৌন্দর্য বা শারীরিক আকর্ষণ নয়, এটি ছিল পিউয়ের ব্যক্তিত্ব, তার আত্মবিশ্বাস এবং তার মূল্যবোধের প্রতি এক ধরণের শ্রদ্ধা। সে চাইছিল

পিউয়ের স্বপ্নগুলোকে জানতে, তার সাথে নিজের স্বপ্নগুলোকে মেলাতে। যদিও তার জীবনে তখনো কোনো স্বপ্ন ছিল না, কিন্তু পিউকে দেখে তার মনে হলো, সেও হয়তো স্বপ্ন দেখতে শিখতে পারবে।

কমল পিউয়ের দিকে তাকিয়ে মৃদু হাসলো। তার মুখে সেই অহংকারের ছাপ আর ছিল না, ছিল এক ধরণের বিনয়। সে বুঝতে পারছিল, এই মেয়েটি তার জীবনকে আমূল পরিবর্তন করে দেবে। তার অলস, উদ্দেশ্যহীন জীবনে এক নতুন লক্ষ্য তৈরি হলো। সে পিউকে প্রমাণ করে দেবে যে, সে যোগ্য, সে সক্ষম। এই মুখোমুখি কথোপকথন কমলের জীবনে এক নতুন অধ্যায়ের সূচনা করলো, যা তাকে আত্ম-প্রতিষ্ঠার পথে ধাবিত করবে। পিউয়ের দৃঢ়তা তার অহংকারকে ভেঙে দিলেও, তার মনে এক নতুন আশার আলো জ্বালিয়ে দিল।

পিউয়ের প্রতি কমলের ভালোবাসা যেন আরও গভীর হলো। আগে হয়তো তা ছিল কেবল এক সুদর্শন মেয়ের প্রতি আকর্ষণ, কিন্তু এখন তা পরিণত হলো এক গভীর শ্রদ্ধায়। সে পিউকে কেবল তার রূপের জন্য নয়, তার মেধা, তার আত্মমর্যাদা, তার স্বপ্ন দেখার ক্ষমতা—এই সবকিছুর জন্য ভালোবাসতে শুরু করলো। তার মনে হলো, এই মেয়েটি তাকে এক নতুন জীবন দিতে পারে, এক নতুন উদ্দেশ্য দিতে পারে। সে চাইলো পিউয়ের যোগ্য হয়ে উঠতে, এমন একজন মানুষ হতে, যাকে পিউ কেবল তার বাবার টাকার জন্য নয়, বরং তার নিজের যোগ্যতার জন্য ভালোবাসবে।

অহংকার পেরিয়ে প্রেম

কমলের মনে এক ধরণের জেদ চেপে বসলো। সে পিউকে জয় করবেই, কিন্তু এবার আর তার বাবার টাকায় নয়, নিজের যোগ্যতায়। পিউয়ের প্রত্যাখ্যান কমলের জীবনে এক নতুন মোড় আনলো। তার অলস, উদ্দেশ্যহীন জীবনে এক নতুন লক্ষ্য তৈরি হলো। সে পিউকে প্রমাণ করে দেবে যে, সে কেবল তার বাবার টাকায় বাঁচে না, তার নিজেরও "দম" আছে। এই প্রত্যাখ্যানই কমলের জীবনে এক নতুন অধ্যায়ের সূচনা করবে, যা তাকে আত্ম-প্রতিষ্ঠার পথে ধাবিত করবে।

পিউয়ের সেই ছোট্ট উত্তর, "একজন মেয়ে, যে স্বপ্ন দেখে!" - কমলের মনে যেন এক মন্ত্রের মতো কাজ করছিল। সে বুঝতে পারছিল, তার জীবনের এতদিনকার পথ ছিল ভুল। সে কেবল ভোগ আর বিলাসিতার পেছনে ছুটেছে, কিন্তু সত্যিকারের আনন্দ বা তৃপ্তি পায়নি। পিউ তাকে দেখিয়ে দিল যে, জীবনের আসল সৌন্দর্য কোথায়। কমলের মনে হলো, এই মেয়েটি তার জীবনের সবচেয়ে মূল্যবান প্রাপ্তি হতে পারে, যদি সে তাকে নিজের যোগ্যতায় জয় করতে পারে। তার ভালোবাসা এখন আর কেবল একতরফা আকর্ষণ ছিল না, তা ছিল এক ধরণের প্রতিজ্ঞা, নিজেকে পরিবর্তন করার এক দৃঢ় সংকল্প।

অধ্যায় ১৫: জেদ চেপে বসা

পিউয়ের শান্ত, অথচ দৃঢ় উত্তর, "না। একজন মেয়ে, যে স্বপ্ন দেখে!" – কমলের কানে যেন এক নতুন সুর তুলেছিল। তার অহংকারপূর্ণ প্রশ্নটি পিউয়ের আত্মবিশ্বাসের সামনে মুহূর্তেই ম্লান হয়ে গিয়েছিল। কমলের মুখে সেই ক্ষণিকের রাগ বা বিরক্তি আর ছিল না; তার বদলে ফুটে উঠেছিল এক গভীর বিস্ময়। সে পিউয়ের দিকে তাকিয়ে রইল, যেন তার সামনে এক অচেনা জগৎ উন্মোচিত হয়েছে। তার এতদিনকার বিশ্বাস, তার বাবার বিপুল ঐশ্বর্যই সকল ক্ষমতার উৎস, এই মুহূর্তে চূর্ণবিচূর্ণ হয়ে গেল। পিউ তাকে বুঝিয়ে দিল, অর্থ দিয়ে সব কেনা যায় না, বিশেষ করে আত্মমর্যাদা আর স্বপ্ন।

কমলের মনে হলো, পিউ যেন তাকে এক নতুন আয়না দেখিয়েছে। সেই আয়নায় সে তার নিজের অহংকার, তার অলসতা আর তার উদ্দেশ্যহীন জীবনকে স্পষ্ট দেখতে পাচ্ছিলো। সে এতদিন ধরে নিজেকে এক অজেয় শক্তি মনে করতো, কিন্তু পিউ তাকে দেখিয়ে দিল যে, তার অহংকার কতটা ঠুনকো। তার বাবার টাকা হয়তো তাকে সামাজিক প্রতিপত্তি এনে দিয়েছে, কিন্তু তা দিয়ে পিউয়ের মতো একজন আত্মমর্যাদাবান মেয়ের মন জয় করা যায় না। এই উপলব্ধি কমলের মনে এক গভীর প্রভাব ফেললো। তার মনে কোনো রাগ ছিল না, কেবল ছিল এক ধরণের বিস্ময় আর পিউয়ের প্রতি এক গভীর, নতুন ধরণের আকর্ষণ। সে বুঝতে পারছিল, এই আকর্ষণ কেবল বাহ্যিক সৌন্দর্য বা শারীরিক

অহংকার পেরিয়ে প্রেম

আকর্ষণ নয়, এটি ছিল পিউয়ের ব্যক্তিত্ব, তার আত্মবিশ্বাস এবং তার মূল্যবোধের প্রতি এক ধরণের শ্রদ্ধা। সে চাইছিল পিউয়ের স্বপ্নগুলোকে জানতে, তার সাথে নিজের স্বপ্নগুলোকে মেলাতে। যদিও তার জীবনে তখনো কোনো স্বপ্ন ছিল না, কিন্তু পিউকে দেখে তার মনে হলো, সেও হয়তো স্বপ্ন দেখতে শিখতে পারবে।

পিউয়ের প্রতি কমলের ভালোবাসা যেন আরও গভীর হলো। আগে হয়তো তা ছিল কেবল এক সুদর্শন মেয়ের প্রতি আকর্ষণ, কিন্তু এখন তা পরিণত হলো এক গভীর শ্রদ্ধায়। সে পিউকে কেবল তার রূপের জন্য নয়, তার মেধা, তার আত্মমর্যাদা, তার স্বপ্ন দেখার ক্ষমতা—এই সবকিছুর জন্য ভালোবাসতে শুরু করলো। তার মনে হলো, এই মেয়েটি তাকে এক নতুন জীবন দিতে পারে, এক নতুন উদ্দেশ্য দিতে পারে। সে চাইলো পিউয়ের যোগ্য হয়ে উঠতে, এমন একজন মানুষ হতে, যাকে পিউ কেবল তার বাবার টাকার জন্য নয়, বরং তার নিজের যোগ্যতার জন্য ভালোবাসবে।

কমলের মনে এক ধরণের জেদ চেপে বসলো। এই জেদ ছিল তার জীবনের সবচেয়ে শক্তিশালী জেদ। এটি কেবল পিউকে জয় করার জেদ ছিল না, এটি ছিল নিজেকে প্রমাণ করার জেদ। সে পিউকে প্রমাণ করে দেবে যে, সে কেবল তার বাবার টাকায় বাঁচে না, তার নিজেরও "দম" আছে। সে প্রমাণ করে দেবে যে, সেও স্বপ্ন দেখতে পারে, এবং সেই স্বপ্ন পূরণ করার ক্ষমতা তার আছে। এই জেদ তার অলস, উদ্দেশ্যহীন জীবনে এক নতুন লক্ষ্য তৈরি করলো। তার মনে

হলো, পিউয়ের প্রত্যাখ্যান তার জীবনের সবচেয়ে বড় আশীর্বাদ।

কমল পিউয়ের দিকে তাকিয়ে মৃদু হাসলো। তার মুখে সেই অহংকারের ছাপ আর ছিল না, ছিল এক ধরণের বিনয়। সে বুঝতে পারছিল, এই মেয়েটি তার জীবনকে আমূল পরিবর্তন করে দেবে। তার অলস, উদ্দেশ্যহীন জীবনে এক নতুন লক্ষ্য তৈরি হলো। সে পিউকে প্রমাণ করে দেবে যে, সে যোগ্য, সে সক্ষম। এই মুখোমুখি কথোপকথন কমলের জীবনে এক নতুন অধ্যায়ের সূচনা করলো, যা তাকে আত্ম-প্রতিষ্ঠার পথে ধাবিত করবে। পিউয়ের দৃঢ়তা তার অহংকারকে ভেঙে দিলেও, তার মনে এক নতুন আশার আলো জ্বালিয়ে দিল।

কমল পিউয়ের দিকে একদৃষ্টিতে তাকিয়ে রইলো। তার মনে তখনো হাজারো ভাবনা ঘুরপাক খাচ্ছিলো। সে জানতো, পিউয়ের মতো মেয়েকে সাধারণ উপায়ে জয় করা যাবে না। তাকে এমন কিছু করতে হবে, যা পিউয়ের আদর্শের সাথে খাপ খায়। তাকে এমন কিছু প্রমাণ করতে হবে, যা পিউয়ের চোখে তার মূল্য বাড়িয়ে দেবে। সে বুঝতে পারছিল, পিউয়ের কাছে তার বাবার টাকা বা প্রতিপত্তি কোনো গুরুত্ব বহন করে না। পিউ চায় একজন যোগ্য, আত্মনির্ভরশীল জীবনসঙ্গী। আর সেই যোগ্যতা তাকে অর্জন করতে হবে নিজের পরিশ্রম দিয়ে।

কমলের মনে এক ধরণের চ্যালেঞ্জের স্পৃহা জাগলো। সে এতদিন ধরে কোনো চ্যালেঞ্জের মুখোমুখি হয়নি। তার জীবন ছিল মসৃণ, বাধাহীন। কিন্তু পিউ তাকে এক নতুন চ্যালেঞ্জের

মুখে দাঁড় করিয়ে দিল। এই চ্যালেঞ্জ ছিল নিজেকে প্রমাণ করার, নিজের ক্ষমতাকে যাচাই করার। কমলের মনে হলো, এই চ্যালেঞ্জই তার জীবনের সবচেয়ে বড় পরীক্ষা। আর এই পরীক্ষায় তাকে জিততেই হবে।

সে পিউয়ের দিকে এক পা এগিয়ে গেল। তার কণ্ঠস্বর ছিল নরম, কিন্তু তাতে ছিল এক ধরণের দৃঢ়তা, যা পিউয়ের নজর এড়ালো না। "তুমি আমার জন্য পাঁচটা বছর অপেক্ষা করবে কী?"

কমলের প্রশ্নটি পিউকে অবাক করে দিল। পিউ ভাবতেই পারেনি কমল এমন একটি প্রস্তাব দেবে। তার মনে হলো, ছেলেটি হয়তো তার কথাগুলো সত্যিই গুরুত্ব দিয়ে শুনেছে। পাঁচ বছর! এটা তো কম সময় নয়। পিউয়ের চোখে এক ধরণের কৌতূহল ফুটে উঠলো। সে কমলের দিকে তাকিয়ে বললো, "কেন?"

কমল পিউয়ের চোখে সেই কৌতূহল দেখতে পেলো। সে বুঝতে পারছিল, পিউ হয়তো তার প্রস্তাবের গভীরতা বুঝতে পারছে না। সে পিউয়ের দিকে তাকিয়ে বললো, তার কণ্ঠে ছিল এক ধরণের আবেগ, যা তার অহংকারী চেহারার সাথে ঠিক খাপ খাচ্ছিল না। "আমি তোমাকে নিজের যোগ্যতায় প্রতিষ্ঠিত হয়ে বিয়ে করব!"

কমলের এই কথাগুলো পিউয়ের মনে এক গভীর প্রভাব ফেললো। পিউয়ের চোখেমুখে এক ধরণের বিস্ময় ফুটে উঠলো। সে ভাবতেই পারেনি কমল এমন একটি প্রতিজ্ঞা করবে। নিজের যোগ্যতায় প্রতিষ্ঠিত হয়ে বিয়ে করা! এই

কথাগুলো পিউয়ের স্বপ্নের সাথে মিলে যাচ্ছিলো। কমল তার আদর্শকে বুঝতে পেরেছে, তার স্বপ্নকে সম্মান জানাচ্ছে—এই ভাবনাটি পিউয়ের মনে এক ধরণের আনন্দ এনে দিল।

কমলের মনে তখন এক ধরণের ভয়ও কাজ করছিল। পাঁচ বছর! এটা তো অনেক লম্বা সময়। পিউ কি সত্যিই তার জন্য অপেক্ষা করবে? সে কি তার প্রতিজ্ঞা রক্ষা করতে পারবে? তার মনে হাজারো প্রশ্ন ঘুরপাক খাচ্ছিলো। কিন্তু তার জেদ তাকে এই প্রশ্নগুলো থেকে দূরে সরিয়ে রাখছিল। সে জানতো, এই পাঁচ বছর তার জীবনের সবচেয়ে গুরুত্বপূর্ণ সময় হবে। এই সময়ে তাকে নিজেকে প্রমাণ করতে হবে, নিজের যোগ্যতা অর্জন করতে হবে।

কমল পিউয়ের দিকে তাকিয়ে রইলো। তার চোখে ছিল এক ধরণের আকুতি, এক ধরণের আশা। সে চাইছিল পিউ তার প্রস্তাবে রাজি হোক। পিউয়ের সম্মতি তার জন্য ছিল এক নতুন জীবনের চাবিকাঠি। সে জানতো, যদি পিউ তার প্রস্তাবে রাজি না হয়, তাহলে তার এই নতুন করে বাঁচার স্বপ্ন হয়তো ভেঙে যাবে।

কমলের মনে তখনো পিউয়ের প্রত্যাখ্যানের অপমান ছিল, কিন্তু সেই অপমানের চেয়েও বড় হয়ে উঠলো পিউয়ের ব্যক্তিত্বের আকর্ষণ। সে দেখলো, পিউয়ের চোখে কোনো লোভ নেই, কোনো ভণ্ডামি নেই। তার স্বপ্ন দেখার কথাটি কমলের মনে এক ধরণের কৌতূহল জাগিয়ে তুললো। সে ভাবলো, এই মেয়েটি কী স্বপ্ন দেখে? তার মতো বিলাসী জীবনে অভ্যস্ত একজন মানুষের কাছে সাধারণ মধ্যবিত্ত মেয়ের স্বপ্ন হয়তো

তুচ্ছ মনে হতে পারতো, কিন্তু পিউয়ের আত্মবিশ্বাসী ভঙ্গিতে বলা সেই কথাটি কমলের মনে এক অন্যরকম প্রভাব ফেললো।

কমলের মনে এক ধরণের জেদ চেপে বসলো। সে পিউকে জয় করবেই। কিন্তু এবার আর টাকার জোরে নয়, নিজের যোগ্যতায়। পিউয়ের প্রত্যাখ্যান কমলের জীবনে এক নতুন মোড় আনলো। তার অলস, উদ্দেশ্যহীন জীবনে এক নতুন লক্ষ্য তৈরি হলো। সে পিউকে প্রমাণ করে দেবে যে, সে কেবল তার বাবার টাকায় বাঁচে না, তার নিজেরও "দম" আছে। এই প্রত্যাখ্যানই কমলের জীবনে এক নতুন অধ্যায়ের সূচনা করবে, যা তাকে আত্ম-প্রতিষ্ঠার পথে ধাবিত করবে। কমলের এই প্রস্তাব ছিল তার অহংকারকে বিসর্জন দিয়ে নিজেকে নতুন করে গড়ে তোলার এক অঙ্গীকার। সে পিউকে শুধু বিয়ে করতে চায়নি, সে চেয়েছিল পিউয়ের যোগ্য হয়ে উঠতে। এই পাঁচ বছর তার জন্য ছিল এক অগ্নিপরীক্ষা, যেখানে তাকে নিজের সমস্ত দুর্বলতা কাটিয়ে উঠে একজন সত্যিকারের মানুষ হিসেবে নিজেকে প্রতিষ্ঠিত করতে হবে। তার মনে হলো, পিউয়ের এই প্রত্যাখ্যান তার জীবনের সবচেয়ে বড় আশীর্বাদ। এই জেদই তাকে ভবিষ্যতের পথে চালিত করবে, তাকে এক নতুন দিগন্তের দিকে নিয়ে যাবে।

অধ্যায় ১৬: শর্তসাপেক্ষ সম্মতি

কমলের প্রশ্ন, "আমি তোমাকে নিজের যোগ্যতায় প্রতিষ্ঠিত হয়ে বিয়ে করব!" - পিউয়ের মনে এক গভীর প্রভাব ফেললো। তার মুখে এক ধরণের বিস্ময় ফুটে উঠলো। সে ভাবতেই পারেনি কমল এমন একটি প্রতিজ্ঞা করবে। এই কথাগুলো পিউয়ের স্বপ্নের সাথে মিলে যাচ্ছিলো। কমল তার আদর্শকে বুঝতে পেরেছে, তার স্বপ্নকে সম্মান জানাচ্ছে—এই ভাবনাটি পিউয়ের মনে এক ধরণের আনন্দ এনে দিল। তার চোখেমুখে ফুটে উঠলো এক ঝলমলে হাসি, যা কমলের মনে এক নতুন আশার সঞ্চার করলো।

পিউ কমলের দিকে তাকিয়ে মুচকি হাসলো। সেই হাসি ছিল সরল, নির্মল, কিন্তু তার গভীরে ছিল এক ধরণের দৃঢ়তা আর আত্মবিশ্বাস। সে বুঝতে পারছিল, কমলের এই প্রস্তাব কেবল একটি আবেগপ্রসূত কথা নয়, এটি তার জীবনের এক নতুন মোড়। সে জানতো, কমলের মতো একজন অহংকারী যুবকের পক্ষে এমন প্রতিজ্ঞা করাটা সহজ ছিল না। এই প্রতিজ্ঞা কমলের ভেতরের পরিবর্তনকে নির্দেশ করছিল, যা পিউয়ের মনে এক ধরণের বিশ্বাস তৈরি করলো।

"ঠিক আছে।" পিউয়ের কণ্ঠে ছিল এক ধরণের স্নিগ্ধতা, যা কমলের কানে যেন অমৃতের মতো বাজলো। "ঠিক পাঁচ বছর পর এই পঁচিশে ফাল্গুন পর্যন্ত আমি তোমার জন্য অপেক্ষা করব।"

অহংকার পেরিয়ে প্রেম

কমলের চোখেমুখে এক ধরণের স্বস্তি ফুটে উঠলো। সে ভেবেছিল পিউ হয়তো আরও শর্ত দেবে, বা হয়তো রাজি হবে না। কিন্তু পিউয়ের সম্মতি তাকে এক নতুন শক্তি দিল। তার মনে হলো, তার জীবনের সবচেয়ে বড় চ্যালেঞ্জ সে জয় করতে পারবে।

কিন্তু পিউয়ের কথা তখনো শেষ হয়নি। তার মুখে সেই মুচকি হাসি বজায় রেখেই সে বললো, তার চোখে এক ধরণের দুষ্টুমি। "তার পর আর একটি দিনও আমি তোমাকে দেব না। আর এই সময়ে তুমি একটি বারের জন্য আমার সঙ্গে দেখা করতে পারবে না।"

কমল পিউয়ের এই শর্ত শুনে অবাক হলো। পাঁচ বছর দেখা না করার শর্ত! এটা তো কঠিন পরীক্ষা। তার মনে হলো, পিউ হয়তো তাকে পরীক্ষা করতে চাইছে, তার ভালোবাসার গভীরতা যাচাই করতে চাইছে। কিন্তু কমলের মনে কোনো দ্বিধা ছিল না। সে জানতো, পিউকে জয় করার জন্য তাকে যেকোনো পরীক্ষায় উত্তীর্ণ হতে হবে। তার জেদ তাকে এই শর্ত মেনে নিতে বাধ্য করলো।

"আমি রাজি।" কমলের কণ্ঠে ছিল এক ধরণের দৃঢ়তা। সে পিউয়ের দিকে তাকিয়ে প্রতিজ্ঞা করলো, তার চোখে ছিল এক অদম্য বিশ্বাস। "আমি তোমার জন্য অপেক্ষা করব, আর নিজের যোগ্যতায় প্রতিষ্ঠিত হয়েই তোমার কাছে ফিরব।"

পিউয়ের মুখে হাসি আরও চওড়া হলো। সে বুঝতে পারছিল, কমলের এই প্রতিজ্ঞা কেবল মুখের কথা নয়, এটি তার ভেতরের পরিবর্তনকে নির্দেশ করছে। "২৫শে ফাল্গুন"

তারিখটি তাদের দুজনের জীবনে এক বিশেষ তাৎপর্য বহন করবে। এটি কেবল একটি দিন নয়, এটি ছিল তাদের ভালোবাসার এক মাইলফলক, তাদের প্রতিজ্ঞার এক প্রতীক। এই পাঁচ বছর হবে তাদের দুজনের জন্য এক অগ্নিপরীক্ষা, যেখানে তারা একে অপরের থেকে দূরে থেকেও একে অপরের প্রতি বিশ্বাস আর ভালোবাসা অটুট রাখবে।

কমল আর পিউয়ের মাঝে এক অলিখিত চুক্তি হলো। এই চুক্তি ছিল তাদের নীরব ভালোবাসার, তাদের অদম্য জেদের। কমল জানতো, এই পাঁচ বছর তার জন্য সহজ হবে না। তাকে কঠোর পরিশ্রম করতে হবে, নিজের সমস্ত দুর্বলতা কাটিয়ে উঠতে হবে। তাকে এমন একজন মানুষ হিসেবে নিজেকে প্রতিষ্ঠিত করতে হবে, যাকে পিউ কেবল তার বাবার টাকার জন্য নয়, বরং তার নিজের যোগ্যতার জন্য ভালোবাসবে।

পিউয়ের এই শর্তসাপেক্ষ সম্মতি কমলের জীবনে এক নতুন মোড় আনলো। তার অলস, উদ্দেশ্যহীন জীবনে এক নতুন লক্ষ্য তৈরি হলো। সে পিউকে প্রমাণ করে দেবে যে, সে যোগ্য, সে সক্ষম। এই প্রত্যাখ্যানই কমলের জীবনে এক নতুন অধ্যায়ের সূচনা করবে, যা তাকে আত্ম-প্রতিষ্ঠার পথে ধাবিত করবে।

কমল আর পিউয়ের এই চুক্তি ছিল তাদের নীরব ভালোবাসার, তাদের অদম্য জেদের। কমল জানতো, এই পাঁচ বছর তার জন্য সহজ হবে না। তাকে কঠোর পরিশ্রম করতে হবে, নিজের সমস্ত দুর্বলতা কাটিয়ে উঠতে হবে। তাকে এমন

একজন মানুষ হিসেবে নিজেকে প্রতিষ্ঠিত করতে হবে, যাকে পিউ কেবল তার বাবার টাকার জন্য নয়, বরং তার নিজের যোগ্যতার জন্য ভালোবাসবে।

কমল আর পিউয়ের এই শর্তসাপেক্ষ সম্মতি ছিল তাদের ভালোবাসার এক নীরব প্রতিজ্ঞা। এই পাঁচ বছর হবে তাদের জন্য এক কঠোর পরীক্ষা, যেখানে তারা একে অপরের থেকে দূরে থেকেও একে অপরের প্রতি বিশ্বাস আর ভালোবাসা অটুট রাখবে। কমল বিয়েবাড়ি ছেড়ে চলে গেল, কিন্তু তার মনে ছিল এক নতুন স্বপ্ন, এক নতুন লক্ষ্য। তার জীবনের গতিপথ এখন সম্পূর্ণ ভিন্ন।

অধ্যায় ১৭: লেখাপড়ায় মনোযোগ

সেখান থেকে বেরিয়ে আসার পর কমলের পৃথিবীটা যেন রাতারাতি বদলে গিয়েছিল। তার বিলাসবহুল গাড়িটা যখন শহরের ব্যস্ত রাস্তা ধরে ছুটছিল, তখন তার মনে হচ্ছিলো, সে যেন এক নতুন জীবনের পথে যাত্রা শুরু করেছে। পিউয়ের প্রত্যাখ্যান, তার আত্মবিশ্বাসী উত্তর, আর পাঁচ বছরের সেই কঠিন শর্ত—সবকিছু মিলে কমলের মনে এক নতুন জেদ চেপে বসেছিল। এই জেদ ছিল কেবল পিউকে জয় করার নয়, নিজেকে প্রমাণ করার, নিজের যোগ্যতায় প্রতিষ্ঠিত হওয়ার। তার অলস, উদ্দেশ্যহীন জীবনে এক নতুন লক্ষ্য

তৈরি হয়েছিল, আর সেই লক্ষ্য ছিল পিউয়ের যোগ্য হয়ে ওঠা।

প্রথম কয়েকটা দিন কমলের জন্য সহজ ছিল না। এতদিন ধরে যে জীবন সে যাপন করে এসেছে, তা ছিল অবাধ বিলাসিতা আর আলস্যে মোড়া। সকালে দেরিতে ঘুম থেকে ওঠা, বন্ধুদের সাথে আড্ডা, পার্টি—এসবই ছিল তার রুটিন। কিন্তু এখন তার মনে হলো, এই জীবন তার জন্য নয়। পিউ তাকে শিখিয়ে দিয়েছে যে, সত্যিকারের মূল্যবোধ অর্থ দিয়ে কেনা যায় না, তা অর্জন করতে হয় নিজের শ্রম আর আত্মমর্যাদা দিয়ে। তার বাবার বিপুল ঐশ্বর্য এখন তার কাছে এক ধরণের বোঝা মনে হচ্ছিলো, যা তাকে এতদিন ধরে তার আসল ক্ষমতা উপলব্ধি করতে দেয়নি।

কমল তার ঘরে নিজেকে আবদ্ধ করে ফেললো। তার দামি গেমিং কনসোল, বিশাল টেলিভিশন, আর ব্র্যান্ডেড পোশাক—সবকিছুই যেন তার কাছে অর্থহীন মনে হলো। সে তার পড়ার টেবিলে বসলো, যা এতদিন কেবল ধুলো জমিয়েছিল। বইগুলো বের করলো, যা সে মাধ্যমিকের পর আর ছুঁয়ে দেখেনি। প্রথম প্রথম তার মন বসছিল না। পড়ালেখা তার কাছে ছিল এক দুর্বোধ্য বিষয়, যা সে সবসময় এড়িয়ে চলেছে। কিন্তু পিউয়ের মুখটা মনে পড়তেই তার মনে এক নতুন শক্তি ফিরে আসতো। সে নিজেকে বলতো, "আমাকে পারতেই হবে। পিউয়ের জন্য, নিজের জন্য।"

কমলের নতুন রুটিন শুরু হলো। সে সকালে তাড়াতাড়ি ঘুম থেকে উঠতে শুরু করলো। তার পরিচারকরা অবাক হতো,

অহংকার পেরিয়ে প্রেম

কারণ কমলকে এত সকালে তারা কখনো দেখেনি। সে ব্রেকফাস্ট সেরে সরাসরি পড়ার টেবিলে বসতো। প্রথম প্রথম সে বুঝতে পারছিল না কীভাবে শুরু করবে। তার মাধ্যমিকের ফলাফল ছিল খুবই সাধারণ, তাই তার ভিত্তি ছিল দুর্বল। সে তার পুরোনো শিক্ষক এবং কিছু পরিচিত শিক্ষকের সাথে যোগাযোগ করলো, যারা তাকে সঠিক পথ দেখালেন। সে অনলাইন কোর্স করা শুরু করলো, বিভিন্ন রেফারেন্স বই ঘাঁটতে শুরু করলো।

কমলের বন্ধুরা প্রথমে তার এই পরিবর্তনকে বিশ্বাস করতে পারছিল না। তারা ফোন করতো, মেসেজ করতো, তাকে আড্ডায় ডাকতো। কিন্তু কমল তাদের ফোন ধরতো না, মেসেজের উত্তর দিতো না। অভি, রাতুলরা হয়তো তার ফ্ল্যাটে এসে দরজায় কড়া নাড়তো, কিন্তু কমল দরজা খুলতো না। তারা ভাবতো, কমলের হয়তো কোনো সমস্যা হয়েছে, বা সে হয়তো অসুস্থ। কিন্তু যখন তারা জানতে পারলো কমল পড়ালেখা করছে, তখন তারা অবাক হলো। "কমল পড়ালেখা করছে? এটা কীভাবে সম্ভব?" তারা হাসাহাসি করতো, ঠাট্টা করতো। কিন্তু কমল সেসবে পাত্তা দিতো না। তার লক্ষ্য ছিল স্থির, তার জেদ ছিল অদম্য।

কমলের বাবা সুরেশ চন্দ্র রায় এবং মা সুমিত্রা দেবী প্রথমে তার এই পরিবর্তন দেখে অবাক হয়েছিলেন। তারা জানতেন, কমল পড়ালেখায় খুব একটা আগ্রহী নয়। তাই যখন তারা দেখলেন কমল রাত জেগে পড়াশোনা করছে, তখন তারা কিছুটা চিন্তিত হলেন। "কিরে কমল, কী হয়েছে তোর? হঠাৎ

অহংকার পেরিয়ে প্রেম

এত পড়ালেখা করছিস কেন?" সুরেশ বাবু জিজ্ঞেস করলেন। কমল প্রথমে কিছু বলতে চাইলো না। সে জানতো, তার বাবা-মা তার এই পরিবর্তনের কারণ হয়তো বুঝতে পারবেন না। সে কেবল বললো, "এমনি বাবা, ভালো লাগছে।" কিন্তু সুরেশ বাবু একজন বিচক্ষণ ব্যবসায়ী ছিলেন। তিনি বুঝতে পারছিলেন, কমলের এই পরিবর্তনের পেছনে নিশ্চয়ই কোনো গভীর কারণ আছে। তিনি লক্ষ্য করলেন, কমলের মধ্যে সেই পুরোনো অহংকার আর নেই, তার বদলে এক ধরণের বিনয় আর একাগ্রতা দেখা যাচ্ছে।

কমল দিনরাত এক করে পড়াশোনা করতে লাগলো। তার মেধা হয়তো প্রখর ছিল না, কিন্তু তার জেদ ছিল অসীম। সে জানতো, তাকে নিজের যোগ্যতায় কিছু করতে হবে। সে বিভিন্ন বিশ্ববিদ্যালয়ে স্কলারশিপের জন্য আবেদন করা শুরু করলো। তার লক্ষ্য ছিল বিদেশে গিয়ে উচ্চশিক্ষা গ্রহণ করা। সে জানতো, যদি সে নিজের যোগ্যতায় স্কলারশিপ পায়, তাহলে পিউয়ের কাছে তার মূল্য আরও বাড়বে।

কয়েক মাস পর, কমলের পরিশ্রম ফল দিতে শুরু করলো। তার পরীক্ষার ফলাফল ভালো হতে লাগলো। সে বিভিন্ন প্রতিযোগিতামূলক পরীক্ষায় অংশগ্রহণ করলো, আর তাতেও সে ভালো ফল করলো। তার শিক্ষকরাও অবাক হলেন তার এই পরিবর্তনে। তারা জানতেন, কমলের মধ্যে মেধা ছিল, কিন্তু তার আগ্রহ ছিল না। এখন তার আগ্রহ দেখে তারা মুগ্ধ হলেন।

অহংকার পেরিয়ে প্রেম

একদিন, কমলের হাতে একটি চিঠি এলো। চিঠিটি ছিল একটি স্বনামধন্য বিদেশী বিশ্ববিদ্যালয় থেকে। কমল দ্রুত চিঠিটি খুললো, তার হার্টবিট যেন বেড়ে গেল। চিঠিতে লেখা ছিল, সে স্কলারশিপের জন্য নির্বাচিত হয়েছে! কমলের চোখ দিয়ে আনন্দাশ্রু গড়িয়ে পড়লো। সে তার জীবনের সবচেয়ে বড় সাফল্য অর্জন করেছে। এই সাফল্য তার বাবার টাকার জন্য নয়, তার নিজের পরিশ্রমের জন্য।

কমল দ্রুত তার বাবা-মায়ের কাছে গেল। "বাবা, মা! আমি স্কলারশিপ পেয়েছি! আমি বিদেশে পড়তে যাচ্ছি!" সুরেশ চন্দ্র রায় এবং সুমিত্রা দেবী কমলের কথা শুনে অবাক হলেন। তাদের চোখেমুখে ছিল এক ধরণের অবিশ্বাস, তারপর ধীরে ধীরে সেই অবিশ্বাস আনন্দে পরিণত হলো। তাদের ছেলে, যাকে নিয়ে তারা এত চিন্তিত ছিলেন, সে কিনা নিজের যোগ্যতায় স্কলারশিপ পেয়েছে! সুরেশ বাবু কমলের হাত ধরে বললেন, "আমি জানতাম, তুই পারবি। আমি তোর উপর বিশ্বাস রেখেছিলাম।" সুমিত্রা দেবীর চোখ দিয়ে আনন্দাশ্রু গড়িয়ে পড়লো। তারা তাদের ছেলেকে জড়িয়ে ধরলেন, তাদের গর্বের সীমা ছিল না।

তবে তাদের মনে এক ধরণের মিশ্র অনুভূতিও ছিল। একদিকে ছেলের সাফল্যে গর্ব, অন্যদিকে তাকে দূরে পাঠানোর ভয়। তারা জানতেন, কমল বিদেশে চলে গেলে তাদের থেকে অনেক দূরে চলে যাবে। তার বিলাসবহুল জীবন হয়তো আর থাকবে না, তাকে নিজের পায়ে দাঁড়াতে

হবে, নিজের খরচ চালাতে হবে। কিন্তু তারা জানতেন, এই পরিবর্তন কমলের জন্য ভালো।

কমল বিদেশে যাওয়ার প্রস্তুতি শুরু করলো। তার পাসপোর্ট, ভিসা, বিশ্ববিদ্যালয়ের কাগজপত্র—সবকিছু সে নিজেই তৈরি করলো। তার বাবা হয়তো তাকে সাহায্য করতে চেয়েছিলেন, কিন্তু কমল নিজেই সব করতে চাইলো। সে জানতো, পিউয়ের জন্য তাকে আত্মনির্ভরশীল হতে হবে। তার বন্ধুদের কাছেও এই খবর পৌঁছালো। তারা প্রথমে বিশ্বাস করতে পারছিল না, কিন্তু যখন তারা দেখলো কমল সত্যিই বিদেশে যাচ্ছে, তখন তারা অবাক হলো। তাদের ঠাট্টা-তামাশা এখন শ্রদ্ধায় পরিণত হলো।

কমলের জীবনে এক নতুন অধ্যায়ের সূচনা হলো। সে আর সেই অহংকারী, অলস ছেলেটি ছিল না। সে এখন একজন পরিশ্রমী, আত্মবিশ্বাসী যুবক, যার চোখে ছিল এক নতুন স্বপ্ন, এক নতুন লক্ষ্য। এই পরিবর্তন কেবল তার নিজের জন্য ছিল না, ছিল পিউয়ের জন্য, তাদের ভালোবাসার জন্য। সে জানতো, এই পাঁচ বছর তার জন্য সহজ হবে না, কিন্তু তার জেদ তাকে যেকোনো বাধা অতিক্রম করতে সাহায্য করবে। তার মনে তখনো পিউয়ের মুখটা ভাসছিল, আর সেই মুখটাই তাকে ভবিষ্যতের পথে চালিত করছিল।

অধ্যায় ১৮: পিউয়ের প্রতীক্ষা

কমলের অপ্রত্যাশিত প্রস্তাব এবং "নিজের যোগ্যতায় প্রতিষ্ঠিত হয়ে বিয়ে করব" - এই প্রতিজ্ঞা পিউয়ের জীবনে এক নতুন দিগন্ত উন্মোচন করেছিল। "ঠিক পাঁচ বছর পর এই পঁচিশে ফাল্গুন পর্যন্ত আমি তোমার জন্য অপেক্ষা করব... আর এই সময়ে তুমি একটি বারের জন্য আমার সঙ্গে দেখা করতে পারবে না।" পিউয়ের এই শর্তগুলো কমল মেনে নিয়েছিল, যা পিউয়ের মনে কমলের প্রতি এক গভীর বিশ্বাস তৈরি করেছিল। বিয়েবাড়ি থেকে কমলের চলে যাওয়ার পর পিউয়ের মনে এক ধরণের মিশ্র অনুভূতি দানা বেঁধেছিল - একদিকে কমলের প্রতিজ্ঞা শুনে তার আনন্দ, অন্যদিকে পাঁচ বছর দেখা না করার শর্তের কারণে এক ধরণের বিষণ্ণতা। কিন্তু তার মনে বিশ্বাস ছিল, কমল তার প্রতিজ্ঞা রক্ষা করবে। সে জানতো, এই পাঁচ বছর তার জন্য সহজ হবে না। তাকেও নিজের স্বপ্ন পূরণে মনোযোগ দিতে হবে, নিজের যোগ্যতাকে আরও শাণিত করতে হবে।

কমলের প্রতিজ্ঞা পিউয়ের জীবনে এক নতুন অনুপ্রেরণা নিয়ে এসেছিল। এতদিন তার স্বপ্ন ছিল আত্মনির্ভরশীল হওয়ার, নিজের পায়ে দাঁড়ানোর। এখন সেই স্বপ্নের সাথে যোগ হয়েছিল কমলের ফিরে আসার প্রতীক্ষা। তার দিনলিপিতে এক নতুন ছন্দ এসেছিল। সকালে ঘুম থেকে উঠে সে নিজের কাজগুলো সেরে নিতো, তারপর মনোযোগ দিতো পড়াশোনায়। তার বাবা সুধীর বাবু এবং মা রেবা দেবী

পিউয়ের এই একাগ্রতা দেখে খুশি হতেন, যদিও তারা কমলের প্রতিজ্ঞা সম্পর্কে তখনো কিছু জানতেন না।

পিউ জানতো, কমলকে যোগ্য জবাব দিতে হলে তাকেও নিজের জায়গায় প্রতিষ্ঠিত হতে হবে। সে কেবল কমলের জন্য অপেক্ষা করে সময় নষ্ট করতে চায়নি। বরং, সে নিজেকে আরও যোগ্য করে তুলতে চেয়েছিল। সে তার কলেজের পড়াশোনায় আরও বেশি মনোযোগ দিল। লাইব্রেরিতে ঘণ্টার পর ঘণ্টা কাটাতো, নতুন নতুন বই পড়তো। তার মেধা তাকে সবসময়ই সাহায্য করতো, কিন্তু এখন তার জেদ তাকে আরও বেশি পরিশ্রমী করে তুলেছিল। সে বিভিন্ন প্রতিযোগিতামূলক পরীক্ষার জন্য প্রস্তুতি নেওয়া শুরু করলো, কারণ তার লক্ষ্য ছিল একটি সম্মানজনক পেশায় নিজেকে প্রতিষ্ঠিত করা।

মাঝে মাঝে অনিতা এসে পিউয়ের সাথে দেখা করতো। অনিতা কমলের পরিবর্তনের কথা পিউকে জানাতো। কমল কীভাবে রাতদিন এক করে পড়াশোনা করছে, বন্ধুদের আড্ডা ছেড়ে দিয়েছে, এমনকি স্কলারশিপের জন্য প্রস্তুতি নিচ্ছে – এসব শুনে পিউয়ের মনে এক ধরণের আনন্দ আর গর্ব হতো। অনিতা অবশ্য পিউয়ের শর্তের কথা জানতো না, তাই সে মাঝে মাঝে কমলের খবর দিতে চাইতো, কিন্তু পিউ তাকে থামিয়ে দিতো। "ওর খবর আমি জানি, অনিতা। ও নিজের পথে এগিয়ে যাক। এখন দেখা করার কোনো প্রয়োজন নেই।" পিউয়ের এই দৃঢ়তা অনিতাকে অবাক করতো, কিন্তু সে পিউয়ের সিদ্ধান্তকে সম্মান করতো।

অহংকার পেরিয়ে প্রেম

পিউয়ের বাবা-মা, বিশেষ করে তার মা, পিউয়ের বিয়ের জন্য চিন্তিত হতে শুরু করেছিলেন। পিউ তখন কলেজে শেষ বর্ষে পড়ছিল, আর তাদের সমাজে এই বয়সে মেয়ের বিয়ে দেওয়ার চল ছিল। বিভিন্ন জায়গা থেকে বিয়ের প্রস্তাব আসতো। সুধীর বাবু এবং রেবা দেবী পিউকে জিজ্ঞেস করতেন, "মা, এবার তো তোর বিয়ের কথা ভাবতে হবে। কত ভালো ভালো সম্বন্ধ আসছে।"

পিউ জানতো, এই প্রশ্নটা আসবেই। তার বাবা-মায়ের চিন্তার কারণ সে বুঝতে পারতো। তারা চাইতেন তাদের একমাত্র মেয়ে সুখে থাকুক, সুরক্ষিত থাকুক। কিন্তু পিউয়ের মনে তখনো কমলের প্রতিজ্ঞা অটুট। সে একদিন সাহস করে তার বাবা-মায়ের কাছে সব কথা খুলে বললো। কমলের সাথে তার প্রথম দেখা, তার প্রেম প্রস্তাব, পিউয়ের প্রত্যাখ্যান, এবং সবশেষে কমলের সেই প্রতিজ্ঞা – "আমি তোমাকে নিজের যোগ্যতায় প্রতিষ্ঠিত হয়ে বিয়ে করব!" এবং পিউয়ের পাঁচ বছরের অপেক্ষার শর্ত।

সুধীর বাবু এবং রেবা দেবী পিউয়ের কথা শুনে অবাক হলেন। তাদের চোখেমুখে ছিল এক ধরণের অবিশ্বাস। "কিরে মা, তুই এসব কী বলছিস? এমন কথা কি বিশ্বাস করা যায়?" রেবা দেবী বললেন, তার কণ্ঠে উদ্বেগ। "ও তো ধনী ঘরের ছেলে। ও কি সত্যি সত্যি তোর জন্য পাঁচ বছর অপেক্ষা করবে? আর নিজের যোগ্যতায় প্রতিষ্ঠিত হবে?"

সুধীর বাবু, যিনি ছিলেন একজন বাস্তববাদী মানুষ, তিনি পিউয়ের দিকে তাকিয়ে বললেন, "মা, ও ছেলে এখন অন্য

লক্ষ্যে ছুটে চলেছে। ওর জীবনে এখন অর্থ আর প্রতিপত্তিই প্রধান। তোর কথা তার আর মনে পড়বে না। এত বড় ধনী পরিবারের ছেলে, তার কি তোর মতো সাধারণ মেয়ের জন্য অপেক্ষা করার সময় আছে?"

পিউ বাবার কথা শুনলো, কিন্তু তার মনে কোনো দ্বিধা ছিল না। সে বাবার দিকে তাকিয়ে দৃঢ় কণ্ঠে বললো, "বাবা, আমি জানি কমল তার প্রতিজ্ঞা রক্ষা করবে। আমি ওর চোখে সেই জেদ দেখেছি। ও অন্যদের মতো নয়। ঐ দেওয়া দিন পর্যন্ত তাকে অপেক্ষা করতেই হবে। আমি ওকে বিশ্বাস করি।"

পিউয়ের এই দৃঢ় বিশ্বাস দেখে তার বাবা-মা আর কিছু বলতে পারলেন না। তারা জানতেন, পিউ একবার যখন কোনো সিদ্ধান্ত নেয়, তখন সে সেখান থেকে সরে আসে না। তারা তাদের মেয়ের উপর বিশ্বাস রাখলেন, যদিও তাদের মনে এক ধরণের সংশয় রয়েই গেল। তারা শুধু পিউয়ের মুখের দিকে তাকিয়ে রইলেন, তাদের চোখে ছিল এক ধরণের আশা আর ভয়।

পিউ তার নিজের স্বপ্ন পূরণে আরও বেশি মনোযোগ দিল। সে জানতো, এই পাঁচ বছর কেবল কমলের পরীক্ষা নয়, এটি তার নিজেরও পরীক্ষা। তাকে নিজের যোগ্যতায় প্রতিষ্ঠিত হতে হবে, যাতে সে কমলের পাশে সমান তালে দাঁড়াতে পারে। তার দিনগুলো কাটতো পড়াশোনা, স্বপ্ন দেখা আর কমলের ফিরে আসার প্রতীক্ষায়। মাঝে মাঝে তার মনে এক ধরণের ভয় উঁকি দিতো – যদি কমল সত্যিই ফিরে না আসে? যদি সে তার প্রতিজ্ঞা ভুলে যায়? কিন্তু সেই ভয়কে সে তার

দৃঢ় বিশ্বাস দিয়ে জয় করতো। সে জানতো, ভালোবাসা মানে বিশ্বাস, আর সেই বিশ্বাসই তাদের সম্পর্ককে অটুট রাখবে। পিউয়ের প্রতীক্ষা ছিল কেবল একটি সময়ের অপেক্ষা নয়, এটি ছিল তার ভালোবাসার এক নীরব সাধনা, তার আত্মমর্যাদার এক অটল অঙ্গীকার।

অধ্যায় ১৯: বাবা-মায়ের উদ্বেগ

কমলের সাথে পিউয়ের সেই অলিখিত চুক্তি, পাঁচ বছর পর "২৫শে ফাল্গুন" তারিখে নিজের যোগ্যতায় প্রতিষ্ঠিত হয়ে ফিরে আসার প্রতিজ্ঞা, পিউয়ের মনে এক নতুন আশা আর দৃঢ়তা এনে দিয়েছিল। সে জানতো, এই প্রতীক্ষা কেবল কমলের পরীক্ষা নয়, এটি তার নিজেরও পরীক্ষা। তাকেও নিজের স্বপ্ন পূরণে মনোযোগ দিতে হবে, নিজেকে আরও যোগ্য করে তুলতে হবে। কিন্তু এই ব্যক্তিগত প্রতিজ্ঞার বাইরেও এক সামাজিক চাপ ছিল, যা পিউয়ের বাবা-মায়ের মনে গভীর উদ্বেগের জন্ম দিচ্ছিল।

পিউ তখন কলেজে শেষ বর্ষে পড়ছিল, আর তাদের সমাজে এই বয়সে মেয়ের বিয়ে দেওয়ার চল ছিল। বাবা সুধীর বাবু এবং মা রেবা দেবী তাদের একমাত্র মেয়ের ভবিষ্যৎ নিয়ে চিন্তিত হতে শুরু করেছিলেন। পাড়া-প্রতিবেশী, আত্মীয়-স্বজন – সবার মুখেই একই কথা, "পিউ তো এখন বড় হয়েছে, এবার ওর বিয়ের কথা ভাবুন।" বিভিন্ন জায়গা থেকে বিয়ের প্রস্তাব আসতো। কিছু প্রস্তাব ছিল বেশ ভালো, যেখানে পাত্ররা

প্রতিষ্ঠিত, সচ্ছল। রেবা দেবী সেই প্রস্তাবগুলো নিয়ে পিউয়ের সাথে আলোচনা করতেন, তার মতামত জানতে চাইতেন। পরিবর্তন হয়েছে কিনা।

"কিরে মা, এবার তো তোর বিয়ের কথা ভাবতে হবে, পাড়ার লোকে কত কথা বলছে।" রেবা দেবী আবার একদিন পিউকে বললেন, তার কণ্ঠে এক ধরণের চাপা উদ্বেগ। "কত ভালো ভালো সম্বন্ধ আসছে। অমুক পাড়ার ছেলেটা ডাক্তার, তমুক পরিবারের ছেলেটা ইঞ্জিনিয়ার। কত ভালো ছেলে! একবার দেখা করবি না?"

পিউ জানতো, এই প্রশ্নটা আসবেই। তার বাবা-মায়ের চিন্তার কারণ সে বুঝতে পারতো। তারা চাইতেন তাদের একমাত্র মেয়ে সুখে থাকুক, সুরক্ষিত থাকুক। তারা চাইতেন পিউ একজন ভালো জীবনসঙ্গী পাক, যে তাকে ভালোবাসবে, যত্ন নেবে। কিন্তু পিউয়ের মনে তখনো কমলের প্রতিজ্ঞা অটুট। সে জানতো, তার জীবনে অন্য কারো প্রবেশ সম্ভব নয়, অন্তত এই পাঁচ বছরের জন্য।

পিউ প্রথমে সরাসরি কোনো উত্তর দিতো না। সে কেবল হাসতো আর বলতো, "এখনো তো আমার পড়ালেখা শেষ হয়নি, মা। আগে নিজের পায়ে দাঁড়াই, তারপর বিয়ের কথা ভাববো। তার ওপর তাকে দেওয়া সময়।"

তিনি দীর্ঘশ্বাস ফেললেন। "মা," সুধীর বাবু আবারও বললেন, তার কণ্ঠে এক ধরণের বিষণ্ণতা, "তুই যা বলছিস, তা শুনতে খুব ভালো লাগছে। কিন্তু বাস্তবটা অনেক কঠিন। ও ছেলে এখন অন্য লক্ষ্যে ছুটে চলেছে। ও হয়তো তোর কথা শুনে

আবেগপ্রবণ হয়ে কিছু কথা বলে ফেলেছে। কিন্তু ওর জীবনে এখন অর্থ আর প্রতিপত্তিই প্রধান। তার সামনে এখন এক বিশাল সাম্রাজ্য গড়ার স্বপ্ন। সেই পথে তোর মতো একজন সাধারণ মেয়ের কথা তার আর মনে পড়বে না। এত বড় ধনী পরিবারের ছেলে, তার কি তোর মতো সাধারণ মেয়ের জন্য অপেক্ষা করার সময় আছে? আর পাঁচ বছর পর যখন সে সাফল্যের চূড়ায় পৌঁছাবে, তখন কি সে তোর মতো একজন মধ্যবিত্ত মেয়ের কথা মনে রাখবে? তখন হয়তো তার চারপাশে আরও অনেক সুন্দরী, ধনী মেয়ে ঘুরবে।"

বাবার কথাগুলো পিউয়ের কানে যেন তীক্ষ্ণ তীরের মতো বিঁধলো। সে জানতো, বাবা যা বলছেন, তা বাস্তবতার নিরিখে সত্যি। কমলের মতো একজন ধনী ছেলের পক্ষে এমন প্রতিজ্ঞা রক্ষা করাটা সহজ হবে না। কিন্তু পিউয়ের মনে কোনো দ্বিধা ছিল না। তার বিশ্বাস ছিল অটুট। সে বাবার দিকে তাকিয়ে দৃঢ় কণ্ঠে বললো, তার চোখে ছিল এক অদম্য বিশ্বাস আর জেদ।

"বাবা, আমি জানি কমল তার প্রতিজ্ঞা রক্ষা করবে। আমি ওর চোখে সেই জেদ দেখেছি। ও অন্যদের মতো নয়। ও আমাকে নিজের যোগ্যতায় প্রতিষ্ঠিত হয়ে বিয়ে করার কথা বলেছে, আর আমি ওকে বিশ্বাস করি। ঐ দেওয়া দিন পর্যন্ত তাকে অপেক্ষা করতেই হবে। আমি জানি, ও ফিরবে। আর যদি ও না ফেরে, তাহলে আমি সারা জীবন একা থাকবো, তবু অন্য কাউকে বিয়ে করবো না।"

পিউয়ের এই দৃঢ় বিশ্বাস দেখে সুধীর বাবু এবং রেবা দেবী আর কিছু বলতে পারলেন না। তারা জানতেন, পিউ একবার যখন কোনো সিদ্ধান্ত নেয়, তখন সে সেখান থেকে সরে আসে না। তার এই অটল বিশ্বাস তাদের মনে এক ধরণের আশা জাগিয়ে তুললো, যদিও তাদের সংশয় পুরোপুরি দূর হলো না। তারা তাদের মেয়ের উপর বিশ্বাস রাখলেন, তার সিদ্ধান্তকে সম্মান জানালেন, যদিও তাদের মনে এক ধরণের ভয় আর উদ্বেগ রয়েই গেল।

"ঠিক আছে মা," রেবা দেবী বললেন, তার চোখে জল। "যদি তোর এটাই ইচ্ছা হয়, তাহলে আমরা আর কিছু বলবো না। কিন্তু তুই নিজের খেয়াল রাখিস।"

সুধীর বাবু শুধু পিউয়ের মুখের দিকে তাকিয়ে রইলেন, তার চোখে ছিল এক ধরণের মিশ্র অনুভূতি – মেয়ের দৃঢ়তা দেখে গর্ব, আর তার ভবিষ্যতের অনিশ্চয়তা নিয়ে উদ্বেগ। তারা বুঝতে পারছিলেন, তাদের মেয়ে এক কঠিন পথে পা বাড়িয়েছে, আর এই পথে তাকে একাই চলতে হবে।

পিউ তার বাবা-মায়ের সম্মতি পেয়ে এক ধরণের স্বস্তি অনুভব করলো। এই কথোপকথন তার বিশ্বাসকে আরও শক্তিশালী করলো। সে জানতো, তার বাবা-মা হয়তো পুরোপুরি বিশ্বাস করতে পারছেন না, কিন্তু তারা তাকে সমর্থন দিয়েছেন, এটাই তার জন্য যথেষ্ট। পিউ তার নিজের স্বপ্ন পূরণে আরও বেশি মনোযোগ দিল। সে জানতো, এই পাঁচ বছর কেবল কমলের পরীক্ষা নয়, এটি তার নিজেরও পরীক্ষা। তাকে নিজের যোগ্যতায় প্রতিষ্ঠিত হতে হবে, যাতে

সে কমলের পাশে সমান তালে দাঁড়াতে পারে। তার দিনগুলো কাটতো পড়াশোনা, স্বপ্ন দেখা আর কমলের ফিরে আসার প্রতীক্ষায়। মাঝে মাঝে তার মনে এক ধরণের ভয় উঁকি দিতো – যদি কমল সত্যিই ফিরে না আসে? যদি সে তার প্রতিজ্ঞা ভুলে যায়? কিন্তু সেই ভয়কে সে তার দৃঢ় বিশ্বাস দিয়ে জয় করতো। সে জানতো, ভালোবাসা মানে বিশ্বাস, আর সেই বিশ্বাসই তাদের সম্পর্ককে অটুট রাখবে। পিউয়ের প্রতীক্ষা ছিল কেবল একটি সময়ের অপেক্ষা নয়, এটি ছিল তার ভালোবাসার এক নীরব সাধনা, তার আত্মমর্যাদার এক অটল অঙ্গীকার।

পর্ব ৩: দূরত্বের সংগ্রাম ও সাফল্য

অধ্যায় ২০: বিদেশ যাত্রা

কমলের বিদেশ যাত্রা ছিল তার জীবনের এক নতুন অধ্যায়ের সূচনা। যে ছেলেটি এতদিন তার বাবার বিলাসবহুল ফ্ল্যাটের আরামদায়ক পরিবেশে বড় হয়েছে, যার প্রতিটি চাহিদা মুহূর্তেই পূরণ হয়েছে, সে এখন সম্পূর্ণ একা এক অচেনা দেশে পা রাখছে। এয়ারপোর্টের ঝলমলে আলো আর বিদায় জানানো বাবা-মায়ের আবেগঘন মুখগুলো পেছনে ফেলে যখন সে প্লেনে উঠলো, তখন তার মনে এক ধরণের মিশ্র অনুভূতি – একদিকে অচেনা ভবিষ্যতের উত্তেজনা, অন্যদিকে পরিচিত জগৎ ছেড়ে আসার এক চাপা ভয়। কিন্তু পিউয়ের মুখটা মনে পড়তেই তার মনে এক নতুন শক্তি ফিরে আসতো। সে জানতো, এই যাত্রা তার জন্য এক অগ্নিপরীক্ষা, আর এই পরীক্ষায় তাকে জিততেই হবে।

লন্ডনের হিথ্রো এয়ারপোর্টে যখন সে নামলো, তখন শীতের এক হিমেল হাওয়া তাকে স্বাগত জানালো। কলকাতার উষ্ণ আবহাওয়া ছেড়ে এসে এই ঠান্ডা তার শরীরে এক ধরণের কাঁপুনি ধরিয়ে দিল। চারপাশে অচেনা মুখ, ভিন্ন ভাষা, ভিন্ন সংস্কৃতি – সবকিছুই কমলের কাছে নতুন ঠেকছিল। তার জীবনে এমন অভিজ্ঞতা আগে কখনো হয়নি। এতদিন তার প্রতিটি পদক্ষেপ ছিল সুরক্ষিত, তার বাবার প্রভাব তাকে সব বিপদ থেকে আড়াল করে রেখেছিল। কিন্তু এখন সে সম্পূর্ণ একা, নিজের পায়ে দাঁড়ানোর চ্যালেঞ্জ নিয়ে এই নতুন পরিবেশে।

অহংকার পেরিয়ে প্রেম

বিশ্ববিদ্যালয়ের ডর্ম রুমে যখন সে তার জিনিসপত্র রাখলো, তখন তার মনে এক ধরণের শূন্যতা অনুভব হলো। তার বিলাসবহুল ফ্ল্যাটের বিশাল কক্ষের তুলনায় এই ছোট ঘরটি ছিল সাদামাটা, সাধারণ। এখানে কোনো পরিচারক নেই, কোনো ড্রাইভার নেই, কোনো বন্ধু নেই যারা তার প্রতিটি কথায় সায় দেবে। তাকে নিজের বিছানা নিজেকেই গোছাতে হলো, নিজের জিনিসপত্র নিজেই গুছিয়ে রাখতে হলো। এই সাধারণ কাজগুলোও তার কাছে এক ধরণের চ্যালেঞ্জ মনে হলো, কারণ সে জীবনে কখনো এমন কাজ করেনি।

প্রথম কয়েকটা দিন কমলের জন্য ছিল এক সংগ্রাম। নতুন পরিবেশে মানিয়ে নেওয়াটা তার কাছে কঠিন মনে হচ্ছিলো। খাবারের স্বাদ ভিন্ন, মানুষের কথা বলার ধরণ ভিন্ন, এমনকি সকালের আলোও যেন অন্যরকম। সে চেষ্টা করছিল মানিয়ে নিতে, কিন্তু তার ভেতরে এক ধরণের অস্থিরতা কাজ করছিল। তার পুরোনো বন্ধুরা ফোন করতো, মেসেজ করতো, কিন্তু কমল তাদের সাথে খুব একটা কথা বলতো না। সে জানতো, তার এই নতুন জীবন তার পুরোনো জীবনের থেকে সম্পূর্ণ আলাদা।

বিশ্ববিদ্যালয়ের পড়াশোনাও ছিল তার জন্য এক নতুন চ্যালেঞ্জ। সে একটি স্বনামধন্য বিজনেস স্কুলে ভর্তি হয়েছিল, যেখানে পড়ালেখার মান ছিল অত্যন্ত উঁচু। ক্লাসে বিশ্বের বিভিন্ন প্রান্ত থেকে আসা মেধাবী শিক্ষার্থীরা ছিল, যারা প্রত্যেকেই নিজেদের যোগ্যতায় এখানে এসেছে। কমলের মাধ্যমিকের ফলাফল ছিল খুবই সাধারণ, তাই তার ভিত্তি ছিল

দুর্বল। প্রথম প্রথম সে ক্লাসের লেকচারগুলো বুঝতে পারছিল না, অ্যাসাইনমেন্টগুলো তার কাছে কঠিন মনে হচ্ছিলো। তার পুরোনো অভ্যাস তাকে আলস্যের দিকে টানছিল, কিন্তু পিউয়ের মুখটা মনে পড়তেই তার মনে এক নতুন জেদ চেপে বসতো।

কমল নিজেকে বলতো, "আমাকে পারতেই হবে। পিউয়ের জন্য, নিজের জন্য।" সে তার সমস্ত মনোযোগ পড়ালেখায় দিল। দিনের পর দিন সে লাইব্রেরিতে কাটাতো। সকাল থেকে রাত পর্যন্ত বই পড়তো, নোট তৈরি করতো, অ্যাসাইনমেন্টগুলো সমাধান করার চেষ্টা করতো। তার সহপাঠীরা অবাক হতো তার এই একাগ্রতা দেখে। তারা জানতো, কমল একজন ধনী পরিবারের ছেলে, কিন্তু তার পরিশ্রম দেখে তারা মুগ্ধ হতো।

কমল শিক্ষকদের সাথে কথা বলতো, তাদের কাছ থেকে সাহায্য চাইতো। সে নিজের দুর্বলতাগুলো স্বীকার করতে শিখলো, যা তার অহংকারী স্বভাবের সম্পূর্ণ বিপরীত ছিল। সে বুঝতে পারছিল, এই নতুন পরিবেশে তাকে নিজের অহংকার ত্যাগ করতে হবে, নিজেকে নতুন করে গড়তে হবে। তার এই পরিবর্তন তার শিক্ষকদেরও প্রভাবিত করলো। তারা কমলকে সাহায্য করতে এগিয়ে এলেন, তাকে সঠিক পথ দেখালেন।

রাতে যখন সে ডর্ম রুমে ফিরতো, তখন তার শরীর ক্লান্তিতে ভেঙে পড়তো। কিন্তু তার মনে এক ধরণের তৃপ্তি ছিল। সে জানতো, সে সঠিক পথে আছে। তার এই পরিশ্রম কেবল

একাডেমিক সাফল্য অর্জনের জন্য ছিল না, এটি ছিল তার আত্ম-প্রতিষ্ঠার সংগ্রাম, পিউয়ের যোগ্য হয়ে ওঠার সংগ্রাম। সে জানতো, এই পাঁচ বছর তার জন্য সহজ হবে না, কিন্তু তার জেদ তাকে যেকোনো বাধা অতিক্রম করতে সাহায্য করবে।

মাঝে মাঝে তার মনে এক ধরণের একাকীত্ব অনুভব হতো। তার পুরোনো বন্ধুদের আড্ডা, তার বাবার বিলাসবহুল জীবন – সবকিছুই তার কাছে এক স্মৃতি মনে হতো। কিন্তু সেই একাকীত্ব তাকে দুর্বল করতে পারতো না। সে জানতো, এই একাকীত্বই তাকে আরও শক্তিশালী করে তুলবে, তাকে নিজের উপর নির্ভরশীল হতে শেখাবে।

কমলের এই বিদেশ যাত্রা ছিল তার জীবনের সবচেয়ে বড় পরীক্ষা। সে এই পরীক্ষায় উত্তীর্ণ হওয়ার জন্য দৃঢ় প্রতিজ্ঞ ছিল। তার পড়ালেখার কঠোরতা, নতুন পরিবেশে মানিয়ে নেওয়ার সংগ্রাম – সবকিছুই তাকে একজন নতুন মানুষে পরিণত করছিল। সে আর সেই অহংকারী, অলস ছেলেটি ছিল না। সে এখন একজন পরিশ্রমী, আত্মবিশ্বাসী যুবক, যার চোখে ছিল এক নতুন স্বপ্ন, এক নতুন লক্ষ্য। এই পরিবর্তন কেবল তার নিজের জন্য ছিল না, ছিল পিউয়ের জন্য, তাদের ভালোবাসার জন্য। সে জানতো, এই পাঁচ বছর তার জন্য সহজ হবে না, কিন্তু তার জেদ তাকে যেকোনো বাধা অতিক্রম করতে সাহায্য করবে। তার মনে তখনো পিউয়ের মুখটা ভাসছিল, আর সেই মুখটাই তাকে ভবিষ্যতের পথে চালিত করছিল।

অধ্যায় ২১: নতুন দিগন্ত

লন্ডনের কঠোর পড়াশোনার রুটিন আর নতুন পরিবেশে মানিয়ে নেওয়ার সংগ্রাম কমলের জীবনে এক নতুন শৃঙ্খলা এনেছিল। সে আর সেই অলস, উদ্দেশ্যহীন যুবক ছিল না। তার দিনগুলো কাটতো লাইব্রেরি আর ক্লাসরুমে, অ্যাসাইনমেন্ট আর পরীক্ষার প্রস্তুতির মাঝে। কিন্তু এই একাডেমিক কঠোরতার মাঝেই কমলের মনে দানা বাঁধতে শুরু করেছিল এক নতুন স্বপ্ন – নিজের একটি কোম্পানি খোলার স্বপ্ন।

বিজনেস স্কুলে তার পড়াশোনা ছিল অত্যন্ত ফলপ্রসূ। মার্কেটিং, ফিনান্স, ম্যানেজমেন্ট, এন্টারপ্রেনারশিপ – প্রতিটি বিষয়ই তাকে নতুন করে ভাবতে শেখাচ্ছিল। সে দেখছিল, কীভাবে বড় বড় কোম্পানিগুলো গড়ে ওঠে, কীভাবে একজন সাধারণ মানুষ তার মেধা আর পরিশ্রম দিয়ে বিশাল সাম্রাজ্য তৈরি করে। তার বাবা সুরেশ চন্দ্র রায় একজন সফল শিল্পপতি ছিলেন বটে, কিন্তু কমলের এই নতুন উপলব্ধি ছিল সম্পূর্ণ ভিন্ন। সে এতদিন কেবল তার বাবার সাফল্যের ফল ভোগ করেছে, কিন্তু এখন সে বুঝতে পারছিল সেই সাফল্যের পেছনের কঠোর পরিশ্রম আর দূরদর্শিতা। ক্লাসে যখন সফল উদ্যোক্তাদের কেস স্টাডি আলোচনা হতো, তখন কমলের মনে এক ধরণের উত্তেজনা কাজ করতো। সে ভাবতো, যদি এই মানুষগুলো নিজেদের যোগ্যতায় এত কিছু করতে পারে, তাহলে সে কেন পারবে না?

অহংকার পেরিয়ে প্রেম

পিউয়ের সেই কথাগুলো তার মনে সবসময় ঘুরপাক খেতো - "বাপের নিয়ে ফুটানি সকলেই মারতে পারে। নিজে করে দেখাক তবে বুঝব ওর দম আছে।" এই কথাগুলো কমলের মনে এক ধরণের জেদ চেপে বসিয়েছিল। সে পিউকে প্রমাণ করতে চেয়েছিল যে, সে কেবল তার বাবার টাকায় বাঁচে না, তার নিজেরও "দম" আছে। এই জেদই তাকে নিজের কোম্পানি খোলার স্বপ্ন দেখতে উৎসাহিত করছিল। সে জানতো, যদি সে নিজের যোগ্যতায় একটি সফল কোম্পানি তৈরি করতে পারে, তাহলে পিউয়ের চোখে তার মূল্য অনেক বেড়ে যাবে। এটি হবে পিউকে জয় করার সবচেয়ে বড় প্রমাণ, তার ভালোবাসার এক নীরব অঙ্গীকার।

প্রথম প্রথম কমলের এই স্বপ্ন ছিল অস্পষ্ট। সে জানতো না কী ধরনের ব্যবসা করবে, বা কীভাবে শুরু করবে। তার জীবনে কোনোদিনও এমন কোনো কাজ করার প্রয়োজন পড়েনি। তার বাবা তাকে যা দিয়েছেন, তা দিয়েই তার জীবন কেটে যেতো। কিন্তু এখন সে বুঝতে পারছিল, নিজের পরিচয় তৈরি করা কতটা গুরুত্বপূর্ণ। সে বিভিন্ন ব্যবসায়িক আইডিয়া নিয়ে ভাবতে শুরু করলো। প্রযুক্তি, ই-কমার্স, রিয়েল এস্টেট - বিভিন্ন খাতের সম্ভাবনা নিয়ে সে গবেষণা করতো। লাইব্রেরির বইগুলো তার কাছে এখন কেবল সিলেবাসের অংশ ছিল না, ছিল তার স্বপ্নের পথপ্রদর্শক।

কমল তার অবসর সময়গুলো নতুন নতুন ব্যবসায়িক মডেল নিয়ে ভাবতে শুরু করলো। সে বিভিন্ন স্টার্টআপের গল্প পড়তো, তাদের সাফল্যের পেছনে কী কারণ ছিল তা বিশ্লেষণ

করতো। তার মনে হতো, এই উদ্যোক্তারা যেন তার মতোই, যারা নিজেদের স্বপ্ন পূরণের জন্য সবকিছু বাজি ধরেছে। সে তাদের সংগ্রাম, তাদের ব্যর্থতা, এবং তাদের ঘুরে দাঁড়ানোর গল্পগুলো থেকে অনুপ্রেরণা পেতো। তার মনে হতো, যদি তারা পারে, তাহলে সেও পারবে।

তবে এই স্বপ্নের পথে অনেক চ্যালেঞ্জ ছিল। কমলের হাতে তখনো বাবার টাকা ছিল বটে, কিন্তু সে জানতো, পিউকে জয় করার জন্য তাকে নিজের যোগ্যতায় সবকিছু অর্জন করতে হবে। তার বাবার প্রভাব বা অর্থ তাকে এই পথে সাহায্য করবে না। তাকে নিজের মেধা, নিজের পরিশ্রম আর নিজের বুদ্ধি দিয়ে সবকিছু করতে হবে। এই ভাবনাটি কমলের মনে এক ধরণের ভয়ও তৈরি করতো। সে জানতো, এই পথ সহজ হবে না। তাকে অনেক বাধা অতিক্রম করতে হবে, অনেক ঝুঁকি নিতে হবে।

মাঝে মাঝে কমলের মনে এক ধরণের আত্ম-সংশয় দেখা দিতো। সে ভাবতো, সে কি সত্যিই পারবে? যে ছেলেটি জীবনে কখনো কোনো পরিশ্রম করেনি, সে কি পারবে এত বড় একটি দায়িত্ব নিতে? তার বাবার মতো একজন সফল শিল্পপতি হওয়া কি তার পক্ষে সম্ভব? এই প্রশ্নগুলো তাকে অস্থির করে তুলতো। কিন্তু পিউয়ের মুখটা মনে পড়তেই তার মনে এক নতুন শক্তি ফিরে আসতো। সে নিজেকে বলতো, "আমাকে পারতেই হবে। পিউয়ের জন্য, নিজের জন্য।"

কমল তার লক্ষ্য স্থির করলো। সে ঠিক করলো, সে একটি প্রযুক্তি-ভিত্তিক স্টার্টআপ শুরু করবে। সে দেখছিল, কীভাবে

অহংকার পেরিয়ে প্রেম

প্রযুক্তি বিশ্বকে বদলে দিচ্ছে, কীভাবে নতুন নতুন উদ্ভাবন মানুষের জীবনকে সহজ করে তুলছে। তার মনে হলো, এই খাতটি তার জন্য সবচেয়ে উপযুক্ত। সে বিভিন্ন প্রযুক্তিগত ধারণা নিয়ে গবেষণা করতে শুরু করলো, তার শিক্ষকদের সাথে আলোচনা করতো। তার শিক্ষকরা তার এই আগ্রহ দেখে মুগ্ধ হতেন।

কমল তার এই নতুন স্বপ্নকে নিজের ভেতরেই লুকিয়ে রাখলো। সে তার বাবা-মাকে এই বিষয়ে কিছু বললো না। সে জানতো, তার বাবা-মা হয়তো তার এই স্বপ্নকে সমর্থন করবেন না। তারা চাইবেন সে তাদের পারিবারিক ব্যবসায় যোগ দিক, তাদের সাম্রাজ্যকে আরও বড় করুক। কিন্তু কমল জানতো, তার পথ ভিন্ন। সে নিজের পথ নিজেই তৈরি করতে চেয়েছিল।

তার এই নতুন লক্ষ্য তাকে আরও বেশি পরিশ্রমী করে তুললো। সে কেবল একাডেমিক পড়াশোনায় মনোযোগ দিতো না, তার সাথে নিজের ব্যবসায়িক আইডিয়াগুলো নিয়েও কাজ করতো। সে বিভিন্ন অনলাইন ফোরামে যুক্ত হলো, যেখানে সে সমমনা উদ্যোক্তাদের সাথে আলোচনা করতে পারতো। সে বিভিন্ন সেমিনার আর ওয়ার্কশপে অংশ নিতো, যেখানে সে নতুন নতুন ধারণা শিখতে পারতো।

কমলের জীবন এখন এক নতুন ছন্দে চলছিল। তার দিনগুলো ছিল ব্যস্ত, কিন্তু তার মনে এক ধরণের তৃপ্তি ছিল। সে জানতো, সে সঠিক পথে আছে। তার এই পরিশ্রম কেবল একাডেমিক সাফল্য অর্জনের জন্য ছিল না, এটি ছিল তার

অহংকার পেরিয়ে প্রেম

আত্ম-প্রতিষ্ঠার সংগ্রাম, পিউয়ের যোগ্য হয়ে ওঠার সংগ্রাম। সে জানতো, এই পাঁচ বছর তার জন্য সহজ হবে না, কিন্তু তার জেদ তাকে যেকোনো বাধা অতিক্রম করতে সাহায্য করবে। তার মনে তখনো পিউয়ের মুখটা ভাসছিল, আর সেই মুখটাই তাকে ভবিষ্যতের পথে চালিত করছিল।

কমলের মনে এই নতুন দিগন্তের স্বপ্ন ছিল তার জীবনের সবচেয়ে বড় মোড়। সে আর সেই অহংকারী, অলস ছেলেটি ছিল না। সে এখন একজন পরিশ্রমী, আত্মবিশ্বাসী যুবক, যার চোখে ছিল এক নতুন স্বপ্ন, এক নতুন লক্ষ্য। এই পরিবর্তন কেবল তার নিজের জন্য ছিল না, ছিল পিউয়ের জন্য, তাদের ভালোবাসার জন্য। সে জানতো, এই পাঁচ বছর তার জন্য সহজ হবে না, কিন্তু তার জেদ তাকে যেকোনো বাধা অতিক্রম করতে সাহায্য করবে। তার মনে তখনো পিউয়ের মুখটা ভাসছিল, আর সেই মুখটাই তাকে ভবিষ্যতের পথে চালিত করছিল।

অধ্যায় ২২: পিউয়ের খবর রাখা

কমলের বিদেশ যাত্রা ছিল পিউয়ের জন্য এক নীরব প্রতীক্ষার শুরু। তাদের মধ্যে পাঁচ বছরের সেই শর্ত – দেখা না করার শর্ত – পিউয়ের মনে এক ধরণের বিষণ্ণতা এনে দিলেও, তার বিশ্বাস ছিল অটুট। সে জানতো, কমল তার প্রতিজ্ঞা রক্ষা করবে। এই বিশ্বাসই ছিল তাদের ভালোবাসার মূল ভিত্তি। পিউয়ের দিনগুলো কাটছিল তার নিজের পড়াশোনা আর স্বপ্ন পূরণের কঠোর পরিশ্রমে, কিন্তু তার মনের এক কোণে সবসময়ই কমলের কথা ঘুরপাক খেতো।

পিউয়ের কাছে কমলের খবর জানার একমাত্র মাধ্যম ছিল অনিতা। অনিতা, যে ছিল কমলের মাসতুতো বোন এবং পিউয়ের প্রিয় বান্ধবী, সে মাঝে মাঝেই কমলের খবর দিতো। অনিতা জানতো না পিউ আর কমলের মধ্যে কী চুক্তি হয়েছিল, তাই সে স্বাভাবিকভাবেই কমলের জীবনের পরিবর্তনগুলো পিউকে জানাতো। অনিতার মুখে কমলের রাতদিন এক করে পড়াশোনা করার কথা, বন্ধুদের আড্ডা ছেড়ে দেওয়ার কথা, আর তার মধ্যে আসা আমূল পরিবর্তনের কথা শুনে পিউয়ের মনে এক ধরণের আনন্দ আর গর্ব হতো। সে বুঝতে পারছিল, কমল সত্যিই নিজেকে পরিবর্তন করার চেষ্টা করছে।

অহংকার পেরিয়ে প্রেম

একদিন সকালে, পিউ যখন খবরের কাগজ পড়ছিল, তখন তার চোখ আটকে গেল একটি ছোট খবরে। খবরের শিরোনাম ছিল – "সুরেশ চন্দ্র রায়ের পুত্র কমল রায় বিদেশে উচ্চশিক্ষার জন্য স্কলারশিপ পেলেন।" পিউয়ের হাত থেকে কাগজটা প্রায় পড়ে যাচ্ছিলো। তার চোখেমুখে ফুটে উঠলো এক ঝলমলে হাসি। তার মনে হলো, তার বিশ্বাস সত্যি হয়েছে। কমল সত্যিই নিজের যোগ্যতায় কিছু করতে শুরু করেছে। এই খবরটি পিউয়ের মনে এক নতুন আশার সঞ্চার করলো। সে জানতো, কমলের মতো একজন ধনী পরিবারের ছেলের পক্ষে নিজের যোগ্যতায় স্কলারশিপ পাওয়াটা কতটা কঠিন ছিল। এই সাফল্য কমলের দৃঢ়তা আর পরিশ্রমের প্রমাণ ছিল।

পিউ খবরটি বারবার পড়লো। তার চোখে জল এসে গেল, কিন্তু সে ছিল আনন্দের জল। সে মনে মনে কমলকে অভিনন্দন জানালো। সে জানতো, এই সাফল্য কমলের জন্য কতটা গুরুত্বপূর্ণ ছিল, কারণ এটি ছিল তার প্রতিজ্ঞা পূরণের প্রথম ধাপ। পিউ তার বাবা-মায়ের কাছে খবরটি নিয়ে গেল। "বাবা, মা! দেখো, কমল স্কলারশিপ পেয়েছে! ও বিদেশে পড়তে যাচ্ছে!" পিউয়ের কণ্ঠে ছিল এক ধরণের উচ্ছ্বাস।

সুধীর বাবু এবং রেবা দেবী খবরটি শুনে অবাক হলেন। তাদের মনে যে সংশয় ছিল, তা কিছুটা হলেও দূর হলো। সুধীর বাবু খবরের কাগজটি হাতে নিয়ে পড়লেন, তার মুখে এক ধরণের বিস্ময়। "তাই তো! ছেলেটা তো সত্যিই পরিশ্রম করছে! আমি তো ভাবতেই পারিনি।" রেবা দেবীর চোখেও

এক ধরণের আনন্দ ফুটে উঠলো। তারা তাদের মেয়ের বিশ্বাসকে সম্মান জানালেন।

পিউ দূর থেকে কমলের সাফল্যের খবর রাখা শুরু করলো। যখনই অনিতা কমলের কোনো নতুন খবর দিতো, পিউ মনোযোগ দিয়ে শুনতো। কমল কীভাবে নতুন পরিবেশে মানিয়ে নিচ্ছে, কীভাবে তার পড়াশোনায় কঠোর পরিশ্রম করছে, এমনকি তার মনে কীভাবে নিজের কোম্পানি খোলার স্বপ্ন দানা বাঁধছে – এসব শুনে পিউয়ের মনে এক ধরণের গর্ব হতো। সে বুঝতে পারছিল, কমল কেবল তার জন্য নয়, নিজের জন্যও নিজেকে পরিবর্তন করছে।

পিউয়ের মনে কমলের প্রতি ভালোবাসা আরও গভীর হলো। এই ভালোবাসা ছিল কেবল আবেগপ্রসূত নয়, ছিল শ্রদ্ধা আর বিশ্বাসের উপর প্রতিষ্ঠিত। সে জানতো, তাদের সম্পর্ক এক কঠিন পরীক্ষার মধ্য দিয়ে যাচ্ছে, কিন্তু তার বিশ্বাস ছিল অটুট। সে মনে মনে কমলকে সমর্থন দিতো, তার সাফল্যের জন্য প্রার্থনা করতো। তার মনে হতো, এই দূরত্ব তাদের ভালোবাসাকে আরও শক্তিশালী করছে।

নিজের জীবনেও পিউ কমলের প্রতিজ্ঞার প্রভাব অনুভব করছিল। সে জানতো, কমল যখন ফিরে আসবে, তখন সে একজন প্রতিষ্ঠিত যুবক হবে। তাই পিউকেও তার পাশে যোগ্য হয়ে দাঁড়াতে হবে। সে তার পড়াশোনায় আরও বেশি মনোযোগ দিল। তার লক্ষ্য ছিল একটি সম্মানজনক পেশায় নিজেকে প্রতিষ্ঠিত করা। সে বিভিন্ন প্রতিযোগিতামূলক পরীক্ষার জন্য প্রস্তুতি নেওয়া শুরু করলো, বিভিন্ন সেমিনার

আর ওয়ার্কশপে অংশ নিতো। তার মেধা আর পরিশ্রম তাকে সাফল্যের পথে এগিয়ে নিয়ে যাচ্ছিল।

পিউয়ের দিনগুলো কাটতো এক ছিমছাম ছন্দে। সকালে কলেজে যাওয়া, তারপর লাইব্রেরিতে পড়াশোনা, বিকেলে ঘরের কাজকর্মে মাকে সাহায্য করা, আর রাতে নিজের স্বপ্ন পূরণের জন্য পরিশ্রম করা। তার বাবা-মা তার এই একাগ্রতা দেখে খুশি হতেন। তারা দেখতেন, পিউ এখন আরও বেশি আত্মবিশ্বাসী হয়ে উঠেছে। তার চোখে এক ধরণের উজ্জ্বলতা দেখা যাচ্ছে, যা আগে ছিল না।

মাঝে মাঝে পিউয়ের মনে এক ধরণের ভয় উঁকি দিতো - যদি কমল সত্যিই ফিরে না আসে? যদি সে তার প্রতিজ্ঞা ভুলে যায়? যদি তার বাবা-মায়ের সংশয়ই সত্যি হয়? কিন্তু সেই ভয়কে সে তার দৃঢ় বিশ্বাস দিয়ে জয় করতো। সে মনে মনে নিজেকে বলতো, "কমল ফিরবেই। সে তার প্রতিজ্ঞা রক্ষা করবে।" তার মনে হতো, তাদের ভালোবাসা এতটাই শক্তিশালী যে, কোনো দূরত্ব বা সময় তাকে দুর্বল করতে পারবে না।

পিউয়ের প্রতীক্ষা ছিল কেবল একটি সময়ের অপেক্ষা নয়, এটি ছিল তার ভালোবাসার এক নীরব সাধনা, তার আত্মমর্যাদার এক অটল অঙ্গীকার। সে জানতো, এই পাঁচ বছর তার জন্য সহজ হবে না, কিন্তু তার জেদ তাকে যেকোনো বাধা অতিক্রম করতে সাহায্য করবে। তার মনে তখনো কমলের মুখটা ভাসছিল, আর সেই মুখটাই তাকে ভবিষ্যতের পথে চালিত করছিল। দূর থেকে কমলের

সাফল্যের খবর রাখা পিউয়ের বিশ্বাসকে আরও মজবুত করছিল, তাকে তার নিজের স্বপ্ন পূরণে আরও বেশি অনুপ্রাণিত করছিল। সে জানতো, এক দিন তাদের ভালোবাসার জয় হবে, আর সেই দিনটি হবে "২৫শে ফাল্গুন"।

অধ্যায় ২৩: পিউয়ের স্বপ্নযাত্রা

কমলের বিদেশ যাত্রা এবং তার স্কলারশিপ পাওয়ার খবর পিউয়ের মনে এক নতুন আশার সঞ্চার করেছিল। সে জানতো, কমল তার প্রতিজ্ঞা রক্ষা করার জন্য কঠোর পরিশ্রম করছে, আর এই বিষয়টি পিউকে তার নিজের স্বপ্ন পূরণে আরও বেশি অনুপ্রাণিত করছিল। পিউয়ের জীবনে কমলের এই প্রতিজ্ঞার প্রভাব ছিল সুদূরপ্রসারী। সে কেবল কমলের ফিরে আসার অপেক্ষায় বসে থাকতে চায়নি, বরং নিজেকে আরও যোগ্য করে তুলতে চেয়েছিল, যাতে কমল যখন ফিরে আসবে, তখন সে তার পাশে সমান তালে দাঁড়াতে পারে।

পিউয়ের নিজের লেখাপড়া এবং কেরিয়ারের দিকে মনোযোগ ছিল তার আত্মনির্ভরশীল হওয়ার স্বপ্নেরই এক প্রতিচ্ছবি। সে জানতো, তার বাবা-মায়ের সীমিত আয়, তাই সে কোনোদিনও তাদের উপর বোঝা হতে চায়নি। বরং, সে সবসময় চেষ্টা করতো তাদের বোঝা কমাতে, তাদের মুখে হাসি ফোটাতে। কমলের প্রতিজ্ঞা তাকে এই পথে আরও বেশি দৃঢ় করেছিল। সে মনে মনে প্রতিজ্ঞা করেছিল, কমল যখন নিজের যোগ্যতায়

প্রতিষ্ঠিত হয়ে ফিরবে, তখন সেও নিজের যোগ্যতায় প্রতিষ্ঠিত হয়ে তার জন্য অপেক্ষা করবে।

পিউ তার কলেজের পড়াশোনায় আরও বেশি মনোযোগ দিল। তার মেধা তাকে সবসময়ই সাহায্য করতো, কিন্তু এখন তার জেদ তাকে আরও বেশি পরিশ্রমী করে তুলেছিল। সে লাইব্রেরিতে ঘণ্টার পর ঘণ্টা কাটাতো, নতুন নতুন বই পড়তো, বিভিন্ন বিষয়ে গবেষণা করতো। তার কাছে লেখাপড়া কেবল পরীক্ষায় ভালো ফল করার মাধ্যম ছিল না, ছিল জ্ঞান অর্জনের এক আনন্দময় যাত্রা। সে জানতো, জ্ঞানই তার সবচেয়ে বড় শক্তি, যা তাকে আত্মনির্ভরশীল হতে সাহায্য করবে।

পিউ বিভিন্ন প্রতিযোগিতামূলক পরীক্ষার জন্য প্রস্তুতি নেওয়া শুরু করলো। তার লক্ষ্য ছিল একটি সম্মানজনক পেশায় নিজেকে প্রতিষ্ঠিত করা, যেখানে সে নিজের মেধা আর পরিশ্রম দিয়ে সমাজের জন্য কিছু করতে পারবে। সে সরকারি চাকরির পরীক্ষার জন্য প্রস্তুতি নিতো, বিভিন্ন প্রবেশিকা পরীক্ষার জন্য কোচিং নিতো। তার দিনগুলো ছিল ব্যস্ত, কিন্তু তার মনে এক ধরণের তৃপ্তি ছিল। সে জানতো, সে সঠিক পথে আছে।

পিউয়ের বাবা-মা তার এই একাগ্রতা দেখে খুশি হতেন। তারা দেখতেন, পিউ এখন আরও বেশি আত্মবিশ্বাসী হয়ে উঠেছে। তার চোখে এক ধরণের উজ্জ্বলতা দেখা যাচ্ছে, যা আগে ছিল না। যদিও তারা কমলের প্রতিজ্ঞার বিষয়ে পুরোপুরি নিশ্চিত ছিলেন না, তবুও তারা পিউয়ের স্বপ্ন পূরণের প্রচেষ্টাকে

সমর্থন করতেন। সুধীর বাবু পিউকে বিভিন্ন বই এনে দিতেন, তার সাথে বিভিন্ন বিষয়ে আলোচনা করতেন, যা পিউয়ের জ্ঞানকে আরও সমৃদ্ধ করতো। রেবা দেবী পিউয়ের জন্য স্বাস্থ্যকর খাবার তৈরি করতেন, যাতে সে সুস্থ থাকে এবং পড়াশোনায় মনোযোগ দিতে পারে।

পিউ তার আত্মনির্ভরশীল হওয়ার প্রচেষ্টায় কোনো ফাঁকি দিতো না। সে কেবল পড়াশোনাতেই সীমাবদ্ধ ছিল না, তার সাথে নিজের দক্ষতা বাড়াতেও মনোযোগ দিতো। সে কম্পিউটার কোর্স করা শুরু করলো, ইংরেজি ভাষার উপর দক্ষতা বাড়াতে চাইলো। সে জানতো, এই দক্ষতাগুলো তাকে ভবিষ্যতের কেরিয়ারে সাহায্য করবে। সে বিভিন্ন সেমিনার আর ওয়ার্কশপে অংশ নিতো, যেখানে সে নতুন নতুন ধারণা শিখতে পারতো।

পিউয়ের এই স্বপ্নযাত্রা ছিল একাকী, কিন্তু তার মনে ছিল এক ধরণের শক্তি। সে জানতো, কমলের সাথে তার দেখা না হওয়ার শর্ত তাকে আরও শক্তিশালী করে তুলছে। এই দূরত্ব তাদের ভালোবাসাকে আরও গভীর করছিল, তাদের বিশ্বাসকে আরও মজবুত করছিল। সে মনে মনে কমলকে সমর্থন দিতো, তার সাফল্যের জন্য প্রার্থনা করতো। তার মনে হতো, এই পাঁচ বছর তাদের ভালোবাসার এক কঠিন পরীক্ষা, আর এই পরীক্ষায় তাদের উত্তীর্ণ হতেই হবে।

পিউয়ের স্বপ্নযাত্রা ছিল কেবল একটি কেরিয়ার গড়ার যাত্রা নয়, এটি ছিল তার আত্ম-আবিষ্কারের যাত্রা। সে নিজেকে নতুন করে চিনছিল, নিজের ক্ষমতাকে উপলব্ধি করছিল। এই

যাত্রা তাকে শিখিয়েছিল যে, সত্যিকারের সুখ বা সাফল্য অর্থ দিয়ে কেনা যায় না, তা অর্জন করতে হয় নিজের পরিশ্রম, মেধা আর আত্মসম্মান দিয়ে। তার এই প্রচেষ্টা তাকে এমন একজন মানুষে পরিণত করছিল, যাকে কমল যখন ফিরে আসবে, তখন সে তার পাশে যোগ্য হয়ে দাঁড়াতে পারবে। পিউয়ের এই স্বপ্নযাত্রা ছিল তার ভালোবাসার এক নীরব সাধনা, তার আত্মমর্যাদার এক অটল অঙ্গীকার।

অধ্যায় ২৪: কমলের উদ্যোগ

লন্ডনে পড়াশোনার পাশাপাশি কমলের মনে নিজের কোম্পানি খোলার স্বপ্ন দানা বেঁধেছিল। এই স্বপ্ন ছিল পিউয়ের প্রতি তার প্রতিজ্ঞারই এক অবিচ্ছেদ্য অংশ। সে জানতো, কেবল স্কলারশিপ পেয়ে বা ভালো ফল করে পিউকে জয় করা যাবে না। পিউ এমন একজন জীবনসঙ্গী চায়, যে নিজের যোগ্যতায় প্রতিষ্ঠিত হবে, নিজের পায়ে দাঁড়াবে। আর সেই যোগ্যতা প্রমাণ করার জন্য নিজের একটি সফল ব্যবসা শুরু করা ছিল কমলের কাছে সবচেয়ে বড় চ্যালেঞ্জ।

বিশ্ববিদ্যালয়ের শেষ বর্ষে এসে কমল তার ব্যবসায়িক পরিকল্পনা নিয়ে আরও গভীরভাবে কাজ করতে শুরু করলো। তার মনে ছিল একটি প্রযুক্তি-ভিত্তিক স্টার্টআপের ধারণা। সে দেখছিল, কীভাবে নতুন নতুন প্রযুক্তি বিশ্বকে বদলে দিচ্ছে, কীভাবে উদ্ভাবনী ধারণাগুলো বিশাল ব্যবসায়িক সাম্রাজ্য তৈরি করছে। তার মনে হলো, এই খাতটি তার জন্য সবচেয়ে

উপযুক্ত। সে বিভিন্ন প্রযুক্তিগত ধারণা নিয়ে গবেষণা করতো, তার শিক্ষকদের সাথে আলোচনা করতো, এবং বিভিন্ন অনলাইন ফোরামে যুক্ত হয়ে সমমনা উদ্যোক্তাদের সাথে আলোচনা করতো।

তবে এই স্বপ্ন পূরণের পথে সবচেয়ে বড় চ্যালেঞ্জ ছিল অর্থ। কমল জানতো, সে তার বাবার কাছ থেকে সরাসরি টাকা নিতে পারবে না। পিউয়ের চোখে তার মূল্য প্রমাণ করার জন্য তাকে নিজের যোগ্যতায় সবকিছু অর্জন করতে হবে। তার বাবার প্রভাব বা অর্থ তাকে এই পথে সাহায্য করবে না। তাকে নিজের মেধা, নিজের পরিশ্রম আর নিজের বুদ্ধি দিয়ে সবকিছু করতে হবে। এই ভাবনাটি কমলের মনে এক ধরণের ভয়ও তৈরি করতো। সে জানতো, এই পথ সহজ হবে না। তাকে অনেক বাধা অতিক্রম করতে হবে, অনেক ঝুঁকি নিতে হবে।

কমল বিভিন্ন আর্থিক প্রতিষ্ঠানের সাথে যোগাযোগ করলো, কিন্তু একজন নতুন উদ্যোক্তা, যার কোনো পূর্ব অভিজ্ঞতা নেই, তাকে ঋণ দিতে কেউ রাজি হচ্ছিল না। তার বাবার নাম হয়তো তাকে প্রাথমিক পরিচিতি এনে দিচ্ছিল, কিন্তু যখনই ঋণের কথা উঠতো, তখনই ব্যাংকগুলো পিছিয়ে যেতো। তারা চাইছিল জামানত, যা কমলের কাছে ছিল না। তার বাবার বিপুল সম্পত্তি ছিল বটে, কিন্তু কমল সেই সম্পত্তি ব্যবহার করতে চায়নি। সে নিজের যোগ্যতায় ঋণ পেতে চেয়েছিল।

অবশেষে, অনেক চেষ্টার পর, কমল সরকারের একটি বিশেষ স্টার্টআপ ঋণের প্রকল্পের কথা জানতে পারলো। এই প্রকল্প নতুন উদ্যোক্তাদের জন্য ছিল, যারা উদ্ভাবনী ধারণা নিয়ে কাজ করতে চাইছে। কমল তার সমস্ত শক্তি দিয়ে এই প্রকল্পের জন্য আবেদন করলো। সে তার ব্যবসায়িক পরিকল্পনা, তার লক্ষ্য, তার ভবিষ্যৎ পরিকল্পনা – সবকিছু বিস্তারিতভাবে তুলে ধরলো। সে জানতো, এটি তার শেষ সুযোগ।

কয়েক মাস পর, কমলের হাতে একটি চিঠি এলো। চিঠিটি ছিল সরকারি দপ্তর থেকে। কমল দ্রুত চিঠিটি খুললো, তার হার্টবিট যেন বেড়ে গেল। চিঠিতে লেখা ছিল, তার ঋণ আবেদন মঞ্জুর হয়েছে! কমলের চোখ দিয়ে আনন্দাশ্রু গড়িয়ে পড়লো। সে তার জীবনের সবচেয়ে বড় সাফল্য অর্জন করেছে। এই সাফল্য তার বাবার টাকার জন্য নয়, তার নিজের পরিশ্রম আর মেদের জন্য। এই ঋণ ছিল তার স্বপ্ন পূরণের প্রথম ধাপ।

ঋণ পাওয়ার পর কমলের সামনে এলো নতুন চ্যালেঞ্জ – একটি কোম্পানি শুরু করা। সে একটি ছোট অফিস ভাড়া করলো, যা তার বিলাসবহুল ফ্ল্যাটের তুলনায় ছিল খুবই সাদামাটা। সে নিজেই অফিসের আসবাবপত্র কেনা থেকে শুরু করে সবকিছু গুছিয়ে নিল। তার হাতে তখনো কোনো কর্মচারী ছিল না। সে নিজেই সব কাজ করতো – মার্কেটিং, ফিনান্স, টেকনিক্যাল ডেভেলপমেন্ট – সবকিছুই তাকে একা হাতে সামলাতে হতো।

অহংকার পেরিয়ে প্রেম

প্রাথমিক চ্যালেঞ্জগুলো ছিল ভয়াবহ। তাকে নিজের পণ্য তৈরি করতে হতো, বাজার গবেষণা করতে হতো, গ্রাহক খুঁজে বের করতে হতো। তার কোনো পূর্ব অভিজ্ঞতা না থাকায় তাকে প্রতিটি পদক্ষেপে শিখতে হতো। অনেক সময় সে হতাশ হয়ে পড়তো, মনে হতো সে হয়তো পারবে না। তার পুরোনো বন্ধুদের বিলাসী জীবন, তার বাবার অবাধ ঐশ্বর্য – সবকিছুই তার মনে উঁকি দিতো। সে ভাবতো, কেন সে এত কষ্ট করছে? সে তো চাইলেই তার বাবার টাকা দিয়ে আরামে জীবন কাটাতে পারতো।

কিন্তু পিউয়ের মুখটা মনে পড়তেই তার মনে এক নতুন শক্তি ফিরে আসতো। সে নিজেকে বলতো, "আমাকে পারতেই হবে। পিউয়ের জন্য, নিজের জন্য।" পিউয়ের সেই কথাগুলো – "নিজে করে দেখাক তবে বুঝব ওর দম আছে" – তার কানে যেন সবসময় বাজতো। এই কথাগুলোই তাকে কঠোর পরিশ্রম করতে অনুপ্রাণিত করতো।

কমল দিনরাত এক করে কাজ করতে লাগলো। সে সকালে তাড়াতাড়ি ঘুম থেকে উঠতো, আর গভীর রাত পর্যন্ত কাজ করতো। তার খাবার, ঘুম – সবকিছুই যেন তার কাছে গৌণ হয়ে গেল। সে তার সমস্ত মনোযোগ তার কোম্পানির উপর দিল। সে তার পণ্যের মান উন্নত করতে চাইলো, গ্রাহকদের বিশ্বাস অর্জন করতে চাইলো। তার এই কঠোর পরিশ্রম ধীরে ধীরে ফল দিতে শুরু করলো।

কমলের প্রথম গ্রাহক যখন তার পণ্যে সন্তুষ্ট হলো, তখন তার মনে এক ধরণের তৃপ্তি অনুভব হলো, যা সে আগে কখনো

অনুভব করেনি। এই তৃপ্তি ছিল তার নিজের পরিশ্রমের ফল, তার নিজের যোগ্যতার প্রমাণ। সে বুঝতে পারছিল, এই পথ সহজ হবে না, কিন্তু তার জেদ তাকে যেকোনো বাধা অতিক্রম করতে সাহায্য করবে। তার মনে তখনো পিউয়ের মুখটা ভাসছিল, আর সেই মুখটাই তাকে ভবিষ্যতের পথে চালিত করছিল।

কমলের এই উদ্যোগ ছিল তার জীবনের সবচেয়ে বড় মোড়। সে আর সেই অহংকারী, অলস ছেলেটি ছিল না। সে এখন একজন পরিশ্রমী, আত্মবিশ্বাসী যুবক, যার চোখে ছিল এক নতুন স্বপ্ন, এক নতুন লক্ষ্য। এই পরিবর্তন কেবল তার নিজের জন্য ছিল না, ছিল পিউয়ের জন্য, তাদের ভালোবাসার জন্য। সে জানতো, এই পাঁচ বছর তার জন্য সহজ হবে না, কিন্তু তার জেদ তাকে যেকোনো বাধা অতিক্রম করতে সাহায্য করবে। তার মনে তখনো পিউয়ের মুখটা ভাসছিল, আর সেই মুখটাই তাকে ভবিষ্যতের পথে চালিত করছিল। এই প্রাথমিক চ্যালেঞ্জগুলো তাকে আরও শক্তিশালী করে তুললো, তাকে একজন সত্যিকারের উদ্যোক্তা হিসেবে গড়ে তুললো।

অধ্যায় ২৫: মাল্টি-ন্যাশনাল কোম্পানি

কমলের সরকারের কাছে ঋণ নিয়ে কোম্পানি খোলার উদ্যোগ ছিল তার জীবনের এক নতুন মোড়। প্রাথমিক চ্যালেঞ্জগুলো তাকে আরও শক্তিশালী করে তুলেছিল। সেই ছোট অফিস, হাতে গোনা কয়েকজন কর্মচারী, আর দিনরাত এক করে কাজ করার সেই জেদ—সবকিছুই ছিল তার স্বপ্ন পূরণের প্রথম ধাপ। কিন্তু কমলের লক্ষ্য ছিল আরও বড়, আরও সুদূরপ্রসারী। তার মনে ছিল পিউয়ের সেই কথা, "নিজে করে দেখাক তবে বুঝব ওর দম আছে।" এই কথাগুলোই তাকে নিরন্তর চালিত করছিল সাফল্যের শিখরের দিকে।

প্রথম এক বছর কমলের কোম্পানি ধীরগতিতে বাড়ছিল। সে তার পণ্যকে আরও উন্নত করতে মনোযোগ দিল, গ্রাহকদের চাহিদা বুঝতে চেষ্টা করলো। তার উদ্ভাবনী ধারণা এবং কঠোর পরিশ্রম তাকে বাজারে একটি নির্দিষ্ট জায়গা তৈরি করতে সাহায্য করলো। কিন্তু মাল্টি-ন্যাশনাল কোম্পানিতে পরিণত হওয়ার জন্য প্রয়োজন ছিল আরও বড় পদক্ষেপ। কমল বুঝতে পারছিল, তাকে ঝুঁকি নিতে হবে, নতুন বাজারে প্রবেশ করতে হবে।

এক সময় কমলের হাতে এলো এক বিশাল সুযোগ। একটি আন্তর্জাতিক প্রযুক্তি মেলায় তার কোম্পানি একটি নতুন

সফটওয়্যার পণ্য প্রদর্শন করলো, যা দ্রুত সকলের নজর কাড়লো। এই পণ্যটি ছিল অত্যন্ত উদ্ভাবনী এবং ব্যবহারকারী-বান্ধব। মেলায় উপস্থিত আন্তর্জাতিক বিনিয়োগকারী এবং ব্যবসায়ীরা কমলের পণ্যে দারুণ আগ্রহ দেখালেন। এখানেই কমলের দূরদর্শিতা এবং ব্যবসায়িক বুদ্ধির আসল পরীক্ষা হলো। সে সুযোগের সদ্ব্যবহার করলো, সঠিক সময়ে সঠিক সিদ্ধান্ত নিল।

কমল বিদেশি বিনিয়োগকারীদের সাথে চুক্তি করলো, যা তার কোম্পানির দ্রুত প্রসারে সাহায্য করলো। সে তার টিমকে আরও বড় করলো, নতুন নতুন মেধাবী কর্মীদের নিয়োগ দিল। তার নেতৃত্বগুণ এবং কঠোর পরিশ্রমের সংস্কৃতি তার কর্মীদের মধ্যেও ছড়িয়ে পড়লো। তার কোম্পানি কেবল একটি পণ্য নিয়ে কাজ করছিল না, তারা বিভিন্ন প্রযুক্তিগত সমাধান তৈরি করতে শুরু করলো। তাদের সেবা এবং পণ্যের গুণগত মান তাদের দ্রুত খ্যাতি এনে দিল।

মাল্টি-ন্যাশনাল কোম্পানিতে পরিণত হওয়ার পথে কমলের সামনে অসংখ্য চ্যালেঞ্জ এসেছিল। আন্তর্জাতিক বাজারে প্রবেশ করা, বিভিন্ন দেশের আইন-কানুন মেনে চলা, ভিন্ন সংস্কৃতির মানুষের সাথে কাজ করা—এসবই ছিল কঠিন কাজ। অনেক সময় তাকে রাত জেগে কাজ করতে হতো, বিভিন্ন টাইম জোনে মিটিং করতে হতো। তার ঘুম, খাওয়া, ব্যক্তিগত জীবন—সবকিছুই যেন তার কাছে গৌণ হয়ে গেল। কিন্তু পিউয়ের মুখটা মনে পড়তেই তার মনে এক নতুন শক্তি

ফিরে আসতো। সে জানতো, এই সব পরিশ্রমের পেছনে তার ভালোবাসার এক গভীর উদ্দেশ্য আছে।

কমলের কোম্পানি এখন কেবল ভারতেই সীমাবদ্ধ ছিল না, তার শাখা বিস্তৃত হয়েছিল এশিয়া, ইউরোপ এবং উত্তর আমেরিকায়। তার পণ্যগুলো বিশ্বজুড়ে ব্যবহৃত হতে শুরু করলো। তার কোম্পানি এখন হাজার হাজার কর্মীকে কর্মসংস্থান দিয়েছে, এবং তার বার্ষিক টার্নওভার ছিল কোটি কোটি টাকা। সে এখন একজন বিশাল মাল্টি-ন্যাশনাল কোম্পানির কর্ণধার, যার সমকক্ষ ব্যবসায়ী এ দেশে খুব একটা নেই। তার নাম এখন কেবল সুরেশ চন্দ্র রায়ের পুত্র হিসেবে নয়, বরং একজন সফল উদ্যোক্তা হিসেবে পরিচিত।

কমলের ব্যবসায়িক সাফল্যের চূড়ায় আরোহণ ছিল এক দীর্ঘ এবং কঠিন যাত্রা। সে তার বাবার বিপুল ঐশ্বর্যকে ব্যবহার না করে, নিজের মেধা আর পরিশ্রম দিয়ে এই সাম্রাজ্য গড়ে তুলেছিল। তার এই সাফল্য তাকে এক ধরণের আত্মতৃপ্তি দিয়েছিল, যা সে আগে কখনো অনুভব করেনি। সে এখন বুঝতে পারছিল, সত্যিকারের সুখ বা সাফল্য অর্থ দিয়ে কেনা যায় না, তা অর্জন করতে হয় নিজের শ্রম আর আত্মসম্মান দিয়ে। তার অহংকার এখন বিনয়ে পরিণত হয়েছিল, আর তার উদ্দেশ্যহীন জীবন এখন এক নতুন লক্ষ্যে ভরপুর ছিল।

কমল এখন একজন ব্যস্ততম মানুষ। সে কখন কোথায় থাকে, তা বলা মুশকিল। এক দেশ থেকে অন্য দেশে তার নিত্য যাতায়াত। বিভিন্ন আন্তর্জাতিক সম্মেলন, ব্যবসায়িক চুক্তি, নতুন প্রকল্প – সবকিছুই তাকে ব্যস্ত রাখে। তার দিনগুলো

ছিল মিটিং, প্রেজেন্টেশন আর সিদ্ধান্ত গ্রহণে ভরপুর। তার ম্যানেজার, অফিসের কলিগরা তাকে একজন আদর্শ নেতা হিসেবে দেখতো। তারা জানতো, কমলের মতো একজন কর্মঠ এবং দূরদর্শী নেতা খুব কমই পাওয়া যায়।

কিন্তু এই সাফল্যের চূড়ায় পৌঁছেও কমলের মনে পিউয়ের প্রতিজ্ঞা অটুট ছিল। সে জানতো, তার এই সাফল্যের আসল কারণ পিউ। পিউয়ের প্রত্যাখ্যানই তাকে এই পথে চালিত করেছে, তাকে নিজের যোগ্যতা প্রমাণ করতে শিখিয়েছে। "২৫শে ফাল্গুন" তারিখটি তার মনে সবসময়ই ছিল, যা তাকে তার লক্ষ্য থেকে বিচ্যুত হতে দেয়নি। সে জানতো, এই বিশাল সাম্রাজ্য কেবল তার নিজের জন্য নয়, এটি পিউয়ের জন্য, তাদের ভালোবাসার জন্য। তার এই সাফল্য ছিল পিউয়ের প্রতি তার ভালোবাসার এক নীরব অঙ্গীকার, এক অদম্য প্রতিজ্ঞা।

অধ্যায় ২৬: ব্যস্ততার জীবন

কমলের কোম্পানি যখন একটি বিশাল মাল্টি-ন্যাশনাল কোম্পানিতে পরিণত হলো, তখন তার জীবনও সম্পূর্ণ বদলে গেল। সেই অলস, উদ্দেশ্যহীন যুবক এখন একজন ব্যস্ততম শিল্পপতি, যার প্রতিটি মুহূর্ত ছিল মূল্যবান। তার সীমাহীন ব্যস্ততা এমন পর্যায়ে পৌঁছেছিল যে, সে কখন কোথায় থাকে, তা বলা মুশকিল হয়ে পড়েছিল। তার জীবন যেন এক যাযাবর জীবন, যেখানে একটি নির্দিষ্ট ঠিকানা বা স্থিতিশীলতা ছিল না।

সকাল থেকে রাত পর্যন্ত কমলের দিনগুলো কাটতো মিটিং, প্রেজেন্টেশন আর গুরুত্বপূর্ণ সিদ্ধান্ত গ্রহণে। তার অফিসের ডেস্ক সবসময়ই ফাইল আর কাগজে ঠাসা থাকতো। নতুন প্রকল্প, আন্তর্জাতিক চুক্তি, বাজার বিশ্লেষণ, কর্মী নিয়োগ – সবকিছুর তদারকি তাকেই করতে হতো। তার ম্যানেজার, অফিসের কলিগরা জানতো, কমলের মতো একজন কর্মঠ এবং দূরদর্শী নেতা খুব কমই পাওয়া যায়। তারা তার কাজের প্রতি নিষ্ঠা দেখে মুগ্ধ হতো, কিন্তু তার ব্যস্ততার কারণে তারা তাকে খুব একটা কাছে পেতো না।

কমলের অধিকাংশ সময় কাটতো বিমানে। এক দেশ থেকে অন্য দেশে তার নিত্য যাতায়াত। লন্ডন, নিউ ইয়র্ক, টোকিও, দুবাই, সিঙ্গাপুর – বিশ্বের বিভিন্ন শহরে তার কোম্পানির শাখা ছিল, আর প্রতিটি শাখাতেই তার উপস্থিতি ছিল অপরিহার্য। সকালে হয়তো সে লন্ডনে একটি গুরুত্বপূর্ণ মিটিং শেষ

করছে, দুপুরে প্যারিসে একটি নতুন চুক্তিতে স্বাক্ষর করছে, আর রাতে হয়তো টোকিওর কোনো হোটেলে বসে আগামী দিনের পরিকল্পনা করছে। জেট ল্যাগ তার কাছে ছিল নিত্যসঙ্গী, কিন্তু সেসবে পাত্তা দেওয়ার মতো সময় তার ছিল না। তার মনে হতো, সময় মানেই কাজ, আর কাজ মানেই সাফল্য।

তার ব্যক্তিগত জীবন বলতে কিছুই ছিল না। বন্ধুদের সাথে আড্ডা, পার্টি – এসব এখন তার কাছে অতীত। তার পুরোনো বন্ধুরা হয়তো তাকে ফোন করতো, মেসেজ করতো, কিন্তু কমলের পক্ষে তাদের সাথে কথা বলার মতো সময় বের করা কঠিন ছিল। সে জানতো, তার এই ব্যস্ততা তার বন্ধুদের কাছে হয়তো অস্বাভাবিক মনে হতে পারে, কিন্তু তার কাছে এটিই ছিল তার জীবনের নতুন বাস্তবতা। তার মনে হতো, যদি সে এই ব্যস্ততার সাথে তাল মিলিয়ে না চলে, তাহলে সে পিছিয়ে পড়বে, তার স্বপ্নগুলো অধরা থেকে যাবে।

খাবার, ঘুম – সবকিছুই তার কাছে গৌণ হয়ে গিয়েছিল। সে হয়তো বিমানে বসেই কোনো ফাস্ট ফুড খেয়ে নিতো, বা কোনো মিটিংয়ের ফাঁকে সামান্য কিছু মুখে দিতো। রাতের ঘুম ছিল সংক্ষিপ্ত, কারণ তাকে বিভিন্ন টাইম জোনে কাজ করতে হতো। তার শরীর হয়তো ক্লান্তিতে ভেঙে পড়তো, কিন্তু তার মনে এক ধরণের তৃপ্তি ছিল। সে জানতো, সে সঠিক পথে আছে। তার এই পরিশ্রম কেবল ব্যবসায়িক সাফল্য অর্জনের জন্য ছিল না, এটি ছিল তার আত্ম-প্রতিষ্ঠার সংগ্রাম, পিউয়ের যোগ্য হয়ে ওঠার সংগ্রাম।

অহংকার পেরিয়ে প্রেম

কমলের মনে তখনো পিউয়ের প্রতিজ্ঞা অটুট ছিল। তার এই সীমাহীন ব্যস্ততার পেছনে ছিল পিউয়ের সেই কথা, "আমি তোমাকে নিজের যোগ্যতায় প্রতিষ্ঠিত হয়ে বিয়ে করব!" এই কথাগুলোই তাকে নিরন্তর চালিত করছিল সাফল্যের শিখরের দিকে। সে জানতো, তার এই সাফল্যের আসল কারণ পিউ। পিউয়ের প্রত্যাখ্যানই তাকে এই পথে চালিত করেছে, তাকে নিজের যোগ্যতা প্রমাণ করতে শিখিয়েছে। "২৫শে ফাল্গুন" তারিখটি তার মনে সবসময়ই ছিল, যা তাকে তার লক্ষ্য থেকে বিচ্যুত হতে দেয়নি। সে জানতো, এই বিশাল সাম্রাজ্য কেবল তার নিজের জন্য নয়, এটি পিউয়ের জন্য, তাদের ভালোবাসার জন্য।

কমলের এই যাযাবর জীবন ছিল তার সাফল্যের মূল্য। সে জানতো, সাফল্যের চূড়ায় পৌঁছানোর জন্য তাকে অনেক কিছু ত্যাগ করতে হবে। তার ব্যক্তিগত সুখ, তার আরাম - সবকিছুই তাকে বিসর্জন দিতে হয়েছিল। কিন্তু তার মনে কোনো আক্ষেপ ছিল না। সে বিশ্বাস করতো, তার এই পরিশ্রম এক দিন ফল দেবে, আর সেই ফল হবে পিউয়ের ভালোবাসা।

তার ম্যানেজার, ড্রাইভার, এবং অফিসের কলিগরা জানতো, কমলের জীবন কতটা কঠিন। তারা দেখতো, কমল কীভাবে দিনরাত এক করে কাজ করে, কীভাবে সে প্রতিটি চ্যালেঞ্জকে মোকাবিলা করে। তারা তার প্রতি এক ধরণের শ্রদ্ধা অনুভব করতো। কিন্তু একই সাথে তারা জানতো, কমলের ব্যক্তিগত জীবন বলে কিছু নেই। সে যেন তার কোম্পানিরই এক

অবিচ্ছেদ্য অংশ, যার জীবন কেবল কাজ আর সাফল্যের পেছনে ছুটছে।

কমলের মনে এই ব্যস্ততা এখন এক ধরণের নেশায় পরিণত হয়েছিল। শিখরে চড়ার নেশা, যা অন্য সব নেশার থেকে আলাদা এবং মারাত্মক। যদি এই ব্যস্ততা তার না থাকে, তখন তার জীবন যেন স্তব্ধ হয়ে গেছে বলে মনে হতো। সে এখন আর অলস জীবন কল্পনা করতে পারতো না। তার কাছে কাজই ছিল জীবন, আর সাফল্যই ছিল তার একমাত্র লক্ষ্য। এই ব্যস্ততা তাকে একজন নতুন মানুষে পরিণত করেছিল, একজন সত্যিকারের উদ্যোক্তা, যার জীবন কেবল নিজের জন্য নয়, বরং তার স্বপ্ন আর ভালোবাসার জন্য।

অধ্যায় ২৭: পিউয়ের অবিচল বিশ্বাস

কমলের সাফল্যের খবরগুলো পিউয়ের কাছে পৌঁছাতো অনিতার মাধ্যমে, কখনো বা সংবাদপত্রের ছোট ছোট খবরের টুকরো হয়ে। সে শুনতো, কমল কীভাবে নিজের যোগ্যতায় একটি ছোট কোম্পানিকে বিশাল মাল্টি-ন্যাশনাল কোম্পানিতে পরিণত করেছে, কীভাবে সে ব্যবসায়িক সাফল্যের চূড়ায় আরোহণ করেছে। এই খবরগুলো পিউয়ের মনে এক ধরণের আনন্দ আর গর্ব এনে দিতো। সে জানতো, কমলের এই সাফল্য কেবল তার নিজের জন্য নয়, এটি তাদের ভালোবাসার প্রতিজ্ঞারই এক অবিচ্ছেদ্য অংশ। কিন্তু এই সাফল্যের ঝলকানি পিউয়ের মনে কোনোদিনও কমলের প্রতি তার বিশ্বাসকে টলাতে পারেনি।

পিউয়ের বাবা-মা, বিশেষ করে তার বাবা সুধীর বাবু, কমলের সাফল্যের খবর শুনে কিছুটা আশ্বস্ত হলেও, তাদের মনে এক ধরণের সংশয় রয়েই গিয়েছিল। তারা জানতেন, সাফল্যের চূড়ায় পৌঁছে মানুষ অনেক সময় তার পুরোনো সম্পর্ক বা প্রতিজ্ঞার কথা ভুলে যায়। সুধীর বাবু মাঝে মাঝে পিউকে বলতেন, "মা, দেখছিস তো, ছেলেটা কত বড় হয়ে গেছে। এখন তার চারপাশে কত মানুষ, কত সুযোগ। তোর মতো একজন সাধারণ মেয়ের কথা তার আর মনে পড়বে না।" রেবা দেবীও হয়তো মাঝে মাঝে দীর্ঘশ্বাস ফেলে বলতেন,

"এতদিন হয়ে গেল, একটা ফোনও তো করে না। সত্যিই কি ফিরবে?"

কিন্তু পিউয়ের বিশ্বাস ছিল অটুট। তার মনে কোনো দ্বিধা ছিল না। সে জানতো, কমল তার প্রতিজ্ঞা রক্ষা করবে। তার এই বিশ্বাস ছিল এমন এক গভীর অনুভূতি, যা কোনো যুক্তি বা বাস্তবতার নিরিখে মাপা যেতো না। সে কমলের চোখে সেই জেদ দেখেছিল, সেই দৃঢ়তা দেখেছিল, যা তাকে নিজের যোগ্যতায় প্রতিষ্ঠিত হওয়ার জন্য চালিত করেছিল। পিউ বিশ্বাস করতো, যে মানুষ নিজের প্রতি এত বিশ্বস্ত, সে ভালোবাসার প্রতিজ্ঞাও রক্ষা করবে।

পিউয়ের দিনগুলো কাটছিল তার নিজের পড়াশোনা আর স্বপ্ন পূরণের কঠোর পরিশ্রমে। সে তার কলেজের পড়াশোনায় আরও বেশি মনোযোগ দিল, বিভিন্ন প্রতিযোগিতামূলক পরীক্ষার জন্য প্রস্তুতি নিতো। তার লক্ষ্য ছিল একটি সম্মানজনক পেশায় নিজেকে প্রতিষ্ঠিত করা, যাতে সে কমলের পাশে সমান তালে দাঁড়াতে পারে। সে জানতো, কমল যখন ফিরে আসবে, তখন সে একজন প্রতিষ্ঠিত যুবক হবে। তাই পিউকেও তার পাশে যোগ্য হয়ে দাঁড়াতে হবে। তার এই প্রচেষ্টা ছিল কমলের প্রতি তার ভালোবাসারই এক প্রতিচ্ছবি।

পিউয়ের মনে কমলের প্রতি ভালোবাসা আরও গভীর হলো। এই ভালোবাসা ছিল কেবল আবেগপ্রসূত নয়, ছিল শ্রদ্ধা আর বিশ্বাসের উপর প্রতিষ্ঠিত। সে জানতো, তাদের সম্পর্ক এক কঠিন পরীক্ষার মধ্য দিয়ে যাচ্ছে, কিন্তু তার বিশ্বাস ছিল

অটুট। সে মনে মনে কমলকে সমর্থন দিতো, তার সাফল্যের জন্য প্রার্থনা করতো। তার মনে হতো, এই দূরত্ব তাদের ভালোবাসাকে আরও শক্তিশালী করছে। সে বিশ্বাস করতো, সত্যিকারের ভালোবাসা কোনো দূরত্ব বা সময়কে পরোয়া করে না।

যখনই তার বাবা-মা কমলের ফিরে আসা নিয়ে সংশয় প্রকাশ করতেন, পিউ শান্তভাবে তাদের বোঝানোর চেষ্টা করতো। "বাবা, মা, আমি ওকে বিশ্বাস করি। ও আমাকে প্রতিশ্রুতি দিয়েছে, আর ও সেই প্রতিশ্রুতি রক্ষা করবেই। আমি জানি, ও ফিরবে। আর যদি ও না ফেরে, তাহলে আমি সারা জীবন একা থাকবো, তবু অন্য কাউকে বিয়ে করবো না।" পিউয়ের এই দৃঢ়তা তার বাবা-মায়ের মনে কিছুটা হলেও শান্তি এনে দিতো। তারা জানতেন, তাদের মেয়ে একবার যখন কোনো সিদ্ধান্ত নেয়, তখন সে সেখান থেকে সরে আসে না।

পিউয়ের প্রতীক্ষা ছিল কেবল একটি সময়ের অপেক্ষা নয়, এটি ছিল তার ভালোবাসার এক নীরব সাধনা, তার আত্মমর্যাদার এক অটল অঙ্গীকার। সে তার দিনলিপিতে "২৫শে ফাল্গুন" তারিখটি চিহ্নিত করে রেখেছিল। এই দিনটি ছিল তার কাছে এক পবিত্র দিন, যে দিনের জন্য সে অধীর আগ্রহে অপেক্ষা করছিল। সে জানতো, এই পাঁচ বছর তার জন্য সহজ হবে না, কিন্তু তার জেদ তাকে যেকোনো বাধা অতিক্রম করতে সাহায্য করবে।

মাঝে মাঝে পিউয়ের মনেও এক ধরণের ভয় উঁকি দিতো – যদি কমল সত্যিই ফিরে না আসে? যদি সে তার প্রতিজ্ঞা

ভুলে যায়? যদি তার বাবা-মায়ের সংশয়ই সত্যি হয়? এই ভয়গুলো তাকে অস্থির করে তুলতো। রাতের নির্জনে যখন সে একা থাকতো, তখন তার মনে এই প্রশ্নগুলো আরও তীব্র হতো। কিন্তু সেই ভয়কে সে তার দৃঢ় বিশ্বাস দিয়ে জয় করতো। সে মনে মনে নিজেকে বলতো, "কমল ফিরবেই। সে তার প্রতিজ্ঞা রক্ষা করবে।" তার মনে হতো, তাদের ভালোবাসা এতটাই শক্তিশালী যে, কোনো দূরত্ব বা সময় তাকে দুর্বল করতে পারবে না।

পিউয়ের এই অবিচল বিশ্বাসই তাকে তার স্বপ্ন পূরণের পথে চালিত করছিল। সে জানতো, তার এই প্রতীক্ষা কেবল নিষ্ক্রিয় বসে থাকা নয়, এটি ছিল তার নিজের বৃদ্ধি আর বিকাশের এক প্রক্রিয়া। সে নিজেকে এমনভাবে গড়ে তুলতে চেয়েছিল, যাতে কমল যখন ফিরে আসবে, তখন সে তার পাশে গর্বের সাথে দাঁড়াতে পারে। তার এই বিশ্বাস ছিল তার ভালোবাসার এক নীরব প্রমাণ, এক অদম্য শক্তি।

অধ্যায় ২৮: সামাজিক চাপ

কমলের সাফল্যের খবরগুলো যখন সংবাদপত্রের পাতায় বা অনিতার মুখে পিউয়ের কানে পৌঁছাতো, তখন তার মনে এক ধরণের গর্ব আর আনন্দ হতো। সে জানতো, কমল তার প্রতিজ্ঞা পূরণের পথে এগিয়ে চলেছে। কিন্তু এই ব্যক্তিগত আনন্দ আর বিশ্বাসের বাইরেও পিউয়ের জীবনে এক সামাজিক চাপ দানা বাঁধতে শুরু করেছিল, যা তার বাবা-মা, বিশেষ করে তার মায়ের মনে গভীর উদ্বেগের জন্ম দিচ্ছিল।

পিউ তখন তার স্নাতকোত্তর পড়াশোনা প্রায় শেষ করে এনেছিল। তার মেধা এবং কঠোর পরিশ্রমের ফলস্বরূপ সে ভালো ফলাফল করেছিল, যা তার বাবা-মায়ের গর্বের কারণ ছিল। কিন্তু এই শিক্ষাগত সাফল্যের পাশাপাশি সামাজিক প্রত্যাশা তাদের উপর চাপ সৃষ্টি করছিল। পাড়া-প্রতিবেশী, আত্মীয়-স্বজন, এমনকি দূর সম্পর্কের পরিচিতরাও তাদের সাথে দেখা হলেই একই প্রশ্ন করতো, "পিউ তো এখন বড় হয়েছে, পড়াশোনাও তো শেষ। এবার ওর বিয়ের কথা ভাবুন।"

রেবা দেবী, পিউয়ের মা, এই চাপ সামলাতে পারছিলেন না। তিনি চাইতেন তার একমাত্র মেয়ে সুখে থাকুক, সুরক্ষিত থাকুক। তার মনে ছিল এক ধরণের ভয় - যদি পিউয়ের বিয়ের বয়স পেরিয়ে যায়, যদি ভালো সম্বন্ধ না আসে? তিনি জানতেন, সমাজে মেয়ের বিয়ে দেওয়াটা কতটা গুরুত্বপূর্ণ। তাই তিনি বিভিন্ন জায়গা থেকে আসা বিয়ের প্রস্তাবগুলো

নিয়ে পিউয়ের সাথে আলোচনা করতেন, তার মতামত জানতে চাইতেন।

"কিরে মা, এবার তো তোর বিয়ের কথা ভাবতে হবে," রেবা দেবী একদিন পিউকে বললেন, তার কণ্ঠে এক ধরণের চাপা উদ্বেগ। "কত ভালো ভালো সম্বন্ধ আসছে। অমুক পাড়ার ছেলেটা ডাক্তার, তমুক পরিবারের ছেলেটা ইঞ্জিনিয়ার। কত ভালো ছেলে! একবার দেখা করবি না? তোর বাবাও তো চিন্তিত।"

তিনি দীর্ঘশ্বাস ফেললেন। "মা," সুধীর বাবু বললেন, তার কণ্ঠে এক ধরণের বিষণ্ণতা, "তুই যা বলছিস, তা শুনতে খুব ভালো লাগছে। কিন্তু বাস্তবটা অনেক কঠিন। ও ছেলে এখন অন্য লক্ষ্যে ছুটে চলেছে। ও হয়তো তোর কথা শুনে আবেগপ্রবণ হয়ে কিছু কথা বলে ফেলেছে। কিন্তু ওর জীবনে এখন অর্থ আর প্রতিপত্তিই প্রধান। তার সামনে এখন এক বিশাল সাম্রাজ্য গড়ার স্বপ্ন। সেই পথে তোর মতো একজন সাধারণ মেয়ের কথা তার আর মনে পড়বে না। এত বড় ধনী পরিবারের ছেলে, তার কি তোর মতো সাধারণ মেয়ের জন্য অপেক্ষা করার সময় আছে? আর পাঁচ বছর পর যখন সে সাফল্যের চূড়ায় পৌঁছাবে, তখন কি সে তোর মতো একজন মধ্যবিত্ত মেয়ের কথা মনে রাখবে? তখন হয়তো তার চারপাশে আরও অনেক সুন্দরী, ধনী মেয়ে ঘুরবে।"

বাবার কথাগুলো পিউয়ের কানে যেন তীক্ষ্ণ তীরের মতো বিঁধলো। সে জানতো, বাবা যা বলছেন, তা বাস্তবতার নিরিখে সত্যি। কমলের মতো একজন ধনী ছেলের পক্ষে এমন

প্রতিজ্ঞা রক্ষা করাটা সহজ হবে না। কিন্তু পিউয়ের মনে কোনো দ্বিধা ছিল না। তার বিশ্বাস ছিল অটুট। সে বাবার দিকে তাকিয়ে দৃঢ় কণ্ঠে বললো, তার চোখে ছিল এক অদম্য বিশ্বাস আর জেদ।

"বাবা, আমি জানি কমল তার প্রতিজ্ঞা রক্ষা করবে। আমি ওর চোখে সেই জেদ দেখেছি। ও অন্যদের মতো নয়। ও আমাকে প্রতিশ্রুতি দিয়েছে, আর ও সেই প্রতিশ্রুতি রক্ষা করবেই। ঐ দেওয়া দিন পর্যন্ত তাকে অপেক্ষা করতেই হবে। আমি ওকে বিশ্বাস করি। আর যদি ও না ফেরে, তাহলে আমি সারা জীবন একা থাকবো, তবু অন্য কাউকে বিয়ে করবো না।"

পিউয়ের এই দৃঢ় বিশ্বাস দেখে সুধীর বাবু এবং রেবা দেবী আর কিছু বলতে পারলেন না। তারা জানতেন, পিউ একবার যখন কোনো সিদ্ধান্ত নেয়, তখন সে সেখান থেকে সরে আসে না। তার এই অটল বিশ্বাস তাদের মনে এক ধরণের আশা জাগিয়ে তুললো, যদিও তাদের সংশয় পুরোপুরি দূর হলো না। তারা তাদের মেয়ের উপর বিশ্বাস রাখলেন, তার সিদ্ধান্তকে সম্মান জানালেন, যদিও তাদের মনে এক ধরণের ভয় আর উদ্বেগ রয়েই গেল।

"ঠিক আছে মা," রেবা দেবী বললেন, তার চোখে জল। "যদি তোর এটাই ইচ্ছা হয়, তাহলে আমরা আর কিছু বলবো না। কিন্তু তুই নিজের খেয়াল রাখিস।"

সুধীর বাবু শুধু পিউয়ের মুখের দিকে তাকিয়ে রইলেন, তার চোখে ছিল এক ধরণের মিশ্র অনুভূতি – মেয়ের দৃঢ়তা দেখে

গর্ব, আর তার ভবিষ্যতের অনিশ্চয়তা নিয়ে উদ্বেগ। তারা বুঝতে পারছিলেন, তাদের মেয়ে এক কঠিন পথে পা বাড়িয়েছে, আর এই পথে তাকে একাই চলতে হবে। পিউয়ের এই দৃঢ়তা তার বাবা-মায়ের মনে এক ধরণের শ্রদ্ধা তৈরি করলো, যদিও সামাজিক চাপ তাদের মনে সবসময়ই এক চাপা উদ্বেগ রেখেছিল। তারা জানতেন, এই প্রতীক্ষা সহজ হবে না, কিন্তু তারা তাদের মেয়ের ভালোবাসার প্রতিজ্ঞাকে সম্মান জানাতে বাধ্য হলেন।

অধ্যায় ২৯: সময় বয়ে চলে

কমলের বিদেশ যাত্রা, তার স্কলারশিপ প্রাপ্তি, এবং নিজের কোম্পানি খোলার উদ্যোগ – এই সব খবরগুলো পিউয়ের কাছে দূর থেকে পৌঁছাতো। প্রতিটি সাফল্যের খবর পিউয়ের মনে এক ধরণের আনন্দ আর গর্ব এনে দিতো, যা তার কমলের প্রতি বিশ্বাসকে আরও দৃঢ় করতো। পিউ তার নিজের পড়াশোনা আর কেরিয়ারের দিকে মনোযোগ দিয়েছিল, নিজেকে যোগ্য করে তোলার জন্য কঠোর পরিশ্রম করছিল। তার বাবা-মায়ের উদ্বেগ সত্ত্বেও, পিউয়ের বিশ্বাস ছিল অটুট – কমল ফিরবেই, তার প্রতিজ্ঞা রক্ষা করবে।

পাঁচ বছর। দেখতে দেখতে যেন চোখের পলকে কেটে গেল। ক্যালেন্ডারের পাতা থেকে মাসগুলো ঝরে পড়লো, ঋতু পরিবর্তন হলো, আর প্রতিটি দিনই পিউকে তার নির্ধারিত লক্ষ্যের দিকে এগিয়ে নিয়ে গেল। এই পাঁচ বছর ছিল

অহংকার পেরিয়ে প্রেম

পিউয়ের জীবনের এক নীরব সাধনা। তার দিনগুলো কাটতো পড়াশোনা, স্বপ্ন দেখা আর কমলের ফিরে আসার প্রতীক্ষায়। কলেজের পাঠ চুকিয়ে সে এখন একটি সম্মানজনক সরকারি চাকরির জন্য প্রস্তুতি নিচ্ছিল। তার মেধা আর পরিশ্রম তাকে এই পথে অনেক দূর এগিয়ে নিয়ে গিয়েছিল।

প্রথম প্রথম সময় যেন কাটতেই চাইতো না। কমলের চলে যাওয়ার পর প্রতিটি মুহূর্ত পিউয়ের কাছে অনন্ত মনে হতো। তার মনে হতো, এই পাঁচ বছর কি সত্যিই কেটে যাবে? কমল কি সত্যিই ফিরবে? কিন্তু ধীরে ধীরে, যখন সে নিজের পড়াশোনায় আর কেরিয়ারে ডুবে গেল, তখন সময় যেন দ্রুত গতিতে ছুটতে শুরু করলো। তার ব্যস্ততা তাকে কমলের অনুপস্থিতি ভুলিয়ে রাখতো, কিন্তু তার মনের গভীরে কমলের প্রতিজ্ঞা সবসময়ই ছিল সজীব।

প্রতিদিন সকালে ঘুম থেকে উঠে পিউ তার দিনলিপিতে চোখ বুলাতো। "২৫শে ফাল্গুন" - এই তারিখটি তার দিনলিপিতে লাল কালিতে চিহ্নিত করা ছিল। প্রতিটি দিন কেটে যাওয়ার সাথে সাথে এই তারিখটি যেন আরও উজ্জ্বল হয়ে উঠতো। তার মনে এক ধরণের উত্তেজনা দানা বাঁধতে শুরু করেছিল। এই দিনটি ছিল তাদের ভালোবাসার এক মাইলফলক, তাদের প্রতিজ্ঞার এক প্রতীক।

কমলের সাফল্যের খবরগুলো পিউয়ের বিশ্বাসকে আরও মজবুত করছিল। অনিতার মুখে সে শুনতো কমলের মাল্টি-ন্যাশনাল কোম্পানি গড়ার কথা, তার সীমাহীন ব্যস্ততার কথা। কমল এখন বিশ্বের বিভিন্ন প্রান্তে ছুটে বেড়াচ্ছে, তার নাম

এখন একজন সফল শিল্পপতি হিসেবে পরিচিত। এই খবরগুলো পিউয়ের মনে এক ধরণের গর্ব এনে দিতো। সে জানতো, তার ভালোবাসার মানুষটি কেবল তার জন্য নয়, নিজের জন্যও নিজেকে প্রমাণ করছে।

কিন্তু এই উত্তেজনার পাশাপাশি পিউয়ের মনে এক ধরণের মিশ্র অনুভূতিও ছিল। একদিকে কমলের ফিরে আসার আনন্দ, অন্যদিকে এক ধরণের চাপা ভয়। তার বাবা-মায়ের সংশয়গুলো মাঝে মাঝে তার মনে উঁকি দিতো। "ও ছেলে এখন অন্য লক্ষ্যে ছুটে চলেছে, তোর কথা তার আর মনে পড়বে না।" বাবার এই কথাগুলো পিউয়ের মনে এক ধরণের অস্থিরতা তৈরি করতো। যদি কমল সত্যিই ফিরে না আসে? যদি সে তার প্রতিজ্ঞা ভুলে যায়? যদি তার বাবা-মায়ের সংশয়ই সত্যি হয়?

রাতের নির্জনে যখন সে একা থাকতো, তখন এই প্রশ্নগুলো আরও তীব্র হতো। তার চোখের সামনে ভেসে উঠতো কমলের সুদর্শন চেহারা, তার অহংকারী প্রশ্ন, আর তার দৃঢ় প্রতিজ্ঞা। সে মনে মনে কমলকে ডাকতো, তার ফিরে আসার জন্য প্রার্থনা করতো। তার মনে হতো, তাদের ভালোবাসা এতটাই শক্তিশালী যে, কোনো দূরত্ব বা সময় তাকে দুর্বল করতে পারবে না। কিন্তু মানুষের মন তো! সে তো সব সময় যুক্তির পথে চলে না।

পিউয়ের বাবা-মাও এই দিনটি ঘনিয়ে আসার সাথে সাথে আরও বেশি চিন্তিত হয়ে পড়েছিলেন। তারা দেখতেন, পিউয়ের চোখে এক ধরণের অস্থিরতা, এক ধরণের চাপা

উত্তেজনা। তারা জানতেন না, এই প্রতীক্ষার শেষ কোথায়। তারা শুধু চাইতেন তাদের মেয়ে সুখে থাকুক। তারা পিউকে আর বিয়ের জন্য চাপ দিতেন না, কারণ তারা জানতেন পিউয়ের সিদ্ধান্ত অটল। তারা শুধু নীরব দর্শক হয়ে তাদের মেয়ের এই কঠিন প্রতীক্ষা দেখছিলেন।

২৫শে ফাল্গুন ঘনিয়ে আসছিল। আর মাত্র কয়েকটা দিন বাকি। পিউয়ের মনে তখন এক ধরণের উন্মাদনা। তার প্রতিটি মুহূর্ত কাটছিল কমলের ফিরে আসার অপেক্ষায়। সে তার ঘর গুছিয়ে রাখতো, যেন কমল যেকোনো মুহূর্তে এসে হাজির হতে পারে। তার মনে হতো, এই দিনটি তার জীবনের সবচেয়ে গুরুত্বপূর্ণ দিন হবে। তার ভালোবাসা, তার বিশ্বাস - সবকিছুর পরীক্ষা হবে এই দিনে।

পিউয়ের মনে ছিল এক ধরণের আশা, এক ধরণের স্বপ্ন। সে স্বপ্ন দেখতো, কমল যখন ফিরে আসবে, তখন তারা দুজন একসাথে নতুন জীবন শুরু করবে। তাদের ভালোবাসা হবে আরও শক্তিশালী, আরও গভীর। এই পাঁচ বছরের দূরত্ব তাদের সম্পর্ককে আরও মজবুত করবে, তাদের একে অপরের প্রতি বিশ্বাসকে আরও দৃঢ় করবে। পিউ জানতো, এই প্রতীক্ষা সহজ ছিল না, কিন্তু তার জেদ তাকে যেকোনো বাধা অতিক্রম করতে সাহায্য করবে। তার মনে তখনো কমলের মুখটা ভাসছিল, আর সেই মুখটাই তাকে ভবিষ্যতের পথে চালিত করছিল। এই মিশ্র অনুভূতিগুলোই পিউয়ের প্রতীক্ষাকে আরও বাস্তব করে তুলেছিল, তাকে এক নতুন অভিজ্ঞতার মুখোমুখি দাঁড় করিয়েছিল।

পর্ব ৪: প্রতীক্ষার শেষ ও বাস্তবতা

অধ্যায় ৩০: সেই দিনটি

ফাগুনের স্নিগ্ধ সকাল। ২৫শে ফাল্গুন। ক্যালেন্ডারের পাতায় লাল কালিতে চিহ্নিত সেই বিশেষ দিনটি অবশেষে এসে হাজির হয়েছে। পিউয়ের মনে তখন এক অদ্ভুত মিশ্র অনুভূতি – একদিকে দীর্ঘ পাঁচ বছরের প্রতীক্ষার অবসান হওয়ার উত্তেজনা, অন্যদিকে এক চাপা ভয় আর অস্থিরতা। গত পাঁচ বছর ধরে এই দিনটির জন্যই সে প্রতিটি মুহূর্ত গুনেছে, প্রতিটি নিঃশ্বাসে কমলের ফিরে আসার স্বপ্ন দেখেছে। আজ সেই দিন, যখন তার বিশ্বাস আর ভালোবাসার পরীক্ষা হবে।

সকাল দিকেই পিউয়ের ঘুম ভেঙে গিয়েছিল। ভোরের আলো তখনো পুরোপুরি ফোটেনি, কিন্তু তার চোখে ঘুম ছিল না। বিছানায় এপাশ-ওপাশ করতে করতে তার মনে পড়ছিল কমলের সেই প্রতিজ্ঞা – "আমি তোমাকে নিজের যোগ্যতায় প্রতিষ্ঠিত হয়ে বিয়ে করব!" আর পিউয়ের সেই শর্ত – "ঠিক পাঁচ বছর পর এই পঁচিশে ফাল্গুন পর্যন্ত আমি তোমার জন্য অপেক্ষা করব... আর এই সময়ে তুমি একটি বারের জন্য আমার সঙ্গে দেখা করতে পারবে না।" প্রতিটি কথা যেন তার কানে বাজছিল।

সে উঠে বসলো, তারপর জানালার পর্দা সরিয়ে বাইরে তাকালো। ফাগুনের সকালের বাতাস ছিল মিষ্টি, কিন্তু পিউয়ের মনে এক ধরণের অস্থিরতা কাজ করছিল। তার হার্টবিট যেন বেড়ে গিয়েছিল। সে নিজেকে শান্ত করার চেষ্টা করলো, কিন্তু পারলো না। তার মনে হচ্ছিলো, এই দিনটি

তার জীবনের সবচেয়ে গুরুত্বপূর্ণ দিন হবে। তার ভালোবাসা, তার বিশ্বাস – সবকিছুর পরীক্ষা হবে এই দিনে।

পিউ দ্রুত নিজের প্রাত্যহিক কাজগুলো সেরে নিল। স্নান করে পরিষ্কার পোশাক পরলো, যেন সে কোনো বিশেষ অনুষ্ঠানের জন্য প্রস্তুত হচ্ছে। তার মা, রেবা দেবী, পিউয়ের এই অস্থিরতা লক্ষ্য করলেন। তিনি জানতেন, আজ সেই বিশেষ দিন, যে দিনের জন্য পিউ এত বছর ধরে অপেক্ষা করেছে। রেবা দেবীর মনেও এক ধরণের উদ্বেগ ছিল। তিনি চাইতেন তার মেয়ে সুখে থাকুক, কিন্তু কমলের ফিরে আসা নিয়ে তার মনে তখনো সংশয় ছিল।

"কিরে মা, এত সকালে উঠেছিস?" রেবা দেবী পিউয়ের ঘরে এসে জিজ্ঞেস করলেন, তার কণ্ঠে এক ধরণের চাপা উদ্বেগ। "কিছু খাবি না?"

পিউ মায়ের দিকে তাকিয়ে হাসলো, কিন্তু সেই হাসিতে এক ধরণের অস্থিরতা ছিল। "না মা, এখন কিছু খেতে ইচ্ছা করছে না। তুমি খেয়ে নাও।"

রেবা দেবী পিউয়ের কপালে হাত রাখলেন। "চিন্তা করিস না মা। যা হওয়ার হবে।" তিনি জানতেন, পিউকে এখন সান্ত্বনা দেওয়া বৃথা। তার বিশ্বাস এতটাই গভীর যে, কোনো কথা তাকে টলাতে পারবে না।

পিউ তার ছোট্ট ঘরের বারান্দায় এসে দাঁড়ালো। তাদের ফ্ল্যাটটি ছিল একটি সাধারণ পাড়ায়, যেখানে সকাল থেকেই মানুষের আনাগোনা শুরু হয়ে যায়। বারান্দা থেকে রাস্তার দিকে চেয়ে সে কমলের অপেক্ষায় রইলো। তার চোখ রাস্তার

অহংকার পেরিয়ে প্রেম

প্রতিটি গাড়ি, প্রতিটি বাইক, প্রতিটি মানুষের দিকে তীক্ষ্ণভাবে লক্ষ্য রাখছিল। তার মনে হচ্ছিলো, যেকোনো মুহূর্তে কমল এসে হাজির হতে পারে।

সূর্য ধীরে ধীরে উপরে উঠছিল, তার সোনালী আলো চারদিকে ছড়িয়ে পড়ছিল। রাস্তার কোলাহল বাড়ছিল, মানুষজন নিজেদের কাজে বের হচ্ছিলো। পিউয়ের মনে এক ধরণের উত্তেজনা আর অস্থিরতা কাজ করছিল। তার মনে হচ্ছিলো, সময় যেন কাটতেই চাইছে না। প্রতিটি মুহূর্ত তার কাছে অনন্ত মনে হচ্ছিলো। সে মনে মনে কমলকে ডাকছিল, তার ফিরে আসার জন্য প্রার্থনা করছিল।

পিউয়ের বাবা সুধীর বাবুও সকাল থেকেই চিন্তিত ছিলেন। তিনি মাঝে মাঝে পিউয়ের কাছে এসে ঘুরে ঘরে ঢুকে যাচ্ছিলেন। তিনি পিউয়ের অস্থিরতা লক্ষ্য করছিলেন, আর তার মনেও এক ধরণের ভয় কাজ করছিল। তিনি জানতেন, যদি কমল ফিরে না আসে, তাহলে পিউ কতটা কষ্ট পাবে। তিনি চাইতেন না তার মেয়ের স্বপ্ন ভেঙে যাক, কিন্তু তার মনে তখনো সংশয় ছিল।

"মা, তুই কি কিছু খাবি না?" সুধীর বাবু পিউয়ের পাশে এসে দাঁড়ালেন, তার কণ্ঠে এক ধরণের উদ্বেগ। "সকাল থেকে কিছু খাসনি।"

পিউ বাবার দিকে তাকিয়ে হাসলো। "না বাবা, এখন খেতে ইচ্ছা করছে না। তুমি চিন্তা করো না।"

পিউয়ের চোখ তখনো রাস্তার দিকে। সে দেখছিল, কীভাবে মানুষজন নিজেদের ব্যস্ততায় ছুটে চলেছে। তার মনে হলো,

অহংকার পেরিয়ে প্রেম

এই পৃথিবীতে সবাই নিজের লক্ষ্যে ছুটছে, আর সে কেবল অপেক্ষা করছে। তার মনে এক ধরণের ভয় উঁকি দিতো - যদি কমল সত্যিই ফিরে না আসে? যদি সে তার প্রতিজ্ঞা ভুলে যায়? যদি তার বাবা-মায়ের সংশয়ই সত্যি হয়?

কিন্তু সেই ভয়কে সে তার দৃঢ় বিশ্বাস দিয়ে জয় করতো। সে মনে মনে নিজেকে বলতো, "কমল ফিরবেই। সে তার প্রতিজ্ঞা রক্ষা করবে।" তার মনে হতো, তাদের ভালোবাসা এতটাই শক্তিশালী যে, কোনো দূরত্ব বা সময় তাকে দুর্বল করতে পারবে না।

সকাল গড়িয়ে দুপুর হলো, দুপুর গড়িয়ে বিকেল। পিউ বারান্দায় দাঁড়িয়েই রইলো, এক পাও নড়লো না। তার চোখ তখনো রাস্তার দিকে, তার মন তখনো কমলের অপেক্ষায়। তার মনে এক ধরণের অস্থিরতা আর উত্তেজনা কাজ করছিল, যা তাকে কোনো কিছুতেই মনোযোগ দিতে দিচ্ছিল না। ২৫শে ফাল্গুন, সেই বিশেষ দিনটি, তার জীবনের এক কঠিন পরীক্ষার দিন ছিল।

অধ্যায় ৩১: বাবার উদ্বেগ

২৫শে ফাল্গুন, সেই নির্ধারিত দিনটির সকাল থেকেই পিউয়ের বাবা সুধীর বাবুর মনে এক গভীর উদ্বেগ দানা বেঁধেছিল। তার চোখেমুখে ছিল এক ধরণের অস্থিরতা, যা তিনি শত চেষ্টা করেও লুকাতে পারছিলেন না। তার একমাত্র মেয়ে পিউ, যাকে তিনি নিজের জীবনের চেয়েও বেশি ভালোবাসেন, সে আজ এক কঠিন পরীক্ষার মুখোমুখি। পাঁচ বছর আগে কমল নামের সেই ধনী পরিবারের ছেলেটি পিউকে যে প্রতিজ্ঞা করে গিয়েছিল, আজ সেই প্রতিজ্ঞা পূরণের দিন। সুধীর বাবুর মনে তখনো সংশয় ছিল – কমল কি সত্যিই ফিরবে?

সকাল থেকেই সুধীর বাবু পিউয়ের অস্থিরতা লক্ষ্য করছিলেন। পিউ ঘুম থেকে উঠেই বারান্দায় গিয়ে দাঁড়িয়েছিল, তার চোখ রাস্তার দিকে নিবদ্ধ। সে কোনো কথা বলছিল না, কেবল নীরব অপেক্ষায় ছিল। সুধীর বাবু জানতেন, পিউয়ের মন তখন কতটা অস্থির। তার মনে হাজারো প্রশ্ন ঘুরপাক খাচ্ছিলো। যদি কমল না আসে, তাহলে তার মেয়ের স্বপ্ন ভেঙে যাবে, তার বিশ্বাস চূর্ণবিচূর্ণ হয়ে যাবে। এই ভাবনাটি সুধীর বাবুর মনে এক ধরণের ভয় তৈরি করছিল।

সুধীর বাবু মাঝে মাঝে পিউয়ের কাছে এসে ঘুরে যাচ্ছিলেন। তিনি পিউয়ের পাশে এসে দাঁড়াতেন, তার কাঁধে হাত রাখতেন, কিন্তু কোনো কথা বলতেন না। তিনি জানতেন, এই

মুহূর্তে পিউকে সান্ত্বনা দেওয়া বৃথা। তার বিশ্বাস এতটাই গভীর যে, কোনো কথা তাকে টলাতে পারবে না। তিনি শুধু চাইতেন তার মেয়ে সুখে থাকুক, তার স্বপ্ন পূরণ হোক। কিন্তু তার মনে তখনো সংশয় ছিল – কমলের মতো একজন ধনী ছেলে, যে এখন বিশাল সাম্রাজ্যের মালিক, সে কি সত্যিই একজন মধ্যবিত্ত মেয়ের জন্য তার এত কিছু ছেড়ে ফিরে আসবে?

"মা, তুই কি কিছু খাবি না?" সুধীর বাবু একসময় পিউয়ের পাশে এসে দাঁড়ালেন, তার কণ্ঠে এক ধরণের উদ্বেগ। "সকাল থেকে কিছু খাসনি। শরীর খারাপ করবে তো।"

পিউ বাবার দিকে তাকিয়ে হাসলো, কিন্তু সেই হাসিতে এক ধরণের অস্থিরতা ছিল। "না বাবা, এখন খেতে ইচ্ছা করছে না। তুমি চিন্তা করো না।"

সুধীর বাবু পিউয়ের মুখের দিকে তাকিয়ে রইলেন। তার চোখে ছিল এক ধরণের মিশ্র অনুভূতি – মেয়ের দৃঢ়তা দেখে গর্ব, আর তার ভবিষ্যতের অনিশ্চয়তা নিয়ে উদ্বেগ। তিনি জানতেন, পিউয়ের বিশ্বাস কতটা প্রবল। পাঁচ বছর আগে যখন পিউ কমলের প্রতিজ্ঞার কথা বলেছিল, তখন সুধীর বাবু তাকে বোঝানোর চেষ্টা করেছিলেন যে, কমলের মতো একজন ছেলে হয়তো তার কথা ভুলে যাবে। কিন্তু পিউ তার সিদ্ধান্তে অটল ছিল। এখন সেই দিনটি এসে গেছে, আর সুধীর বাবু চাইছিলেন তার মেয়ের বিশ্বাস যেন সত্যি হয়।

তিনি আবার ঘরে ফিরে গেলেন, কিন্তু তার মন পড়ে রইলো পিউয়ের কাছে। তিনি জানালা দিয়ে পিউকে দেখছিলেন,

কীভাবে সে রাস্তার দিকে চেয়ে আছে, তার চোখে এক ধরণের গভীর প্রতীক্ষা। সুধীর বাবুর মনে হচ্ছিলো, এই দিনটি যেন অনন্ত। প্রতিটি মুহূর্ত তার কাছে দীর্ঘ মনে হচ্ছিলো। তিনি মনে মনে প্রার্থনা করছিলেন, যেন কমল ফিরে আসে, যেন তার মেয়ের স্বপ্ন পূরণ হয়।

দুপুর গড়িয়ে বিকেল হলো, বিকেল গড়িয়ে সন্ধ্যা। পিউ বারান্দায় দাঁড়িয়েই রইলো, এক পাও নড়লো না। তার চোখ তখনো রাস্তার দিকে, তার মন তখনো কমলের অপেক্ষায়। সুধীর বাবুর উদ্বেগ আরও বাড়ছিল। তিনি দেখছিলেন, পিউয়ের মুখে এক ধরণের ক্লান্তি ফুটে উঠেছে, কিন্তু তার চোখে সেই প্রতীক্ষা অটুট।

সুধীর বাবু জানতেন, তাদের পরিবার মধ্যবিত্ত। তাদের জীবনে হয়তো অনেক অভাব আছে, কিন্তু তারা তাদের মেয়েকে ভালোবাসার কোনো কমতি রাখেননি। পিউয়ের স্বপ্ন ছিল তাদের কাছে সবচেয়ে মূল্যবান। তিনি চাইতেন না তার মেয়ের স্বপ্ন ভেঙে যাক। তিনি মনে মনে কমলকে ডাকছিলেন, যেন সে ফিরে আসে, যেন তার মেয়ের বিশ্বাস রক্ষা হয়।

এই দিনটি সুধীর বাবুর জন্য ছিল এক কঠিন পরীক্ষা। তিনি তার মেয়ের পাশে ছিলেন, তাকে সমর্থন দিচ্ছিলেন, কিন্তু তার মনে এক ধরণের চাপা ভয় ছিল। তিনি জানতেন, যদি কমল না আসে, তাহলে পিউ কতটা কষ্ট পাবে। তার এই উদ্বেগ ছিল তার বাবার ভালোবাসারই এক প্রতিচ্ছবি, যা তার মেয়ের সুখের জন্য যেকোনো কিছু করতে প্রস্তুত ছিল।

অধ্যায় ৩২: নিরাশার শুরু

২৫শে ফাল্গুন, সেই নির্ধারিত দিনটি। সকাল থেকে পিউ বারান্দায় দাঁড়িয়েছিল, তার চোখ রাস্তার দিকে নিবদ্ধ। প্রতিটি মুহূর্ত তার কাছে অনন্ত মনে হচ্ছিলো। তার মনে ছিল এক ধরণের উত্তেজনা আর অস্থিরতা, যা তাকে কোনো কিছুতেই মনোযোগ দিতে দিচ্ছিল না। তার বাবা সুধীর বাবু মাঝে মাঝে তার কাছে এসে ঘুরে যাচ্ছিলেন, মায়ের চোখেও ছিল চাপা উদ্বেগ। কিন্তু পিউয়ের বিশ্বাস ছিল অটুট, সে জানতো কমল ফিরবেই।

সূর্য ধীরে ধীরে উপরে উঠছিল, তার সোনালী আলো চারদিকে ছড়িয়ে পড়ছিল। সকাল গড়িয়ে দুপুর হলো, দুপুর গড়িয়ে বিকেল। পিউ বারান্দায় দাঁড়িয়েই রইলো, এক পাও নড়লো না। তার চোখেমুখে ফুটে উঠেছিল এক ধরণের ক্লান্তি, কিন্তু তার চোখে সেই প্রতীক্ষা অটুট। রাস্তার কোলাহল বাড়ছিল, মানুষজন নিজেদের কাজে বের হচ্ছিলো, তারপর আবার ঘরে ফিরছিল। কিন্তু কমলের কোনো চিহ্ন ছিল না।

পিউয়ের মনে এক ধরণের ভয় উঁকি দিতে শুরু করলো। সে মনে মনে নিজেকে বলছিল, "কমল হয়তো ব্যস্ত আছে, হয়তো কোনো জরুরি কাজ পড়েছে। সে নিশ্চয়ই ফিরবে, হয়তো একটু দেরি হবে।" কিন্তু তার মন সেই যুক্তি মানতে চাইছিল না। তার মনে হচ্ছিলো, যদি কমল সত্যিই ফিরতে চায়, তাহলে সে অন্তত একটা খবর তো পাঠাতে পারতো।

অহংকার পেরিয়ে প্রেম

এত বড় মাল্টি-ন্যাশনাল কোম্পানির মালিক, তার পক্ষে কি একজন লোক পাঠিয়ে খবর দেওয়াও সম্ভব নয়?

সন্ধ্যার আবছা আলো যখন চারদিকে ছড়িয়ে পড়লো, তখন পিউয়ের মনে নিরাশা দানা বাঁধতে শুরু করলো। দিনের আলো ম্লান হয়ে আসছিল, কিন্তু কমলের আসার কোনো লক্ষণ ছিল না। তার মনে পড়ছিল কমলের সেই প্রতিজ্ঞা - "আমি তোমাকে নিজের যোগ্যতায় প্রতিষ্ঠিত হয়ে বিয়ে করব!" আর পিউয়ের সেই শর্ত - "ঠিক পাঁচ বছর পর এই পঁচিশে ফাল্গুন পর্যন্ত আমি তোমার জন্য অপেক্ষা করব... তার পর আর একটি দিনও আমি তোমাকে দেব না।" সময় যেন দ্রুত ফুরিয়ে আসছিল, আর কমলের অনুপস্থিতি পিউয়ের মনে এক ধরণের শূন্যতা তৈরি করছিল।

পিউয়ের বাবা সুধীর বাবু এবং মা রেবা দেবীও পিউয়ের অস্থিরতা লক্ষ্য করছিলেন। তারা জানতেন, পিউয়ের মনে কী চলছে। তাদের মনে যে সংশয় ছিল, তা এখন আরও তীব্র হয়ে উঠলো। তারা একে অপরের দিকে তাকাচ্ছিলেন, কিন্তু কোনো কথা বলছিলেন না। তাদের চোখে ছিল এক ধরণের চাপা উদ্বেগ আর ভয়। তারা চাইতেন না তাদের মেয়ের স্বপ্ন ভেঙে যাক, কিন্তু কমলের অনুপস্থিতি তাদের মনে এক ধরণের হতাশা এনে দিচ্ছিল।

"মা, সন্ধ্যা হয়ে গেছে। এবার ঘরে চল।" রেবা দেবী পিউয়ের পাশে এসে দাঁড়ালেন, তার কণ্ঠে এক ধরণের উদ্বেগ। "কিছু খেয়ে নে। সকাল থেকে কিছু খাসনি।"

পিউ মায়ের দিকে তাকালো, তার চোখে ছিল এক ধরণের শূন্যতা। সে কোনো উত্তর দিল না, কেবল মাথা নাড়লো। তার মন তখনো রাস্তার দিকে, তার চোখ তখনো কমলের অপেক্ষায়। সে মনে মনে কমলকে ডাকছিল, তার ফিরে আসার জন্য প্রার্থনা করছিল। কিন্তু তার প্রার্থনা যেন আকাশের দিকে মিলিয়ে যাচ্ছিলো, কোনো উত্তর আসছিল না। পিউয়ের মনে হচ্ছিলো, তার পাঁচ বছরের প্রতীক্ষা কি বৃথা? তার ভালোবাসা কি মিথ্যা ছিল? কমল কি সত্যিই তাকে ভুলে গেছে? এই প্রশ্নগুলো তার মনে তীব্রভাবে আঘাত হানছিল। তার চোখে জল এসে গেল, কিন্তু সে সেই জল লুকাতে চাইলো। সে চাইছিল না তার বাবা-মা তার দুর্বলতা দেখুক।

রাতের অন্ধকার যখন চারদিকে ছেয়ে গেল, তখন পিউয়ের মনে নিরাশা আরও গভীর হলো। রাস্তার আলোগুলো জ্বলে উঠলো, কিন্তু তাদের আলো পিউয়ের মনে কোনো আশার সঞ্চার করতে পারলো না। তার মনে হচ্ছিলো, এই দিনটি যেন অনন্ত। প্রতিটি মুহূর্ত তার কাছে দীর্ঘ মনে হচ্ছিলো। সে জানতো না, এই প্রতীক্ষার শেষ কোথায়। তার মনে এক ধরণের ভয় উঁকি দিতো – যদি কমল সত্যিই ফিরে না আসে? যদি সে তার প্রতিজ্ঞা ভুলে যায়? যদি তার বাবা-মায়ের সংশয়ই সত্যি হয়?

কমলের কোনো খবর না আসা পিউয়ের মনে এক ধরণের গভীর ক্ষত তৈরি করলো। সে ভাবতেই পারছিল না, কমল তাকে এভাবে ভুলে যেতে পারে। তার মনে হলো, তার ভালোবাসা হয়তো একতরফা ছিল। তার এই নিরাশা তার

আত্মবিশ্বাসকে ভেঙে দিচ্ছিল, তাকে এক নতুন বাস্তবতার মুখোমুখি দাঁড় করাচ্ছিলো।

অধ্যায় ৩৩: ভালোবাসার পরীক্ষা

২৫শে ফাল্গুন। সকাল গড়িয়ে সন্ধ্যা, সন্ধ্যা গড়িয়ে রাত। পিউয়ের ছোট্ট ঘরের বারান্দায় সে তখনো দাঁড়িয়ে, রাস্তার দিকে চেয়ে। তার চোখ দুটি ক্লান্ত, মুখে এক ধরণের বিষণ্নতা, কিন্তু তার দৃষ্টি তখনো রাস্তার প্রতিটি কোণায় কমলের আগমনী বার্তা খুঁজছিল। দিনের আলো ম্লান হয়ে রাতের আঁধার যখন চারদিকে ছেয়ে গেল, তখন পিউয়ের মনে নিরাশা আরও গভীর হলো। কমলের কোনো খবর নেই, এমনকি কোনো লোক পাঠিয়েও সে একটি বার্তা দিল না।

পিউয়ের মনে তখন হাজারো প্রশ্ন দানা বাঁধতে শুরু করলো। তার বিশ্বাস, তার ভালোবাসা - সবকিছুই যেন এক কঠিন পরীক্ষার মুখোমুখি। সে নিজেকেই প্রশ্ন করতে শুরু করলো, তার কণ্ঠে এক ধরণের চাপা কষ্ট।

"তবে কী তার ভালবাসা মিথ্যা?" তার মনে হলো, কমলের সেই প্রতিজ্ঞা, সেই পাঁচ বছরের অপেক্ষা করার কথা - সবকিছুই কি কেবল একটি অভিনয় ছিল? সে কি কেবল পিউকে জয় করার জন্য এই নাটক করেছিল? তার মনে পড়ছিল কমলের সেই অহংকারী চেহারা, তার বাবার বিপুল

ঐশ্বর্যের দম্ভ। হয়তো কমল ভেবেছিল, পিউ তার টাকার লোভে তার পেছনে ঘুরবে, আর যখন পিউ তাকে প্রত্যাখ্যান করলো, তখন সে জেদের বশে এমন একটি প্রতিজ্ঞা করে বসেছিল। কিন্তু এখন যখন সে সাফল্যের চূড়ায় পৌঁছেছে, তখন হয়তো তার এই প্রতিজ্ঞার কোনো মূল্য নেই।

"একটা অভিনয়।" পিউয়ের মনে হলো, কমলের সেই আবেগঘন কথাগুলো, তার চোখে দেখা সেই দৃঢ়তা - সবকিছুই কি কেবল একটি অভিনয় ছিল? সে কি কেবল পিউকে মুগ্ধ করার জন্য এমন কথা বলেছিল? পিউয়ের মনে পড়ছিল অনিতার কথা, "ওর পেছনে অনেক মেয়েরা লাইন দিয়ে আছে।" হয়তো কমল এখন সেই মেয়েদের নিয়েই ব্যস্ত, যারা তার টাকার জন্য তার পেছনে ঘোরে। পিউয়ের মতো একজন মধ্যবিত্ত মেয়ের কথা তার আর মনে নেই।

"সে কী সত্যিই তাকে আজ ভুলে গেছে?" এই প্রশ্নটি পিউয়ের মনে সবচেয়ে বেশি আঘাত হানছিল। পাঁচ বছর! এই পাঁচ বছর পিউ কমলের জন্য প্রতিটি মুহূর্ত গুনেছে, তার ফিরে আসার স্বপ্ন দেখেছে। তার বাবা-মায়ের সংশয় সত্ত্বেও সে কমলের উপর বিশ্বাস রেখেছিল। সে জানতো, তাদের ভালোবাসা এতটাই শক্তিশালী যে, কোনো দূরত্ব বা সময় তাকে দুর্বল করতে পারবে না। কিন্তু এখন কমলের অনুপস্থিতি পিউয়ের বিশ্বাসকে চূর্ণবিচূর্ণ করে দিচ্ছিল।

পিউয়ের চোখে জল এসে গেল, কিন্তু সে সেই জল লুকাতে চাইলো। সে চাইছিল না তার বাবা-মা তার দুর্বলতা দেখুক। তার মনে হলো, তার পাঁচ বছরের প্রতীক্ষা কি বৃথা? তার

অহংকার পেরিয়ে প্রেম

ভালোবাসা কি একতরফা ছিল? তার এই নিরাশা তার আত্মবিশ্বাসকে ভেঙে দিচ্ছিল, তাকে এক নতুন বাস্তবতার মুখোমুখি দাঁড় করাচ্ছিলো।

পিউয়ের বাবা সুধীর বাবু এবং মা রেবা দেবীও পিউয়ের অস্থিরতা লক্ষ্য করছিলেন। তারা জানতেন, পিউয়ের মনে কী চলছে। তাদের মনে যে সংশয় ছিল, তা এখন আরও তীব্র হয়ে উঠলো। তারা একে অপরের দিকে তাকাচ্ছিলেন, কিন্তু কোনো কথা বলছিলেন না। তাদের চোখে ছিল এক ধরণের চাপা উদ্বেগ আর ভয়। তারা চাইতেন না তাদের মেয়ের স্বপ্ন ভেঙে যাক, কিন্তু কমলের অনুপস্থিতি তাদের মনে এক ধরণের হতাশা এনে দিচ্ছিল।

রাতের অন্ধকার যখন চারদিকে ছেয়ে গেল, তখন পিউয়ের মনে নিরাশা আরও গভীর হলো। রাস্তার আলোগুলো জ্বলে উঠলো, কিন্তু তাদের আলো পিউয়ের মনে কোনো আশার সঞ্চার করতে পারলো না। তার মনে হচ্ছিলো, এই দিনটি যেন অনন্ত। প্রতিটি মুহূর্ত তার কাছে দীর্ঘ মনে হচ্ছিলো। সে জানতো না, এই প্রতীক্ষার শেষ কোথায়। তার মনে এক ধরণের ভয় উঁকি দিতো – যদি কমল সত্যিই ফিরে না আসে? যদি সে তার প্রতিজ্ঞা ভুলে যায়? যদি তার বাবা-মায়ের সংশয়ই সত্যি হয়?

পিউয়ের এই ভালোবাসার পরীক্ষা ছিল তার জীবনের সবচেয়ে কঠিন পরীক্ষা। সে জানতো না, এই পরীক্ষার ফল কী হবে। তার মন তখনো কমলের ফিরে আসার জন্য আকুল ছিল, কিন্তু তার বিশ্বাস যেন ধীরে ধীরে ভেঙে যাচ্ছিলো। তার

মনে হলো, হয়তো তার স্বপ্নগুলো কেবল স্বপ্নই ছিল, যা কখনো সত্যি হবে না। তার চোখ থেকে দু ফোটা জল নিজের অজান্তেই ঝরে পড়লো বারান্দার মেঝেতে। "তবে কী এত কাল অপেক্ষা করা তার বৃথা!" এই ভাবনাটি তার মনে এক গভীর ক্ষত তৈরি করলো।

অধ্যায় ৩৪: অশ্রু ঝরা

২৫শে ফাল্গুন। সকাল থেকে সন্ধ্যা, সন্ধ্যা থেকে রাত। পিউয়ের ছোট্ট ঘরের বারান্দায় সে তখনো দাঁড়িয়ে, রাস্তার দিকে চেয়ে। তার চোখ দুটি ক্লান্ত, মুখে এক ধরণের বিষণ্ণতা, কিন্তু তার দৃষ্টি তখনো রাস্তার প্রতিটি কোণায় কমলের আগমনী বার্তা খুঁজছিল। দিনের আলো ম্লান হয়ে রাতের আঁধার যখন চারদিকে ছেয়ে গেল, তখন পিউয়ের মনে নিরাশা আরও গভীর হলো। কমলের কোনো খবর নেই, এমনকি কোনো লোক পাঠিয়েও সে একটি বার্তা দিল না।

পিউয়ের মনে তখন হাজারো প্রশ্ন দানা বাঁধতে শুরু করলো। তার বিশ্বাস, তার ভালোবাসা - সবকিছুই যেন এক কঠিন পরীক্ষার মুখোমুখি। সে নিজেকেই প্রশ্ন করতে শুরু করলো, তার কণ্ঠে এক ধরণের চাপা কষ্ট। "তবে কী তার ভালবাসা মিথ্যা। একটা অভিনয়। সে কী সত্যিই তাকে আজ ভুলে গেছে?" এই প্রশ্নগুলো তার মনে তীব্রভাবে আঘাত হানছিল।

রাতের নিস্তব্ধতা পিউয়ের অস্থিরতাকে আরও বাড়িয়ে তুলছিল। রাস্তার আলোগুলো জ্বলে উঠেছে বটে, কিন্তু তাদের

অহংকার পেরিয়ে প্রেম

আলো পিউয়ের মনে কোনো আশার সঞ্চার করতে পারছিল না। তার মনে হচ্ছিলো, এই দিনটি যেন অনন্ত। প্রতিটি মুহূর্ত তার কাছে দীর্ঘ মনে হচ্ছিলো। সে জানতো না, এই প্রতীক্ষার শেষ কোথায়। তার মনে এক ধরণের ভয় উঁকি দিতো – যদি কমল সত্যিই ফিরে না আসে? যদি সে তার প্রতিজ্ঞা ভুলে যায়? যদি তার বাবা-মায়ের সংশয়ই সত্যি হয়?

পিউয়ের বাবা সুধীর বাবু এবং মা রেবা দেবীও পিউয়ের অস্থিরতা লক্ষ্য করছিলেন। তারা জানতেন, পিউয়ের মনে কী চলছে। তাদের মনে যে সংশয় ছিল, তা এখন আরও তীব্র হয়ে উঠলো। তারা একে অপরের দিকে তাকাচ্ছিলেন, কিন্তু কোনো কথা বলছিলেন না। তাদের চোখে ছিল এক ধরণের চাপা উদ্বেগ আর ভয়। তারা চাইতেন না তাদের মেয়ের স্বপ্ন ভেঙে যাক, কিন্তু কমলের অনুপস্থিতি তাদের মনে এক ধরণের হতাশা এনে দিচ্ছিল।

পিউয়ের মন তখন এক গভীর শূন্যতায় ডুবে যাচ্ছিলো। তার মনে পড়ছিল কমলের সেই অহংকারী প্রশ্ন, "তুমি নিজেকে কী ভাবো? মহারানী?" আর তার নিজের উত্তর, "না। একজন মেয়ে, যে স্বপ্ন দেখে!" সে স্বপ্ন দেখেছিল, কমল নিজের যোগ্যতায় প্রতিষ্ঠিত হয়ে ফিরে আসবে, আর তারা একসাথে নতুন জীবন শুরু করবে। সে স্বপ্ন দেখেছিল, তাদের ভালোবাসা হবে অমর, যা কোনো বাধা মানবে না। কিন্তু এখন সেই স্বপ্নগুলো যেন ভেঙে চুরমার হয়ে যাচ্ছিলো।

তার চোখ থেকে দু ফোটা জল নিজের অজান্তেই ঝরে পড়লো বারান্দার মেঝেতে। সেই জল ছিল দীর্ঘ পাঁচ বছরের

প্রতীক্ষার, অটুট বিশ্বাসের, আর এখন গভীর নিরাশার প্রতিচ্ছবি। প্রতিটি ফোঁটা যেন তার মনের কষ্টকে প্রকাশ করছিল, তার ভেতরের যন্ত্রণা ফুটিয়ে তুলছিল। তার মনে হলো, এই জল তার সমস্ত স্বপ্ন, তার সমস্ত আশা ধুয়ে নিয়ে যাচ্ছে।

"তবে কী এত কাল অপেক্ষা করা তার বৃথা!" এই ভাবনাটি পিউয়ের মনে এক গভীর ক্ষত তৈরি করলো। তার মনে হলো, সে যেন এক বিশাল ভুল করে ফেলেছে। সে কমলের উপর বিশ্বাস রেখেছিল, তার জন্য এত বছর অপেক্ষা করেছিল, তার বাবা-মায়ের সংশয় সত্ত্বেও সে নিজের সিদ্ধান্তে অটল ছিল। কিন্তু এখন মনে হচ্ছে, তার এই বিশ্বাস হয়তো কেবল একটি ভ্রম ছিল। তার ভালোবাসা হয়তো একতরফা ছিল, যার কোনো মূল্য ছিল না।

পিউয়ের চোখের জল তার অসহায়ত্বকে প্রকাশ করছিল। সে আর নিজেকে ধরে রাখতে পারছিল না। তার মনে হচ্ছিলো, তার সমস্ত শক্তি যেন শেষ হয়ে গেছে। তার আত্মবিশ্বাস ভেঙে যাচ্ছিলো, তার স্বপ্নগুলো ম্লান হয়ে আসছিল। সে জানতো না, এখন সে কী করবে। তার জীবনের লক্ষ্য, তার স্বপ্ন - সবকিছুই যেন এক মুহূর্তে অর্থহীন মনে হলো। বারান্দার ঠান্ডা মেঝেতে ঝরে পড়া সেই দু ফোটা জল ছিল পিউয়ের মনের গভীর যন্ত্রণার নীরব সাক্ষী।

অধ্যায় ৩৫: রাত দশটা

ফাগুনের সেই বিশেষ দিনটি, ২৫শে ফাল্গুন, ধীরে ধীরে তার শেষ প্রহরে প্রবেশ করছিল। ঘড়ির কাঁটা রাত দশটা ছুঁই ছুঁই করছে। সকাল থেকে পিউ বারান্দায় দাঁড়িয়েছিল, তার চোখ রাস্তার দিকে নিবদ্ধ। দিনের আলো ম্লান হয়ে রাতের আঁধার যখন চারদিকে ছেয়ে গেল, তখন পিউয়ের মনে নিরাশা আরও গভীর হলো। কমলের কোনো খবর নেই, এমনকি কোনো লোক পাঠিয়েও সে একটি বার্তা দিল না। পিউয়ের মনে তখন হাজারো প্রশ্ন দানা বাঁধতে শুরু করেছিল। তার বিশ্বাস, তার ভালোবাসা – সবকিছুই যেন এক কঠিন পরীক্ষার মুখোমুখি।

বারান্দার ঠান্ডা রেলিং ধরে পিউ তখনো দাঁড়িয়ে। তার চোখ দুটি ক্লান্ত, মুখে এক ধরণের বিষণ্ণতা, কিন্তু তার দৃষ্টি তখনো রাস্তার প্রতিটি কোণায় কমলের আগমনী বার্তা খুঁজছিল। রাস্তার আলোগুলো জ্বলে উঠেছে বটে, কিন্তু তাদের আলো পিউয়ের মনে কোনো আশার সঞ্চার করতে পারছিল না। তার মনে হচ্ছিলো, এই দিনটি যেন অনন্ত। প্রতিটি মুহূর্ত তার কাছে দীর্ঘ মনে হচ্ছিলো। সে জানতো না, এই প্রতীক্ষার শেষ কোথায়। তার মনে এক ধরণের ভয় উঁকি দিতো – যদি কমল সত্যিই ফিরে না আসে? যদি সে তার প্রতিজ্ঞা ভুলে যায়? যদি তার বাবা-মায়ের সংশয়ই সত্যি হয়?

পিউয়ের বাবা সুধীর বাবু এবং মা রেবা দেবীও পিউয়ের অস্থিরতা লক্ষ্য করছিলেন। তাদের মনে যে সংশয় ছিল, তা এখন আরও তীব্র হয়ে উঠলো। তারা একে অপরের দিকে

তাকাচ্ছিলেন, কিন্তু কোনো কথা বলছিলেন না। তাদের চোখে ছিল এক ধরণের চাপা উদ্বেগ আর ভয়। তারা চাইতেন না তাদের মেয়ের স্বপ্ন ভেঙে যাক, কিন্তু কমলের অনুপস্থিতি তাদের মনে এক ধরণের হতাশা এনে দিচ্ছিল।

রাত দশটা। ফাগুনের এই দিনটি আর মাত্র কয়েক ঘন্টার অপেক্ষায়। রাত বারোটা বাজলেই এই দিনটি শেষ হয়ে যাবে, আর তার সাথে শেষ হয়ে যাবে পিউয়ের পাঁচ বছরের প্রতীক্ষা। এই ভাবনাটি পিউয়ের মনে এক ধরণের তীব্র যন্ত্রণা তৈরি করছিল। তার মনে হচ্ছিলো, সময় যেন দ্রুত ফুরিয়ে আসছে, আর তার স্বপ্নগুলো যেন হাতের মুঠো থেকে ফসকে যাচ্ছে।

পিউয়ের মন তখন এক গভীর শূন্যতায় ডুবে যাচ্ছিলো। তার মনে পড়ছিল কমলের সেই প্রতিজ্ঞা - "আমি তোমাকে নিজের যোগ্যতায় প্রতিষ্ঠিত হয়ে বিয়ে করব!" আর পিউয়ের সেই শর্ত - "ঠিক পাঁচ বছর পর এই পঁচিশে ফাল্গুন পর্যন্ত আমি তোমার জন্য অপেক্ষা করব... তার পর আর একটি দিনও আমি তোমাকে দেব না।" প্রতিটি কথা যেন তার কানে বাজছিল, আর কমলের অনুপস্থিতি সেই কথাগুলোকে আরও বেশি অর্থহীন করে তুলছিল।

পিউয়ের চোখ থেকে দু ফোটা জল নিজের অজান্তেই ঝরে পড়লো বারান্দার মেঝেতে। সেই জল ছিল দীর্ঘ পাঁচ বছরের প্রতীক্ষার, অটুট বিশ্বাসের, আর এখন গভীর নিরাশার প্রতিচ্ছবি। প্রতিটি ফোঁটা যেন তার মনের কষ্টকে প্রকাশ করছিল, তার ভেতরের যন্ত্রণা ফুটিয়ে তুলছিল। তার মনে

হলো, এই জল তার সমস্ত স্বপ্ন, তার সমস্ত আশা ধুয়ে নিয়ে যাচ্ছে। "তবে কী এত কাল অপেক্ষা করা তার বৃথা!" এই ভাবনাটি পিউয়ের মনে এক গভীর ক্ষত তৈরি করলো।

সুধীর বাবু বারান্দার দরজায় এসে দাঁড়ালেন। তার মুখে ছিল এক ধরণের বিষণ্ণতা। তিনি পিউয়ের দিকে তাকিয়ে রইলেন, তার চোখে ছিল এক ধরণের অসহায়ত্ব। তিনি জানতেন, পিউ কতটা কষ্ট পাচ্ছে। তার মনে হচ্ছিলো, যদি তিনি কিছু করতে পারতেন, যদি তিনি তার মেয়ের কষ্ট কমাতে পারতেন! কিন্তু তার পক্ষে কিছুই করার ছিল না।

রাতের নিস্তব্ধতা আরও গভীর হচ্ছিলো। চারপাশের বাড়িগুলোতে হয়তো মানুষজন রাতের খাবার খেয়ে ঘুমানোর প্রস্তুতি নিচ্ছিলো। কিন্তু পিউয়ের বাড়িতে তখনো এক ধরণের চাপা উত্তেজনা আর উদ্বেগ বিরাজ করছিল। ঘড়ির কাঁটা যেন দ্রুত গতিতে ছুটছিল, আর প্রতিটি টিকটিক শব্দ পিউয়ের মনে এক ধরণের ভয় তৈরি করছিল। তার মনে হচ্ছিলো, সময় যেন তার হাত থেকে ফসকে যাচ্ছে, আর তার স্বপ্নগুলো যেন অধরা থেকে যাচ্ছে। এই রাত দশটা ছিল পিউয়ের ভালোবাসার এক কঠিন পরীক্ষার শেষ মুহূর্তের শুরু।

অধ্যায় ৩৬: বাবার সান্ত্বনা

রাত দশটা বেজে গেছে। ফাগুনের ২৫শে ফাল্গুন, সেই নির্ধারিত দিনটি তার শেষ প্রহরে প্রবেশ করছে। পিউ তখনো বারান্দায় দাঁড়িয়ে, রাস্তার দিকে ফ্যালফ্যাল করে চেয়ে। তার চোখ দুটি ক্লান্ত, মুখে এক ধরণের বিষণ্ণতা আর নিরাশা গভীর ছাপ ফেলেছে। সকাল থেকে সে এক পাও নড়েনি, কমলের একটি বার্তার জন্যও অধীর আগ্রহে অপেক্ষা করেছে, কিন্তু কোনো খবর আসেনি। তার বাবা সুধীর বাবু এবং মা রেবা দেবীও তার পাশে ছিলেন, তাদের মনেও ছিল এক ধরণের চাপা উদ্বেগ আর ভয়।

সুধীর বাবু আর নিজেকে ধরে রাখতে পারলেন না। মেয়ের এমন নির্বাক কষ্ট তাকে ভেতরে ভেতরে কুরে কুরে খাচ্ছিলো। তিনি জানতেন, পিউ কতটা কষ্ট পাচ্ছে। তার মনে হচ্ছিলো, যদি তিনি কিছু করতে পারতেন, যদি তিনি তার মেয়ের কষ্ট কমাতে পারতেন! কিন্তু তার পক্ষে কিছুই করার ছিল না। তিনি দীর্ঘশ্বাস ফেলে পিউয়ের পাশে এসে দাঁড়ালেন। তার কণ্ঠস্বর ছিল নরম, কিন্তু তাতে ছিল এক ধরণের গভীর বিষণ্ণতা।

"মা।" সুধীর বাবু পিউয়ের কাঁধে হাত রাখলেন। পিউয়ের শরীরটা শিউরে উঠলো, কিন্তু সে নড়লো না। তার দৃষ্টি তখনো রাস্তার দিকে নিবদ্ধ। "এবার ঘরে চল। রাত অনেক হয়েছে।"

পিউ কোনো উত্তর দিল না। তার চোখ তখনো রাস্তার দিকে, তার মন তখনো কমলের অপেক্ষায়। সে মনে মনে কমলকে ডাকছিল, তার ফিরে আসার জন্য প্রার্থনা করছিল। কিন্তু তার প্রার্থনা যেন আকাশের দিকে মিলিয়ে যাচ্ছিলো, কোনো উত্তর আসছিল না।

সুধীর বাবু পিউয়ের মুখের দিকে তাকিয়ে রইলেন। তার চোখে ছিল এক ধরণের অসহায়ত্ব। তিনি জানতেন, পিউয়ের বিশ্বাস কতটা প্রবল। পাঁচ বছর আগে যখন পিউ কমলের প্রতিজ্ঞার কথা বলেছিল, তখন সুধীর বাবু তাকে বোঝানোর চেষ্টা করেছিলেন যে, কমলের মতো একজন ছেলে হয়তো তার কথা ভুলে যাবে। কিন্তু পিউ তার সিদ্ধান্তে অটল ছিল। এখন সেই দিনটি এসে গেছে, আর কমলের অনুপস্থিতি তার মেয়ের বিশ্বাসকে চূর্ণবিচূর্ণ করে দিচ্ছিল।

সুধীর বাবু আবার কথা বললেন, তার কণ্ঠে এক ধরণের চাপা কষ্ট। "মা। কিছু খেয়ে নে। সকাল থেকে কিছু খাসনি। শরীর খারাপ করবে তো।"

পিউ এবারও কোনো উত্তর দিল না। তার চোখ থেকে দু ফোটা জল নিজের অজান্তেই গড়িয়ে পড়লো বারান্দার মেঝেতে। সেই জল ছিল দীর্ঘ পাঁচ বছরের প্রতীক্ষার, অটুট বিশ্বাসের, আর এখন গভীর নিরাশার প্রতিচ্ছবি। প্রতিটি ফোঁটা যেন তার মনের কষ্টকে প্রকাশ করছিল, তার ভেতরের যন্ত্রণা ফুটিয়ে তুলছিল।

সুধীর বাবু পিউয়ের হাত ধরলেন। তার হাত ছিল ঠান্ডা, যেন তার শরীরের সমস্ত উষ্ণতা হারিয়ে গেছে। সুধীর বাবু

পিউয়ের হাত ধরে আলতো করে টানলেন। "ও তোর কথা ভুলে গেছে, মা। ও আর আসবে না।" তার কণ্ঠস্বর ছিল ভারাক্রান্ত, যেন প্রতিটি শব্দ তার নিজের কষ্টকে প্রকাশ করছিল। "তুইও পারলে ওকে ভুলে যা।"

বাবার এই কথাগুলো পিউয়ের কানে যেন তীক্ষ্ণ তীরের মতো বিঁধলো। তার মনে হলো, তার বাবা যেন তার সমস্ত স্বপ্ন, তার সমস্ত আশা ভেঙে দিচ্ছেন। তার চোখ থেকে জল আরও দ্রুত গড়িয়ে পড়তে শুরু করলো। সে বাবার মুখের দিকে ফ্যাল ফ্যাল করে তাকিয়ে থাকল নির্বাক ছবির মত। তার চোখে ছিল এক ধরণের অবিশ্বাস, এক ধরণের গভীর কষ্ট। সে যেন বিশ্বাস করতে পারছিল না যে, তার বাবা এমন কথা বলছেন।

সুধীর বাবু পিউয়ের হাত ধরে তাকে বারান্দা থেকে ঘরের ভেতরে নিয়ে গেলেন। রেবা দেবীও তাদের পাশে এলেন। তারা পিউকে বিছানায় বসালেন। পিউ তখনো নির্বাক, তার চোখে কোনো অভিব্যক্তি নেই, কেবল গভীর শূন্যতা। তার বাবা-মা দুজনে মিলে তাকে কিছু খাওয়ানোর অনেক চেষ্টা করল, পারল না। পিউয়ের মুখে কোনো খাবার ঢুকছিল না। সে যেন এক অন্য মানুষে পরিণত হয়েছিল। তার শরীরটা যেন তার নিজের নিয়ন্ত্রণে ছিল না।

পিউয়ের বাবা-মায়ের মনে তখন এক ধরণের অসহায়ত্ব কাজ করছিল। তারা জানতেন না, কীভাবে তাদের মেয়ের কষ্ট কমাবেন। তাদের মনে হচ্ছিলো, তাদের মেয়ে যেন এক গভীর শোকের সাগরে ডুবে গেছে, আর তারা তাকে সেখান

থেকে টেনে তুলতে পারছেন না। সুধীর বাবুর সান্ত্বনা ছিল তার বাবার ভালোবাসারই এক প্রতিচ্ছবি, যা তার মেয়ের সুখের জন্য যেকোনো কিছু করতে প্রস্তুত ছিল। কিন্তু এই মুহূর্তে তার সান্ত্বনা পিউয়ের কাছে অর্থহীন মনে হচ্ছিলো। তার মনে তখন কেবল কমলের অনুপস্থিতি আর তার ভালোবাসার ব্যর্থতার যন্ত্রণা।

অধ্যায় ৩৭: শেষ মুহূর্তের অপেক্ষা

রাত তখন গভীর। ফাগুনের ২৫শে ফাল্গুন, সেই নির্ধারিত দিনটি তার শেষ নিঃশ্বাস ফেলছিল। ঘড়ির কাঁটা দ্রুত গতিতে ছুটছিল, আর প্রতিটি টিকটিক শব্দ পিউয়ের মনে এক ধরণের তীব্র ভয় তৈরি করছিল। রাত বারোটা বাজতে আর মাত্র পাঁচ মিনিট বাকি। এই পাঁচ মিনিট ছিল পিউয়ের জীবনের সবচেয়ে দীর্ঘ পাঁচ মিনিট, যেখানে তার সমস্ত স্বপ্ন আর বিশ্বাস এক সুতোয় ঝুলছিল।

পিউ তখনো বিছানায় নির্বাক ছবির মতো বসে। তার চোখ দুটি ফোলা, মুখে গভীর বিষণ্ণতা। তার বাবা-মায়ের সমস্ত সান্ত্বনা তার কাছে অর্থহীন মনে হচ্ছিলো। সে যেন এক অন্য মানুষে পরিণত হয়েছিল, কৃষ্ণ বিহনে রাধা বা মেঘনাদ বিহনে চিত্রাঙ্গদার মতো শোকাহত। তার মনে হচ্ছিলো, তার

অহংকার পেরিয়ে প্রেম

ভালোবাসার পরীক্ষা বুঝি শেষ হতে চলেছে, আর সেই পরীক্ষার ফল হবে চরম নিরাশা।

সমস্ত অঞ্চলে তখন গভীর রাত। চারপাশের বাড়িগুলোতে কারো আলো জ্বলছে না। সবাই হয়তো গভীর ঘুমে আচ্ছন্ন। এই নিস্তব্ধতা পিউয়ের অস্থিরতাকে আরও বাড়িয়ে তুলছিল। তার মনে হচ্ছিলো, সময় যেন তার হাত থেকে ফসকে যাচ্ছে, আর তার স্বপ্নগুলো যেন অধরা থেকে যাচ্ছে। প্রতিটি মুহূর্ত তার কাছে অনন্ত মনে হচ্ছিলো, যেন ঘড়ির কাঁটা থেমে গেছে।

রাস্তার আলোগুলোও আজ যেন কোনো শোকে মিড় মিড় করছে। তাদের আলো যেন ম্লান হয়ে গেছে, আবছা হয়ে এসেছে। রাতের অন্ধকারকে পুরোপুরি দূর করতে পারছিল না সেই আলো, বরং এক ধরণের বিষণ্ণতা ছড়িয়ে দিচ্ছিল চারদিকে। প্রকৃতিও যেন পিউয়ের কষ্টকে অনুভব করছিল, তার সাথে একাত্ম হয়ে নীরবতা পালন করছিল। এই নিস্তব্ধতা পিউয়ের অস্থিরতাকে আরও বাড়িয়ে তুলছিল। তার মনে হচ্ছিলো, সময় যেন তার হাত থেকে ফসকে যাচ্ছে, আর তার স্বপ্নগুলো যেন অধরা থেকে যাচ্ছে।

সুধীর বাবু এবং রেবা দেবী পিউয়ের পাশে বসেছিলেন, তাদের চোখে ছিল এক ধরণের অসহায়ত্ব। তারা জানতেন না, কীভাবে তাদের মেয়ের কষ্ট কমাবেন। তাদের মনে হচ্ছিলো, তাদের মেয়ে যেন এক গভীর অন্ধকারে ডুবে গেছে, আর তারা তাকে সেখান থেকে টেনে তুলতে পারছেন না। তারা মনে মনে প্রার্থনা করছিলেন, যেন এই রাত দ্রুত শেষ

হয়, যেন এই কষ্ট থেকে তাদের মেয়ে মুক্তি পায়। তাদের বিশ্বাস তখনো দোদুল্যমান, কিন্তু তাদের মেয়ের কষ্ট তাদের মনকে ভারাক্রান্ত করে তুলছিল।

পিউয়ের মনে তখনো কমলের সেই প্রতিজ্ঞা ঘুরপাক খাচ্ছিলো – "আমি তোমাকে নিজের যোগ্যতায় প্রতিষ্ঠিত হয়ে বিয়ে করব!" আর পিউয়ের সেই শর্ত – "তার পর আর একটি দিনও আমি তোমাকে দেব না।" এই কথাগুলো তার কানে বাজছিল, আর কমলের অনুপস্থিতি সেই কথাগুলোকে আরও বেশি অর্থহীন করে তুলছিল। তার মনে হলো, তার পাঁচ বছরের প্রতীক্ষা কি বৃথা? তার ভালোবাসা কি মিথ্যা ছিল? কমল কি সত্যিই তাকে ভুলে গেছে? এই প্রশ্নগুলো তার মনে তীব্রভাবে আঘাত হানছিল।

ঘড়ির কাঁটা দ্রুত বারোটার দিকে এগোচ্ছিলো। প্রতিটি সেকেন্ড যেন একটি শতাব্দীর সমান। পিউয়ের চোখ থেকে জল অঝোরে গড়িয়ে পড়ছিল, কিন্তু সে সেই জল মোছারও শক্তি পাচ্ছিল না। তার মনে হচ্ছিলো, তার জীবনের সমস্ত কিছু যেন শেষ হয়ে গেছে। তার স্বপ্ন, তার লক্ষ্য – সবকিছুই যেন এক মুহূর্তে অর্থহীন মনে হলো। এই শেষ পাঁচ মিনিট ছিল পিউয়ের ভালোবাসার এক কঠিন পরীক্ষার চূড়ান্ত মুহূর্ত, যেখানে তার বিশ্বাস যেন ভেঙে যাচ্ছিলো, আর নিরাশা তাকে গ্রাস করছিল।

পর্ব ৫: মিলন, বিবাহ ও নতুন উপলব্ধি

অধ্যায় ৩৮: অলৌকিক আগমন

রাত বারোটা বাজতে আর মাত্র কয়েকটা মিনিট বাকি। ফাগুনের ২৫শে ফাল্গুন, সেই নির্ধারিত দিনটির শেষ প্রহর ঘনিয়ে আসছিল। পিউ তখনো বিছানায় নির্বাক ছবির মতো বসে, তার চোখ দুটি ফোলা, মুখে গভীর বিষণ্ণতা। তার বাবা-মায়ের সমস্ত সান্ত্বনা তার কাছে অর্থহীন মনে হচ্ছিলো। সে যেন এক অন্য মানুষে পরিণত হয়েছিল, কৃষ্ণ বিহনে রাধা বা মেঘনাদ বিহনে চিত্রাঙ্গদার মতো শোকাহত। তার মনে হচ্ছিলো, তার ভালোবাসার পরীক্ষা বুঝি শেষ হতে চলেছে, আর সেই পরীক্ষার ফল হবে চরম নিরাশা।

সমস্ত অঞ্চলে তখন গভীর রাত। চারপাশের বাড়িগুলোতে কারো আলো জ্বলছে না। সবাই হয়তো গভীর ঘুমে আচ্ছন্ন। এই নিস্তব্ধতা পিউয়ের অস্থিরতাকে আরও বাড়িয়ে তুলছিল। রাস্তার আলোগুলোও আজ যেন কোনো শোকে মিড় মিড় করছে, তাদের আলো যেন ম্লান হয়ে গেছে। প্রকৃতিও যেন পিউয়ের কষ্টকে অনুভব করছিল, তার সাথে একাত্ম হয়ে নীরবতা পালন করছিল। সুধীর বাবু এবং রেবা দেবী পিউয়ের পাশে বসেছিলেন, তাদের চোখে ছিল এক ধরণের অসহায়ত্ব। তারা জানতেন না, কীভাবে তাদের মেয়ের কষ্ট কমাবেন।

ঠিক তখনই, সেই গভীর নিস্তব্ধতা ভেঙে তাদের বাড়ির সামনে একটি বড় গাড়ি এসে দাঁড়াল। গাড়িটির

হেডলাইটগুলো উজ্জ্বলভাবে জ্বলে উঠলো, যা রাতের অন্ধকারকে ক্ষণিকের জন্য আলোকিত করে তুললো। গাড়ির ইঞ্জিন বন্ধ হওয়ার শব্দে চারপাশের নীরবতা ভেঙে গেল, কিন্তু সেই শব্দ তাদের মনে কোনো আশার সঞ্চার করতে পারলো না।

পিউ, তার বাবা-মা – তাদের কারোই উঠে উঁকি মেরে দেখার মতো মনের অবস্থা ছিল না। তাদের মন তখনো পিউয়ের কষ্ট আর কমলের অনুপস্থিতির যন্ত্রণায় ভারাক্রান্ত। তারা এতক্ষণ ধরে যে নিরাশার সাগরে ডুবে ছিলেন, সেই সাগর থেকে উঠে বাইরের দিকে তাকানোর মতো শক্তি তাদের ছিল না। তাদের কাছে এই মুহূর্তে বাইরের জগতের কোনো অস্তিত্ব ছিল না, কেবল ছিল তাদের ভেতরের শূন্যতা আর যন্ত্রণা।

জানালা দরজা সব হাট করে খোলা ছিল, যেন তাদের সর্বস্ব লুঠ হয়ে গেছে, আর তারা সেই শূন্যতার মাঝে ডুবে আছেন। তাদের মন এতটাই ভারাক্রান্ত ছিল যে, বাইরের কোনো শব্দ বা আলো তাদের মনকে স্পর্শ করতে পারছিল না। তারা কেবল তাদের মেয়ের কষ্ট দেখছিলেন, আর নিজেদের অসহায়ত্ব অনুভব করছিলেন। কমলের অনুপস্থিতি তাদের বিশ্বাসকে চূর্ণবিচূর্ণ করে দিয়েছিল, আর সেই যন্ত্রণাই তাদের চোখকে বাইরের জগৎ থেকে আড়াল করে রেখেছিল। এই অলৌকিক আগমন তাদের কাছে তখনো এক রহস্য ছিল, যা তাদের নিরাশার আড়ালে ঢাকা পড়েছিল।

অধ্যায় ৩৯: পায়ের শব্দ

রাত বারোটা বাজতে আর মাত্র কয়েকটা মিনিট বাকি। ফাগুনের ২৫শে ফাল্গুন, সেই নির্ধারিত দিনটির শেষ প্রহর ঘনিয়ে আসছিল। পিউ তখনো বিছানায় নির্বাক ছবির মতো বসে, তার চোখ দুটি ফোলা, মুখে গভীর বিষণ্ণতা। তার বাবা-মায়ের সমস্ত সান্ত্বনা তার কাছে অর্থহীন মনে হচ্ছিলো। তারা যেন এক গভীর শোকের সাগরে ডুবে ছিলেন।

সেই গভীর নিস্তব্ধতা ভেঙে তাদের বাড়ির সামনে একটি বড় গাড়ি এসে দাঁড়িয়েছিল। গাড়ির ইঞ্জিন বন্ধ হওয়ার শব্দে চারপাশের নীরবতা ভেঙে গেলেও, পিউ বা তার বাবা-মায়ের কারোই উঠে উঁকি মেরে দেখার মতো মনের অবস্থা ছিল না। তাদের মন তখনো পিউয়ের কষ্ট আর কমলের অনুপস্থিতির যন্ত্রণায় ভারাক্রান্ত। জানালা দরজা সব হাট করে খোলা ছিল, যেন তাদের সর্বস্ব লুঠ হয়ে গেছে, আর তারা সেই শূন্যতার মাঝে ডুবে আছেন।

ঠিক তখনই, সেই নিস্তব্ধতার মধ্যে একটি পায়ের শব্দ তাদের কানে ভেসে এল। সেই পায়ের শব্দ ছিল ধীর, কিন্তু দৃঢ়, যা রাতের নিস্তব্ধতাকে ভেঙে দিচ্ছিল। প্রথমে শব্দটি ছিল ক্ষীণ, যেন অনেক দূর থেকে আসছে, তারপর ধীরে ধীরে তা আরও স্পষ্ট হলো। কে যেন তাদের ঘরের দিকে হেঁটে আসছে। এই অপ্রত্যাশিত শব্দ তাদের মনে এক ধরণের চাপা কৌতূহল জাগিয়ে তুললো, যদিও তাদের শরীর তখনো নড়তে চাইছিল না।

পিউ, যে কিনা এতক্ষণ নির্বাক ছবির মতো বসেছিল, তার কান্নার শব্দ হঠাৎ করেই থেমে গেল। তার চোখ দুটো যেন এক মুহূর্তের জন্য উজ্জ্বল হয়ে উঠলো। সে যেন সেই পায়ের শব্দ চিনতে পারছিল। তার মন তাকে বলছিল, এই শব্দ তার পরিচিত, এই শব্দ তার ভালোবাসার মানুষের। তার হার্টবিট যেন বেড়ে গেল, তার নিস্তেজ শরীরে এক ধরণের নতুন শক্তি ফিরে এলো।

সুধীর বাবু এবং রেবা দেবীও একে অপরের দিকে তাকালেন। তাদের চোখে এক ধরণের বিস্ময়। কে আসতে পারে এত রাতে? তাদের মনে এক ধরণের চাপা আশা উঁকি দিল, যদিও তারা তা প্রকাশ করতে পারলেন না। তাদের চোখ দুটো দরজার দিকে নিবদ্ধ হলো। তারা যেন বিশ্বাস করতে পারছিলেন না যে, এমন গভীর রাতে কেউ তাদের বাড়ির দিকে হেঁটে আসছে।

পায়ের শব্দ আরও স্পষ্ট হলো, আরও কাছে আসলো। প্রতিটি পদক্ষেপ যেন তাদের হৃদয়ের স্পন্দনকে বাড়িয়ে তুলছিল। তারা সকলে চোখ মেলে তাকিয়ে দেখল দরজার দিকে। তাদের দৃষ্টিতে ছিল এক ধরণের মিশ্র অনুভূতি – ভয়, কৌতূহল, আর এক ধরণের ক্ষীণ আশা। তারা জানতো না, দরজায় কে দাঁড়িয়ে আছে। কিন্তু তাদের মন বলছিল, এই আগমন তাদের জীবনের এক নতুন মোড় আনতে চলেছে। সেই পায়ের শব্দ ছিল এক নীরব বার্তা, যা তাদের নিরাশার মাঝে এক নতুন আশার আলো জ্বালিয়ে দিচ্ছিল।

অধ্যায় ৪০: কমলের প্রবেশ

রাত বারোটা বাজতে আর মাত্র কয়েকটা মিনিট বাকি। ফাগুনের ২৫শে ফাল্গুন, সেই নির্ধারিত দিনটির শেষ প্রহর ঘনিয়ে আসছিল। পিউ তখনো বিছানায় নির্বাক ছবির মতো বসে, তার চোখ দুটি ফোলা, মুখে গভীর বিষণ্ণতা। তার বাবা-মায়ের সমস্ত সান্ত্বনা তার কাছে অর্থহীন মনে হচ্ছিলো। তারা যেন এক গভীর শোকের সাগরে ডুবে ছিলেন, তাদের আশা প্রায় শেষ।

সেই গভীর নিস্তব্ধতা ভেঙে তাদের বাড়ির সামনে একটি বড় গাড়ি এসে দাঁড়িয়েছিল, আর তারপর একটি পায়ের শব্দ তাদের কানে ভেসে এসেছিল। সেই পায়ের শব্দ ছিল ধীর, কিন্তু দৃঢ়, যা রাতের নিস্তব্ধতাকে ভেঙে দিচ্ছিল। পিউ, যে কিনা এতক্ষণ নির্বাক ছবির মতো বসেছিল, তার কান্নার শব্দ হঠাৎ করেই থেমে গেল। তার চোখ দুটো যেন এক মুহূর্তের জন্য উজ্জ্বল হয়ে উঠলো। সে যেন সেই পায়ের শব্দ চিনতে পারছিল। তার মন তাকে বলছিল, এই শব্দ তার পরিচিত, এই শব্দ তার ভালোবাসার মানুষের।

সুধীর বাবু এবং রেবা দেবীও একে অপরের দিকে তাকালেন। তাদের চোখে এক ধরণের বিস্ময়। কে আসতে পারে এত রাতে? তাদের মনে এক ধরণের চাপা আশা উঁকি দিল, যদিও তারা তা প্রকাশ করতে পারলেন না। তাদের চোখ দুটো দরজার দিকে নিবদ্ধ হলো। তারা যেন বিশ্বাস করতে

পারছিলেন না যে, এমন গভীর রাতে কেউ তাদের বাড়ির দিকে হেঁটে আসছে।

পায়ের শব্দ আরও স্পষ্ট হলো, আরও কাছে আসলো। প্রতিটি পদক্ষেপ যেন তাদের হৃদয়ের স্পন্দনকে বাড়িয়ে তুলছিল। অবশেষে, সেই পায়ের শব্দ তাদের ঘরের দরজার সামনে এসে থামলো। তারা সকলে চোখ মেলে তাকিয়ে দেখল দরজার দিকে। তাদের দৃষ্টিতে ছিল এক ধরণের মিশ্র অনুভূতি – ভয়, কৌতূহল, আর এক ধরণের ক্ষীণ আশা।

দরজার সামনে দাঁড়িয়েছিল একজন সুপুরুষ। তার পরনে ছিল একটি কালো স্যুট, যা তার সুঠাম দেহকে আরও আকর্ষণীয় করে তুলেছিল। তার চুলগুলো পরিপাটি করে আঁচড়ানো, মুখে এক ধরণের শান্ত হাসি। তার চোখে ছিল এক ধরণের উজ্জ্বলতা, যেন সে এক দীর্ঘ যাত্রার পর তার গন্তব্যে পৌঁছেছে। তার হাতে ছিল একটি বড় ফুলের তোড়া, যেখানে লাল গোলাপ আর সাদা লিলি মিশে ছিল, যা ভালোবাসার আর পবিত্রতার প্রতীক। অন্য হাতে ছিল ক্যাডবেডি সেলিব্রেশনের একটি বড় প্যাকেট, যা যেন এক নতুন শুরুর ইঙ্গিত দিচ্ছিল।

পিউয়ের তাকে চিনতে একটুও অসুবিধা হল না। তার ছবি যে তার মনের মধ্যে গেঁথে আছে, প্রতিটি মুহূর্তে তার স্বপ্নে, তার কল্পনায় সেই মুখটাই ভেসে উঠেছে। পাঁচ বছর ধরে সে এই মুখের জন্যই অপেক্ষা করেছে, এই মুখের জন্যই স্বপ্ন দেখেছে। কমলের সুদর্শন চেহারা, তার আভিজাত্য, আর তার চোখে সেই পরিচিত জেদ – সবকিছুই পিউয়ের মনে এক

মুহূর্তে ধরা পড়লো। তার চোখেমুখে ফুটে উঠলো এক ঝলমলে আনন্দ, যা তার সমস্ত কষ্টকে এক মুহূর্তে ভুলিয়ে দিল। তার শরীর যেন এক নতুন শক্তি পেলো, তার নিস্তেজ শরীরে যেন প্রাণ ফিরে এলো।

পিউয়ের বাবা-মাও কমলকে চিনতে পারলেন। তাদের চোখেমুখে ছিল এক ধরণের অবিশ্বাস, তারপর ধীরে ধীরে সেই অবিশ্বাস আনন্দে পরিণত হলো। তাদের মেয়ে যার জন্য এত বছর অপেক্ষা করেছে, যার জন্য এত কষ্ট করেছে, সে সত্যিই ফিরে এসেছে! তাদের মনে যে সংশয় ছিল, তা এক মুহূর্তে দূর হয়ে গেল।

পিউ আর এক মুহূর্তও দেরি করলো না। তার সমস্ত আবেগ, তার সমস্ত প্রতীক্ষা যেন এক মুহূর্তে বাঁধ ভেঙে বেরিয়ে এলো। সে দৌড়ে গিয়ে কমলকে জড়িয়ে ধরল। তার কান্না এখন আর দুঃখের ছিল না, ছিল আনন্দের। দীর্ঘ পাঁচ বছরের প্রতীক্ষার অবসান হলো, আর তাদের ভালোবাসা এক নতুন দিগন্তে প্রবেশ করলো। কমলের উপস্থিতি তাদের নিরাশার মাঝে এক নতুন আশার আলো জ্বালিয়ে দিল, যা তাদের জীবনকে নতুন করে আলোকিত করে তুললো।

অধ্যায় ৪১: দীর্ঘ প্রতীক্ষার অবসান

রাত বারোটা বাজতে আর মাত্র কয়েকটা মিনিট বাকি। ফাগুনের ২৫শে ফাল্গুন, সেই নির্ধারিত দিনটির শেষ প্রহর ঘনিয়ে আসছিল। পিউ তখনো বিছানায় নির্বাক ছবির মতো বসে, তার চোখ দুটি ফোলা, মুখে গভীর বিষণ্ণতা। তার বাবা-মায়ের সমস্ত সান্ত্বনা তার কাছে অর্থহীন মনে হচ্ছিলো। তারা যেন এক গভীর শোকের সাগরে ডুবে ছিলেন, তাদের আশা প্রায় শেষ। সেই নিস্তব্ধতা ভেঙে একটি বড় গাড়ি এসে দাঁড়িয়েছিল, আর তারপর একটি পায়ের শব্দ তাদের কানে ভেসে এসেছিল। পিউয়ের কান্নার শব্দ হঠাৎ করেই থেমে গিয়েছিল, তার চোখ দুটো যেন এক মুহূর্তের জন্য উজ্জ্বল হয়ে উঠেছিল।

পায়ের শব্দ আরও স্পষ্ট হলো, আরও কাছে আসলো। প্রতিটি পদক্ষেপ যেন তাদের হৃদয়ের স্পন্দনকে বাড়িয়ে তুলছিল। অবশেষে, সেই পায়ের শব্দ তাদের ঘরের দরজার সামনে এসে থামলো। তারা সকলে চোখ মেলে তাকিয়ে দেখল দরজার দিকে। তাদের দৃষ্টিতে ছিল এক ধরণের মিশ্র অনুভূতি – ভয়, কৌতূহল, আর এক ধরণের ক্ষীণ আশা।

দরজার সামনে দাঁড়িয়েছিল একজন সুপুরুষ। তার পরনে ছিল একটি কালো স্যুট, যা তার সুঠাম দেহকে আরও আকর্ষণীয় করে তুলেছিল। তার চুলগুলো পরিপাটি করে

আঁচড়ানো, মুখে এক ধরণের শান্ত হাসি। তার চোখে ছিল এক ধরণের উজ্জ্বলতা, যেন সে এক দীর্ঘ যাত্রার পর তার গন্তব্যে পৌঁছেছে। তার হাতে ছিল একটি বড় ফুলের তোড়া, যেখানে লাল গোলাপ আর সাদা লিলি মিশে ছিল, যা ভালোবাসার আর পবিত্রতার প্রতীক। অন্য হাতে ছিল ক্যাডবেডি সেলিব্রেশনের একটি বড় প্যাকেট, যা যেন এক নতুন শুরুর ইঙ্গিত দিচ্ছিল।

পিউয়ের তাকে চিনতে একটুও অসুবিধা হল না। তার ছবি যে তার মনের মধ্যে গেঁথে আছে, প্রতিটি মুহূর্তে তার স্বপ্নে, তার কল্পনায় সেই মুখটাই ভেসে উঠেছে। পাঁচ বছর ধরে সে এই মুখের জন্যই অপেক্ষা করেছে, এই মুখের জন্যই স্বপ্ন দেখেছে। কমলের সুদর্শন চেহারা, তার আভিজাত্য, আর তার চোখে সেই পরিচিত জেদ – সবকিছুই পিউয়ের মনে এক মুহূর্তে ধরা পড়লো। তার চোখের সামনে ভেসে উঠলো সেই বিয়েবাড়ির প্রথম দেখা, কমলের অহংকারী প্রশ্ন, তার নিজের আত্মবিশ্বাসী উত্তর, এবং কমলের সেই দৃঢ় প্রতিজ্ঞা – "আমি তোমাকে নিজের যোগ্যতায় প্রতিষ্ঠিত হয়ে বিয়ে করব!" এই পাঁচ বছরের প্রতিটি দিন, প্রতিটি মুহূর্ত যেন তার চোখের সামনে দিয়ে বিদ্যুৎ গতিতে চলে গেল। কমলের স্কলারশিপ পাওয়ার খবর, তার নিজের কোম্পানি খোলার উদ্যোগ, তার সাফল্যের চূড়ায় আরোহণ – সবকিছুই যেন এক মুহূর্তে তার মনে ভেসে উঠলো।

পিউয়ের চোখেমুখে ফুটে উঠলো এক ঝলমলে আনন্দ, যা তার সমস্ত কষ্টকে এক মুহূর্তে ভুলিয়ে দিল। তার শরীর যেন

এক নতুন শক্তি পেলো, তার নিস্তেজ শরীরে যেন প্রাণ ফিরে এলো। তার মনে হলো, তার পাঁচ বছরের প্রতীক্ষা সার্থক হয়েছে, তার বিশ্বাস জয়ী হয়েছে। তার হৃদয়ের গভীর থেকে এক অদম্য আনন্দ যেন ঢেউয়ের মতো উপচে পড়ছিল। সে আর এক মুহূর্তও দেরি করলো না। তার সমস্ত আবেগ, তার সমস্ত প্রতীক্ষা যেন এক মুহূর্তে বাঁধ ভেঙে বেরিয়ে এলো।

সে দৌড়ে গিয়ে কমলকে জড়িয়ে ধরল। তার এই দৌড় ছিল কেবল শারীরিক নয়, ছিল তার আত্মার এক দীর্ঘ প্রতীক্ষার দৌড়। তার হাত দুটো কমলের পিঠের চারপাশে শক্ত করে জড়িয়ে ধরলো, যেন সে আর এক মুহূর্তের জন্যও কমলকে হারাতে চায় না। তার মাথা কমলের কাঁধে রেখে সে অঝোরে কাঁদতে লাগলো। তার কান্না এখন আর দুঃখের ছিল না, ছিল আনন্দের, মুক্তির। দীর্ঘ পাঁচ বছরের প্রতীক্ষার অবসান হলো, আর তাদের ভালোবাসা এক নতুন দিগন্তে প্রবেশ করলো। কমলের উপস্থিতি তাদের নিরাশার মাঝে এক নতুন আশার আলো জ্বালিয়ে দিল, যা তাদের জীবনকে নতুন করে আলোকিত করে তুললো।

কমলও পিউকে শক্ত করে জড়িয়ে ধরলো। তার চোখেও ছিল এক ধরণের আবেগ। সে জানতো, এই আলিঙ্গন কেবল একটি শারীরিক স্পর্শ নয়, এটি ছিল তাদের ভালোবাসার এক নীরব প্রতিজ্ঞা, তাদের পাঁচ বছরের কঠোর পরিশ্রম আর প্রতীক্ষার ফল। তার মনে হলো, তার সমস্ত সংগ্রাম, তার সমস্ত ত্যাগ সার্থক হয়েছে। পিউয়ের উষ্ণতা তার মনে এক ধরণের শান্তি এনে দিল, যা সে এতদিন ধরে খুঁজে ফিরছিল।

এই আলিঙ্গন ছিল তাদের ভালোবাসার এক নীরব জয়, এক অদম্য প্রতিজ্ঞা।

অধ্যায় ৪২: প্রতিজ্ঞা পূরণ

রাত বারোটা বাজতে আর মাত্র কয়েকটা মিনিট বাকি। ফাগুনের ২৫শে ফাল্গুন, সেই নির্ধারিত দিনটির শেষ প্রহর। পিউ তখনো বিছানায় নির্বাক ছবির মতো বসে, তার চোখ দুটি ফোলা, মুখে গভীর বিষণ্ণতা। তার বাবা-মায়ের সমস্ত সান্ত্বনা তার কাছে অর্থহীন মনে হচ্ছিলো। তারা যেন এক গভীর শোকের সাগরে ডুবে ছিলেন। সেই নিস্তব্ধতা ভেঙে একটি বড় গাড়ি এসে দাঁড়িয়েছিল, আর তারপর একটি পায়ের শব্দ তাদের কানে ভেসে এসেছিল। পিউয়ের কান্নার শব্দ হঠাৎ করেই থেমে গিয়েছিল, তার চোখ দুটো যেন এক মুহূর্তের জন্য উজ্জ্বল হয়ে উঠেছিল।

পায়ের শব্দ আরও স্পষ্ট হলো, আরও কাছে আসলো। অবশেষে, সেই পায়ের শব্দ তাদের ঘরের দরজার সামনে এসে থামলো। দরজার সামনে দাঁড়িয়েছিল একজন সুপুরুষ - কমল। তার হাতে ছিল একটি বড় ফুলের তোড়া আর ক্যাডবেডি সেলিব্রেশনের একটি বড় প্যাকেট। পিউয়ের তাকে চিনতে একটুও অসুবিধা হল না। তার ছবি যে তার মনের মধ্যে গেঁথে আছে। পাঁচ বছর ধরে সে এই মুখের জন্যই অপেক্ষা করেছে, এই মুখের জন্যই স্বপ্ন দেখেছে। পিউয়ের চোখেমুখে ফুটে উঠলো এক ঝলমলে আনন্দ, যা তার সমস্ত

কষ্টকে এক মুহূর্তে ভুলিয়ে দিল। তার শরীর যেন এক নতুন শক্তি পেলো, তার নিস্তেজ শরীরে যেন প্রাণ ফিরে এলো।

পিউ আর এক মুহূর্তও দেরি করলো না। তার সমস্ত আবেগ, তার সমস্ত প্রতীক্ষা যেন এক মুহূর্তে বাঁধ ভেঙে বেরিয়ে এলো। সে দৌড়ে গিয়ে কমলকে জড়িয়ে ধরল। তার হাত দুটো কমলের পিঠের চারপাশে শক্ত করে জড়িয়ে ধরলো, যেন সে আর এক মুহূর্তের জন্যও কমলকে হারাতে চায় না। তার মাথা কমলের কাঁধে রেখে সে অঝোরে কাঁদতে লাগলো। তার কান্না এখন আর দুঃখের ছিল না, ছিল আনন্দের, মুক্তির। দীর্ঘ পাঁচ বছরের প্রতীক্ষার অবসান হলো, আর তাদের ভালোবাসা এক নতুন দিগন্তে প্রবেশ করলো।

কমলও পিউকে শক্ত করে জড়িয়ে ধরলো। তার চোখেও ছিল এক ধরণের আবেগ। সে জানতো, এই আলিঙ্গন কেবল একটি শারীরিক স্পর্শ নয়, এটি ছিল তাদের ভালোবাসার এক নীরব প্রতিজ্ঞা, তাদের পাঁচ বছরের কঠোর পরিশ্রম আর প্রতীক্ষার ফল। তার মনে হলো, তার সমস্ত সংগ্রাম, তার সমস্ত ত্যাগ সার্থক হয়েছে। পিউয়ের উষ্ণতা তার মনে এক ধরণের শান্তি এনে দিল, যা সে এতদিন ধরে খুঁজে ফিরছিল।

দীর্ঘ নীরবতার পর, কমল শুধু একটি কথাই বললো। তার কণ্ঠস্বর ছিল শান্ত, গভীর, কিন্তু তাতে ছিল এক অসীম দৃঢ়তা। সেই কথাটি পিউয়ের কানে যেন অমৃতের মতো বাজলো, তার সমস্ত যন্ত্রণা এক মুহূর্তে দূর হয়ে গেল।

"আমি তোমাকে প্রতিশ্রুতি দিয়েছিলাম।"

কমলের এই কথাটি ছিল সংক্ষিপ্ত, কিন্তু তার গভীরে ছিল এক বিশাল অর্থ। এটি ছিল তার পাঁচ বছরের কঠোর পরিশ্রমের সারসংক্ষেপ, তার অদম্য জেদের প্রমাণ, এবং পিউয়ের প্রতি তার অটুট ভালোবাসার এক নীরব ঘোষণা। এই একটি বাক্যেই সে তার সমস্ত সংগ্রাম, তার সমস্ত ত্যাগকে তুলে ধরলো। সে প্রমাণ করে দিল যে, সে কেবল তার বাবার টাকায় বাঁচে না, তার নিজেরও "দম" আছে। সে প্রমাণ করে দিল যে, তার প্রতিজ্ঞা কেবল মুখের কথা ছিল না, তা ছিল তার জীবনের সবচেয়ে গুরুত্বপূর্ণ লক্ষ্য।

পিউ কমলের কাঁধে মুখ রেখেই তার উত্তর দিল। তার কণ্ঠস্বর ছিল আবেগে রুদ্ধ, কিন্তু তাতে ছিল এক ধরণের গভীর বিশ্বাস।

"আমি জানতাম তুমি আসবে।"

পিউয়ের এই উত্তর কমলের মনে এক ধরণের তৃপ্তি এনে দিল। সে জানতো, পিউ তার উপর বিশ্বাস রেখেছিল। তার বাবা-মায়ের সংশয়, সমাজের চাপ – সবকিছু সত্ত্বেও পিউ তার বিশ্বাসকে অটুট রেখেছিল। পিউয়ের এই কথাটি ছিল তার ভালোবাসার এক নীরব প্রমাণ, তার অদম্য প্রতীক্ষার ফল। সে জানতো, একজন নিষ্ঠাবান দৃঢ় প্রতিজ্ঞ ব্যক্তি ছাড়া সাফল্যের চুড়ায় অন্যেরা পৌঁছাতে পারে না। এই কথা সত্য তা যুগে যুগে প্রমাণিত। পিউয়ের এই বিশ্বাসই কমলকে তার পথে চালিত করেছিল, তাকে যেকোনো বাধা অতিক্রম করতে সাহায্য করেছিল।

কমল আর পিউ একে অপরের দিকে তাকিয়ে হাসলো। তাদের চোখে ছিল এক ধরণের উজ্জ্বলতা, যা তাদের ভালোবাসার গভীরতাকে প্রকাশ করছিল। এই মুহূর্তে তাদের কাছে বাইরের জগতের কোনো অস্তিত্ব ছিল না, কেবল ছিল তাদের ভালোবাসা আর তাদের প্রতিজ্ঞা। দীর্ঘ প্রতীক্ষার অবসান হলো, আর তাদের ভালোবাসা এক নতুন দিগন্তে প্রবেশ করলো।

অধ্যায় ৪৩: অনাড়ম্বর বিবাহ

রাত বারোটা বাজতে আর মাত্র কয়েকটা মিনিট বাকি। ফাগুনের ২৫শে ফাল্গুন, সেই নির্ধারিত দিনটির শেষ প্রহর। পিউ আর কমল তখন একে অপরকে শক্ত করে জড়িয়ে ধরেছিল, তাদের চোখে ছিল আনন্দের অশ্রু। কমলের সেই একটি কথা - "আমি তোমাকে প্রতিশ্রুতি দিয়েছিলাম" - আর পিউয়ের উত্তর - "আমি জানতাম তুমি আসবে" - তাদের ভালোবাসার গভীরতাকে প্রকাশ করছিল। দীর্ঘ পাঁচ বছরের প্রতীক্ষার অবসান হয়েছিল, আর তাদের ভালোবাসা এক নতুন দিগন্তে প্রবেশ করেছিল।

কমল পিউকে ছেড়ে তার বাবা-মায়ের দিকে তাকালো। সুধীর বাবু এবং রেবা দেবীর চোখে তখনো বিস্ময় আর আনন্দ মিশে ছিল। তাদের মনে যে সংশয় ছিল, তা এক মুহূর্তে দূর হয়ে গিয়েছিল। তাদের মেয়ে যার জন্য এত বছর অপেক্ষা করেছে, যার জন্য এত কষ্ট করেছে, সে সত্যিই ফিরে

এসেছে! কমলের উপস্থিতি তাদের নিরাশার মাঝে এক নতুন আশার আলো জ্বালিয়ে দিয়েছিল।

কমল তাদের দিকে এগিয়ে গেল। "আমি জানি, আপনারা হয়তো অবাক হয়েছেন। কিন্তু আমি আমার প্রতিশ্রুতি রক্ষা করতে পেরেছি।" তার কণ্ঠে ছিল এক ধরণের বিনয়, যা তার পুরোনো অহংকারী চেহারার সাথে ঠিক খাপ খাচ্ছিল না।

সুধীর বাবু কমলের দিকে তাকিয়ে হাসলেন। তার চোখে ছিল এক ধরণের গর্ব। "আমরা তো ভাবতেই পারিনি বাবা। তুমি সত্যিই পারলে!"

রেবা দেবী কমলের হাত ধরলেন। "বাবা, তুমি আমাদের পিউকে ফিরিয়ে দিয়েছ নতুন করে। আমরা তোমার কাছে চিরকৃতজ্ঞ।"

কমল পিউয়ের দিকে তাকালো। ঘড়ির কাঁটা দ্রুত বারোটার দিকে এগোচ্ছিলো। আর মাত্র কয়েক সেকেন্ড বাকি। এই দিনটি শেষ হওয়ার আগেই তাদের বিয়েটা সম্পন্ন করতে হবে। কমল জানতো, তার হাতে সময় খুব কম। তার ব্যবসায়িক ব্যস্ততা তাকে এক মুহূর্তও বিশ্রাম নিতে দিতো না। কমল সুধীর বাবুর দিকে তাকিয়ে বললো, "বাবা, আমি জানি এটা খুব তাড়াহুড়ো হচ্ছে। কিন্তু আমার হাতে সময় খুব কম। আমি এই ২৫শে ফাল্গুন শেষ হওয়ার আগেই পিউকে বিয়ে করতে চাই।"

সুধীর বাবু এবং রেবা দেবী অবাক হলেন। এত রাতে, এমন অনাড়ম্বরপূর্ণভাবে বিয়ে! তারা গরীব হতে পারেন, তাই বলে এক মাত্র মেয়ে যে শীবানীর মতো তপস্যা করে শিবকে পতি

রূপে লাভ করতে চলেছে, তার হাতে মেয়েকে তিনি এই ভাবে তুলে দেবেন? নিজের সামর্থ্য মতো তিনি কিছু তো ব্যবস্থা করবেন। তাদের মনে হচ্ছিলো, তাদের মেয়ের বিয়েটা অন্তত ধুমধাম করে হোক, আত্মীয়-স্বজনদের সামনে হোক।

"কিন্তু বাবা," রেবা দেবী বললেন, তার কণ্ঠে এক ধরণের দ্বিধা, "এত রাতে? আর এমনভাবে? আত্মীয়-স্বজন কেউ তো নেই।"

কমল তাদের দিকে তাকিয়ে হাসলো। "আমি জানি, মা। কিন্তু আমার হাতে সময় নেই। আমি এত বড় ব্যবসায়ীক সাম্রাজ্যের অধীশ্বর সর্বেসর্বা। আমার দায়িত্ব কি কম? ঠিক মতো বিয়ে করার আমার সময় নেই। সে সব কথা বুঝিয়ে বলল তাদেরকে।"

কমল তাদের বোঝালো, তার ব্যবসায়িক ব্যস্ততা কতটা। তার হাতে এক মুহূর্তও সময় নেই। তাকে এখুনি অস্ট্রেলিয়া যেতে হবে, সেখানে তার গুরুত্বপূর্ণ মিটিং আছে। তার এত বড় ব্যবসার জগতে তার একটা প্রতিশ্রুতির যে ইমেজ সে গড়ে তুলেছে, তা কোনোভাবেই সে নষ্ট হতে দিতে পারবে না। ঠিক ঐ করণেই সে আজ পিউকে বিয়ে করতে এসেছে।

সুধীর বাবু এবং রেবা দেবী কমলের কথা শুনলেন। তারা বুঝতে পারছিলেন, কমলের হাতে সত্যিই সময় নেই। তার ব্যস্ততা, তার দায়িত্ব - সবকিছুই তাদের কাছে স্পষ্ট হয়ে উঠলো। তারা জানতেন, কমলের মতো একজন সফল শিল্পপতির পক্ষে এমন পরিস্থিতিতে বিয়ে করাটা সহজ নয়।

অহংকার পেরিয়ে প্রেম

তাদের মনে এক ধরণের হতাশা ছিল বটে, কিন্তু তারা তাদের মেয়ের সুখের জন্য যেকোনো কিছু করতে প্রস্তুত ছিলেন।

"কি আর করবে?" সুধীর বাবু দীর্ঘশ্বাস ফেললেন। "ঐ ভাবেই ঐ দিন সেই রাতেই পিউ আর কমলের বিয়ে হয়ে গেল।"

সেই দিনেই, রাত বারোটা বাজার ঠিক আগে, পিউ আর কমলের অনাড়ম্বরপূর্ণ বিবাহ সম্পন্ন হলো। লোক জন কেউ দেখল না, কোনো ধুমধাম হলো না। শুধুমাত্র কমলের অফিসের একজন কলিগ, তার ম্যানেজার, তার ড্রাইভার আর একজন পুরোহিত - এই কজন সেই বিয়ের সাক্ষি। তাদের উপস্থিতিতেই পিউ আর কমলের বিয়ে হলো। পুরোহিত মন্ত্র পাঠ করলেন, আর কমল পিউয়ের সিঁথিতে সিঁদুর পরিয়ে দিল। সেই মুহূর্তে পিউয়ের চোখে জল ছিল বটে, কিন্তু তা ছিল আনন্দের জল। দীর্ঘ পাঁচ বছরের প্রতীক্ষার পর তার স্বপ্ন পূরণ হলো।

কমল পিউকে জড়িয়ে ধরলো। তাদের ভালোবাসা এক নতুন বন্ধনে আবদ্ধ হলো। এই বিবাহ ছিল তাদের ভালোবাসার এক নীরব জয়, এক অদম্য প্রতিজ্ঞা। এটি প্রমাণ করে দিল যে, সত্যিকারের ভালোবাসা কোনো আড়ম্বর বা সামাজিক প্রথা মানে না, তা কেবল বিশ্বাস আর প্রতিজ্ঞার উপর নির্ভর করে।

অধ্যায় ৪৪: বাবা-মায়ের সম্মতি

কমল তাদের বোঝালো যে, তার জীবন এখন এক যাযাবর জীবন। সে কখন কোথায় থাকে, তা বলা মুশকিল। তার দিনগুলো মিটিং, প্রেজেন্টেশন আর সিদ্ধান্ত গ্রহণে ভরপুর। তার ব্যক্তিগত জীবন বলে কিছু নেই। সে যদি এই মুহূর্তে বিয়েটা না করে, তাহলে হয়তো আরও অনেক দিন বা মাস লেগে যাবে একটি আনুষ্ঠানিক বিয়ের ব্যবস্থা করতে। আর ততদিনে হয়তো "২৫শে ফাল্গুন" তারিখটি পেরিয়ে যাবে, যা পিউয়ের জন্য ছিল এক বিশেষ তাৎপর্যপূর্ণ দিন।

সুধীর বাবু এবং রেবা দেবী কমলের কথা শুনলেন। তারা বুঝতে পারছিলেন, কমলের হাতে সত্যিই সময় নেই। তার ব্যস্ততা, তার দায়িত্ব - সবকিছুই তাদের কাছে স্পষ্ট হয়ে উঠলো। তারা জানতেন, কমলের মতো একজন সফল শিল্পপতির পক্ষে এমন পরিস্থিতিতে বিয়ে করাটা সহজ নয়। তাদের মনে এক ধরণের হতাশা ছিল বটে, কারণ তারা তাদের মেয়ের বিয়েটা ধুমধাম করে দিতে চেয়েছিলেন, কিন্তু তারা তাদের মেয়ের সুখের জন্য যেকোনো কিছু করতে প্রস্তুত ছিলেন।

"কি আর করবে?" সুধীর বাবু দীর্ঘশ্বাস ফেললেন। তার চোখে ছিল এক ধরণের অসহায়ত্ব, কিন্তু তার সাথে মিশে ছিল এক ধরণের মেনে নেওয়ার মনোভাব। "আমাদের মেয়ের ভাগ্যই

এমন। যখন সে শিবের মতো পতি রূপে লাভ করতে চলেছে, তখন এমনভাবে বিয়ে হবে।"

রেবা দেবীও মাথা নাড়লেন। তাদের মনে সামাজিক প্রথা বা লোকলজ্জার চেয়ে মেয়ের সুখই বড় হয়ে উঠলো। তারা জানতেন, তাদের মেয়ে কমলের জন্য কতটা অপেক্ষা করেছে, কতটা কষ্ট করেছে। এখন যখন কমল ফিরে এসেছে, তখন তার খুশিই তাদের কাছে সবচেয়ে মূল্যবান।

"ঠিক আছে বাবা," রেবা দেবী বললেন, তার চোখে জল। "যদি তোর এটাই ইচ্ছা হয়, তাহলে আমরা রাজি।"

সেই দিনেই, রাত বারোটা বাজার ঠিক আগে, পিউ আর কমলের অনাড়ম্বরপূর্ণ বিবাহ সম্পন্ন হলো। লোক জন কেউ দেখল না, কোনো ধুমধাম হলো না। শুধুমাত্র কমলের অফিসের একজন কলিগ, তার ম্যানেজার, তার ড্রাইভার আর একজন পুরোহিত - এই কজন সেই বিয়ের সাক্ষি। তাদের উপস্থিতিতেই পিউ আর কমলের বিয়ে হলো। এই অনাড়ম্বর বিবাহ ছিল তাদের ভালোবাসার এক নীরব জয়, এক অদম্য প্রতিজ্ঞা। এটি প্রমাণ করে দিল যে, সত্যিকারের ভালোবাসা কোনো আড়ম্বর বা সামাজিক প্রথা মানে না, তা কেবল বিশ্বাস আর প্রতিজ্ঞার উপর নির্ভর করে।

অধ্যায় ৪৫: মায়ের বিদায়

২৫শে ফাল্গুন, সেই নির্ধারিত দিনটির শেষ প্রহরে পিউ আর কমলের অনাড়ম্বর বিবাহ সম্পন্ন হয়েছিল। রাত বারোটা বাজার ঠিক আগে, কোনো ধুমধাম ছাড়াই, শুধু কয়েকজন সাক্ষী নিয়ে তাদের বিয়ে হয়েছিল। দীর্ঘ পাঁচ বছরের প্রতীক্ষার অবসান ঘটিয়ে কমল ফিরে এসেছিল, আর পিউয়ের বিশ্বাস জয়ী হয়েছিল। কিন্তু এই আনন্দের রেশ কাটতে না কাটতেই, ভোরের আলো ফোটার আগেই, পিউয়ের মাকে তার একমাত্র মেয়েকে বিদায় দিতে হলো।

রেবা দেবী, পিউয়ের মা, তখনো যেন ঘোরের মধ্যে ছিলেন। গত রাতের ঘটনাগুলো তার কাছে স্বপ্নের মতো মনে হচ্ছিলো। তার মেয়ে, যার জন্য তিনি এত বছর ধরে অপেক্ষা করেছেন, যার বিয়ে নিয়ে কত স্বপ্ন দেখেছেন, সেই মেয়ের বিয়ে হয়ে গেল এত অনাড়ম্বরভাবে, এত দ্রুত! তার মনে এক ধরণের শূন্যতা কাজ করছিল, কিন্তু একই সাথে ছিল এক ধরণের মিশ্র অনুভূতি – আনন্দ আর দুঃখের এক অদ্ভুত সংমিশ্রণ।

ভোরের আবছা আলো যখন জানালা দিয়ে ঘরে প্রবেশ করছিল, তখন রেবা দেবী পিউয়ের পাশে বসেছিলেন। পিউ তখনো কমলের হাত ধরে বসেছিল, তার চোখে ছিল এক ধরণের শান্তি। রেবা দেবী পিউয়ের মাথায় হাত বুলাতে লাগলেন, তার চোখে জল এসে গেল। এই জল ছিল আনন্দ আর দুঃখের মিশ্রণ।

অহংকার পেরিয়ে প্রেম

তার মনে হচ্ছিলো, এমন হীরের টুকরো জামাই তার মেয়ে পেয়েছে! কমলের মতো একজন সফল শিল্পপতি, যে নিজের যোগ্যতায় বিশাল মাল্টি-ন্যাশনাল কোম্পানি খাড়া করেছে, যার এত বৈভব – তার মেয়ে সেখানে রাজরানী হয়ে থাকবে! এটা কি তার কম আনন্দের? এই পাওয়া কি তার কম বড় পাওয়া? ঈশ্বরকে মনে মনে শত কোটি প্রণাম জানাচ্ছিলেন তাই বারে বারে। তার কোনো জন্মের পূণ্যের ফল যে তিনি হিসাব করে এই জন্মে দিলেন তার জন্য শত কোটি প্রণাম। এই ভাবনাটি তার মনে এক ধরণের আত্মতৃপ্তি এনে দিচ্ছিলো। তিনি গর্বিত হচ্ছিলেন যে, তার মেয়ে এমন একজন যোগ্য জীবনসঙ্গী পেয়েছে, যে তাকে ভালোবাসে এবং তার প্রতিজ্ঞা রক্ষা করেছে।

কিন্তু একই সাথে তার মনে এক ধরণের গভীর কষ্ট দানা বাঁধছিল। পিউ ছিল তার নাড়ি কাটা একমাত্র ধন, যাকে দশ মাস দশদিন গর্ভে ধারণ করে বয়ে বেড়িয়েছে। যার কত কষ্ট, কত আবদার সে পালন করে কোলে পিঠে করে মানুষ করেছে। যে ছিল তাদের শেষ জীবনের সাহারা, সম্বল। সেই মেয়েকে আজ অন্যের হাতে তুলে দিতে হচ্ছে। সে আজ থেকে পর হয়ে গেল। কুটুম্বের মতো তার ভাল মন্দের খবর তাদের এবার থেকে নিতে হবে? এই ভাবনাটি তার মনকে ভারাক্রান্ত করে তুলছিল, আর তখন তার দু চোখ বেয়ে নেমে আসছিল অশ্রু ধারা।

রেবা দেবী পিউকে জড়িয়ে ধরলেন। "মা রে, তুই চলে যাবি? আমি কীভাবে থাকবো তোকে ছাড়া?" তার কণ্ঠে ছিল এক ধরণের চাপা কষ্ট।

পিউও মাকে শক্ত করে জড়িয়ে ধরলো। তার চোখেও জল এসে গেল। সে জানতো, মায়ের কষ্ট কতটা। বাঙালি সমাজে মেয়েকে বিদায় দেওয়াটা মায়ের জন্য কতটা কঠিন, তা সে বুঝতে পারছিল। "মা, আমি তো চলে যাচ্ছি না। আমি তো তোমারই মেয়ে।"

কিন্তু রেবা দেবী জানতেন, মেয়ে সে, তাকে তো বিদায় দিতেই হবে। বাঙালি সমাজের এটাই রীতি। অনেকে ঘর জামাই থাকে, তবে এ জামাই শ্বশুর ঘরে কী থাকবে? তার নিজের ঘরে থাকার সময় পায় না। এ যেন এক যাযাবর জীবন! কমলের ব্যস্ততা সম্পর্কে তিনি অবগত ছিলেন। তিনি জানতেন, কমলকে এখুনি অস্ট্রেলিয়া যেতে হবে, তার গুরুত্বপূর্ণ মিটিং আছে। তার হাতে এক মুহূর্তও সময় নেই।

পিউ আর তার মা দুজনে পরস্পরের গলা জড়িয়ে ধরে বেশ কিছুক্ষণ কেঁদে নিলো। এই কান্না ছিল তাদের ভালোবাসার, তাদের বিচ্ছেদের। এই কান্না ছিল তাদের সম্পর্কের গভীরতার প্রমাণ। মা-মেয়ের এই আবেগঘন মুহূর্তটি ছিল তাদের জীবনের এক অবিস্মরণীয় মুহূর্ত।

এ দিকে কমলের সময় বয়ে চলেছে। এখুনি বাড়ি পৌঁছে তাকে প্লেনে চাপতে হবে অস্ট্রেলিয়ার উদ্দেশ্যে। সেখানে সে দেশের ক জন বিজনেস টাইকূন দের সঙ্গে তার মিটিং আছে। সে কাজে কোটি কোটি টাকা লাভ লোকসান জড়িত। তা ছাড়া

অহংকার পেরিয়ে প্রেম

এত বড় ব্যবসায়ী তার একটা প্রতিশ্রুতির যে ইমেজ সে ব্যবসার জগতে গড়ে তুলেছে তা কোন ভাবেই সে নষ্ট হতে দিতে পারবে না। ঠিক ঐ করণেই সে আজ পিউকে বিয়ে করতে এসেছে।

পিউ তার মায়ের বুকে অঝোরে কাঁদছিল, তখন ম্যানেজার তার কাছে এসে বললে-“ ম্যাডাম? সময় হয়ে যাচ্ছে! স্যার কিন্তু আর অপেক্ষা করতে পারবেন না। এবার আমাদের আসতে হবে।"

পিউ সে কথা বুঝল। তার মন চাইছিল মায়ের বুকে আরও কিছুক্ষণ থাকতে, কিন্তু সে জানতো, কমলের হাতে সময় নেই। সে মাকে ছেড়ে কমলের হাত ধরে গিয়ে বসল গাড়িতে। রেবা দেবী তার মেয়ের চলে যাওয়া দেখছিলেন, তার চোখে তখনো জল। তার মনে হচ্ছিলো, তার জীবনের একটি অংশ যেন তার থেকে দূরে চলে যাচ্ছে। এই বিদায় ছিল তার জীবনের সবচেয়ে কঠিন মুহূর্ত, যেখানে তার আনন্দ আর দুঃখের মিশ্র অনুভূতি তাকে গ্রাস করেছিল।

অধ্যায় ৪৬: কমলের ব্যস্ততা

ভোরের আবছা আলো তখনো পুরোপুরি ফোটেনি। ২৫শে ফাল্গুন, সেই নির্ধারিত দিনটির শেষ প্রহরে পিউ আর কমলের অনাড়ম্বর বিবাহ সম্পন্ন হয়েছিল। দীর্ঘ পাঁচ বছরের প্রতীক্ষার অবসান ঘটিয়ে কমল ফিরে এসেছিল, আর পিউয়ের বিশ্বাস জয়ী হয়েছিল। কিন্তু এই আনন্দের রেশ কাটতে না কাটতেই, কমলের সীমাহীন ব্যস্ততা তাদের সামনে এক কঠিন বাস্তবতাকে তুলে ধরলো।

কমলের হাতে এক মুহূর্তও সময় ছিল না। তার ম্যানেজার, অফিসের কলিগরা এবং ড্রাইভার – সবাই তার জন্য অপেক্ষা করছিল। তার জীবন এখন আর তার নিজের ছিল না, তা ছিল তার বিশাল ব্যবসায়িক সাম্রাজ্যের অংশ। তাকে এখুনি বাড়ি পৌঁছে প্লেনে চাপতে হবে অস্ট্রেলিয়ার উদ্দেশ্যে। সেখানে সে দেশের কজন বিজনেস টাইকুনদের সঙ্গে তার মিটিং আছে। সে কাজে কোটি কোটি টাকা লাভ লোকসান জড়িত। এই মিটিংগুলো ছিল তার কোম্পানির ভবিষ্যৎ নির্ধারণে অত্যন্ত গুরুত্বপূর্ণ।

কমল পিউকে জড়িয়ে ধরেছিল, তার চোখে ছিল এক ধরণের আবেগ। সে জানতো, পিউ তার জন্য কতটা অপেক্ষা করেছে, কতটা কষ্ট করেছে। কিন্তু তার হাতে সময় ছিল না। তার ম্যানেজার, যিনি কমলের পাশে দাঁড়িয়েছিলেন, তিনি ঘড়ির দিকে তাকিয়ে অধৈর্য হয়ে উঠছিলেন। তার মুখে ছিল এক ধরণের চাপা উদ্বেগ।

অহংকার পেরিয়ে প্রেম

পিউ তখনো তার মায়ের বুকে অঝোরে কাঁদছিল। রেবা দেবী, পিউয়ের মা, তার একমাত্র মেয়েকে বিদায় দিতে গিয়ে নিজেকে ধরে রাখতে পারছিলেন না। তার চোখে ছিল আনন্দ আর দুঃখের মিশ্র অনুভূতি। তিনি জানতেন, তার মেয়ে এমন একজন যোগ্য জীবনসঙ্গী পেয়েছে, যে তাকে ভালোবাসে এবং তার প্রতিজ্ঞা রক্ষা করেছে। কিন্তু একই সাথে তার মন ভারাক্রান্ত ছিল, কারণ তার নাড়ি কাটা ধন আজ অন্যের হাতে তুলে দিতে হচ্ছে।

"মা রে, তুই চলে যাবি? আমি কীভাবে থাকবো তোকে ছাড়া?" রেবা দেবীর কণ্ঠে ছিল এক ধরণের চাপা কষ্ট।

পিউও মাকে শক্ত করে জড়িয়ে ধরলো। তার চোখেও জল এসে গেল। সে জানতো, মায়ের কষ্ট কতটা। বাঙালি সমাজে মেয়েকে বিদায় দেওয়াটা মায়ের জন্য কতটা কঠিন, তা সে বুঝতে পারছিল। "মা, আমি তো চলে যাচ্ছি না। আমি তো তোমারই মেয়ে।"

কিন্তু এই আবেগঘন মুহূর্ত বেশি সময় স্থায়ী হতে পারলো না। কমলের ম্যানেজার তাদের কাছে এসে বললেন, তার কণ্ঠে এক ধরণের তাগাদা, "ম্যাডাম? সময় হয়ে যাচ্ছে! স্যার কিন্তু আর অপেক্ষা করতে পারবেন না। এবার আমাদের আসতে হবে।"

ম্যানেজারের এই কথাগুলো পিউয়ের কানে যেন তীক্ষ্ণ তীরের মতো বিঁধলো। সে জানতো, কমলের হাতে সময় নেই। তার ব্যস্ততা, তার দায়িত্ব – সবকিছুই তার কাছে স্পষ্ট ছিল। তার মন চাইছিল মায়ের বুকে আরও কিছুক্ষণ থাকতে, কিন্তু সে

জানতো, কমলের হাতে সময় নেই। তার ভালোবাসার মানুষটি এখন তার নিজের নয়, সে এখন এক বিশাল সাম্রাজ্যের মালিক, যার প্রতিটি মুহূর্ত মূল্যবান।

পিউ সে কথা বুঝল। তার চোখে জল, কিন্তু তার মনে এক ধরণের দৃঢ়তা। সে মাকে ছেড়ে কমলের হাত ধরে গিয়ে বসল গাড়িতে। কমলের ড্রাইভার দ্রুত গাড়ির দরজা খুলে দিল, আর কমল পিউকে নিয়ে গাড়িতে উঠে বসলো। রেবা দেবী তার মেয়ের চলে যাওয়া দেখছিলেন, তার চোখে তখনো জল। তার মনে হচ্ছিলো, তার জীবনের একটি অংশ যেন তার থেকে দূরে চলে যাচ্ছে। এই বিদায় ছিল তার জীবনের সবচেয়ে কঠিন মুহূর্ত, যেখানে তার আনন্দ আর দুঃখের মিশ্র অনুভূতি তাকে গ্রাস করেছিল।

কমল পিউকে বাড়িতে তার মায়ের কাছে রেখে দিয়ে বেরিয়ে গেল অস্ট্রেলিয়ায়। তার হাতে এক মুহূর্তও সময় ছিল না। তার প্লেন ধরার তাড়া ছিল, তার মিটিংগুলো ছিল অত্যন্ত গুরুত্বপূর্ণ। তার এত বড় ব্যবসায়ী তার একটা প্রতিশ্রুতির যে ইমেজ সে ব্যবসার জগতে গড়ে তুলেছে তা কোন ভাবেই সে নষ্ট হতে দিতে পারবে না। ঠিক ঐ করণেই সে আজ পিউকে বিয়ে করতে এসেছে। তার কাছে ব্যক্তিগত সুখের চেয়ে তার ব্যবসায়িক দায়িত্ব ছিল অনেক বড়।

কমলের এই সীমাহীন ব্যস্ততা পিউয়ের মনে এক ধরণের নতুন উপলব্ধি এনে দিল। সে বুঝতে পারছিল, তার ভালোবাসার মানুষটি এখন আর কেবল তার নিজের নয়। সে এখন একজন সফল শিল্পপতি, যার জীবন কেবল কাজ আর

অহংকার পেরিয়ে প্রেম

সাফল্যের পেছনে ছুটছে। তার এই ব্যস্ততা এখন তার জীবনের একটা অনন্য অংশ। যদি সেই ব্যস্ততা তার না থাকে তখন তার জীবন যেন স্তব্ধ হয়ে গেছে বলে মনে হয়। শিখরে চড়ার নেশা, যা অন্য সব নেশার থেকে আলাদা এবং মারাত্মক।

পিউ জানতো, তার এই নতুন জীবন সহজ হবে না। তাকে কমলের এই ব্যস্ততার সাথে মানিয়ে নিতে হবে। তার মনে এক ধরণের চাপা কষ্ট ছিল বটে, কিন্তু তার বিশ্বাস ছিল অটুট। সে জানতো, কমলের এই পরিশ্রম কেবল তার নিজের জন্য নয়, তাদের ভালোবাসার জন্য। এই ব্যস্ততা ছিল কমলের সাফল্যের মূল্য, আর পিউ সেই মূল্য দিতে প্রস্তুত ছিল।

অধ্যায় ৪৭: নতুন উপলব্ধি ও ভালোবাসার জয়

ভোরের আবছা আলো তখনো পুরোপুরি ফোটেনি। ২৫শে ফাল্গুন, সেই নির্ধারিত দিনটির শেষ প্রহরে পিউ আর কমলের অনাড়ম্বর বিবাহ সম্পন্ন হয়েছিল। দীর্ঘ পাঁচ বছরের প্রতীক্ষার অবসান ঘটিয়ে কমল ফিরে এসেছিল, আর পিউয়ের বিশ্বাস জয়ী হয়েছিল। কিন্তু এই আনন্দের রেশ কাটতে না কাটতেই, কমলের সীমাহীন ব্যস্ততা তাদের সামনে এক কঠিন বাস্তবতাকে তুলে ধরলো। ম্যানেজার এসে তাগাদা দিল, আর পিউ তার মায়ের বুক থেকে নিজেকে ছাড়িয়ে কমলের হাত ধরে গাড়িতে গিয়ে বসলো।

গাড়ি যখন পিউকে কমলের বিলাসবহুল ফ্ল্যাটের সামনে নামিয়ে দিল, তখনো ভোরের আলো পুরোপুরি ফোটেনি। কমল দ্রুত পিউকে নামিয়ে, তার কপালে আলতো করে চুমু খেয়ে বললো, "আমি ফিরে আসছি, পিউ। খুব তাড়াতাড়ি।" তারপর এক মুহূর্তও দেরি না করে সে গাড়িতে উঠে বসলো, আর গাড়ি দ্রুতগতিতে এয়ারপোর্টের দিকে ছুটে চললো। তার হাতে এক মুহূর্তও সময় ছিল না। তাকে এখুনি বাড়ি পৌঁছে প্লেনে চাপতে হবে অস্ট্রেলিয়ার উদ্দেশ্যে। সেখানে সে দেশের কজন বিজনেস টাইকুনদের সঙ্গে তার মিটিং আছে, সে কাজে কোটি কোটি টাকা লাভ লোকসান জড়িত। তার এত বড় ব্যবসায়ী তার একটা প্রতিশ্রুতির যে ইমেজ সে ব্যবসার

জগতে গড়ে তুলেছে তা কোন ভাবেই সে নষ্ট হতে দিতে পারবে না।

পিউ কমলের বিশাল ফ্ল্যাটের সামনে দাঁড়িয়ে রইলো। তার চোখে তখনো জল, কিন্তু তার মনে এক ধরণের মিশ্র অনুভূতি। একদিকে কমলের ফিরে আসার আনন্দ, অন্যদিকে তার এমন দ্রুত চলে যাওয়া। ফ্ল্যাটের বিশাল দরজা খুলে গেল, আর একজন পরিচারিকা তাকে ভেতরে নিয়ে গেল। পিউয়ের চোখ ঝলমলে মার্বেলের মেঝে, ইতালীয় ডিজাইনের আসবাবপত্র, আর দেশ-বিদেশের শিল্পকর্ম দেখে মুগ্ধ হলো। এই ফ্ল্যাটটি ছিল তার কল্পনার চেয়েও বেশি বিলাসবহুল, এক রাজপ্রাসাদের মতো। কিন্তু এই বিশাল ফ্ল্যাটের প্রতিটি কোণায় যেন এক ধরণের শূন্যতা বিরাজ করছিল।

পিউকে তার ঘরে নিয়ে যাওয়া হলো। ঘরটি ছিল বিশাল, অত্যাধুনিক গ্যাজেট আর দামি আসবাবপত্রে ঠাসা। কিন্তু এই বিশাল কক্ষের মাঝে পিউ নিজেকে বড্ড একা অনুভব করলো। তার মনে পড়ছিল তার ছোট্ট ঘরটির কথা, যেখানে প্রতিটি কোণায় ছিল তার বাবা-মায়ের ভালোবাসা আর যত্নের ছাপ। এই ফ্ল্যাটটি ছিল চাকচিক্যময়, কিন্তু তার মধ্যে কোনো উষ্ণতা ছিল না।

পিউয়ের মনে এক ধরণের নিঃসঙ্গতা দানা বাঁধতে শুরু করলো। সে জানতো, কমলের এই ব্যস্ততা তার সাফল্যের মূল্য। কিন্তু তার মন মানতে চাইছিল না। সে কমলের জন্য পাঁচ বছর অপেক্ষা করেছে, তার স্বপ্ন পূরণের জন্য কঠোর পরিশ্রম করেছে। আর এখন যখন সে ফিরে এসেছে, তখন

তাকে আবার একা থাকতে হচ্ছে। তার চোখে জল এসে গেল। সে বিছানায় বসে অঝোরে কাঁদতে লাগলো। তার কান্না ছিল গভীর, যন্ত্রণাময়, যেন তার ভেতরের সমস্ত কষ্ট সেই কান্নার মাধ্যমে বেরিয়ে আসছিল। সে জানতো না, এই বিশাল ফ্ল্যাটে সে কীভাবে মানিয়ে নেবে, কীভাবে তার নিঃসঙ্গতা কাটবে।

এদিকে, কমল যখন অস্ট্রেলিয়ার উদ্দেশ্যে প্লেনে উড়ছিল, তখন তার মনে এক ধরণের অস্থিরতা কাজ করছিল। তার মন তখনো পিউয়ের কাছেই পড়েছিল। সে জানতো, পিউ তার জন্য কতটা অপেক্ষা করেছে, কতটা কষ্ট করেছে। তার মনে হচ্ছিলো, সে হয়তো পিউকে পর্যাপ্ত সময় দিতে পারেনি। তার ব্যবসায়িক ব্যস্ততা তাকে এক মুহূর্তও বিশ্রাম নিতে দিতো না, কিন্তু তার মন বারবার পিউয়ের কাছে ফিরে যাচ্ছিলো।

কমল ছিল একজন প্রযুক্তি-ভিত্তিক মাল্টি-ন্যাশনাল কোম্পানির কর্ণধার। তার ফ্ল্যাটে অত্যাধুনিক সিসিটিভি ক্যামেরা লাগানো ছিল, যা সে তার মোবাইল থেকে নিয়ন্ত্রণ করতে পারতো। প্লেনে বসেও তার মন পিউয়ের কাছেই পড়েছিল। সে তার মোবাইল বের করলো, আর সিসিটিভি ক্যামেরার ফুটেজ দেখতে শুরু করলো। সে দেখলো, পিউ তার বিশাল ঘরে একা বসে অঝোরে কাঁদছে। তার চোখে জল, মুখে গভীর বিষণ্ণতা।

পিউয়ের কান্না দেখে কমলের বুকটা যেন ভেঙে গেল। তার মনে হলো, তার সমস্ত সাফল্য, তার সমস্ত ঐশ্বর্য – সবকিছুই

যেন অর্থহীন। সে এতদিন ধরে "শিখরে চড়ার নেশা"য় বুঁদ হয়ে ছিল, কিন্তু এখন সে বুঝতে পারছিল, এই নেশা তাকে কী কেড়ে নিয়েছে। তার মনে হলো, পিউয়ের ভালোবাসা তার কাছে সবচেয়ে মূল্যবান। সে পিউকে কষ্ট দিতে চায়নি। তার মনে পড়ছিল পিউয়ের সেই কথা - "বাপের টাকায় ফুটানি মারা ছেলে ওর পছন্দ নয়। ও এমন কাউকে চায়, যে নিজের যোগ্যতায় প্রতিষ্ঠিত হবে, নিজের পায়ে দাঁড়াবে।" সে নিজের যোগ্যতায় প্রতিষ্ঠিত হয়েছে বটে, কিন্তু পিউকে সুখ দিতে পারছে না।

কমল আর এক মুহূর্তও দেরি করলো না। সে দ্রুত তার ম্যানেজারকে ফোন করলো। "আমার অস্ট্রেলিয়ার মিটিংগুলো বাতিল করো। আমি এখুনি ফিরে যাচ্ছি।" ম্যানেজারের চোখেমুখে ছিল এক ধরণের অবিশ্বাস। "স্যার, এটা কীভাবে সম্ভব? কোটি কোটি টাকার চুক্তি জড়িত!" কিন্তু কমল তার সিদ্ধান্তে অটল ছিল। "আমি যা বলছি তাই করো। আমি এখুনি ফিরে যাচ্ছি।"

কমল দ্রুত প্লেন থেকে নামার ব্যবস্থা করলো। তার মনে তখন কেবল পিউয়ের মুখ, তার কান্না। সে জানতো, তাকে এখুনি পিউয়ের কাছে ফিরতে হবে। সে দ্রুত পিউকে ফোন করলো।

পিউ যখন ফোনটা ধরলো, তখন তার কণ্ঠস্বর ছিল আবেগে রুদ্ধ। "হ্যালো?" কমলের কণ্ঠস্বর ছিল নরম, কিন্তু তাতে ছিল এক ধরণের দৃঢ়তা। "পিউ, তুমি কাঁদছো কেন?" পিউ অবাক হলো। কমল কীভাবে জানলো সে কাঁদছে? তার মনে এক

ধরণের স্বস্তি আর আনন্দ ফিরে এলো। "তুমি... তুমি কীভাবে জানলে?" "আমি সব দেখছি, পিউ।" কমল বললো, তার কণ্ঠে এক ধরণের আবেগ। "আমি জানি তুমি একা অনুভব করছো। আমি জানি আমি তোমাকে কষ্ট দিয়েছি।"

পিউ আর নিজেকে ধরে রাখতে পারলো না। তার সমস্ত আবেগ যেন বাঁধ ভেঙে বেরিয়ে এলো। "আমি খুব একা অনুভব করছি, কমল। এই বিশাল ফ্ল্যাটে আমি নিজেকে বড্ড একা মনে করছি। আমি ভয় পাচ্ছিলাম, তুমি হয়তো আমাকে ভুলে যাবে। তুমি হয়তো তোমার সাফল্যের পেছনে ছুটতে গিয়ে আমাকে ছেড়ে যাবে। আমি একটা স্বাভাবিক জীবন চাই, কমল। আমি তোমাকে চাই, তোমার ভালোবাসা চাই। আমি তোমার ব্যস্ততার সাথে মানিয়ে নিতে পারবো, কিন্তু আমি একা থাকতে চাই না।"

পিউয়ের কথাগুলো কমলের মনে এক গভীর প্রভাব ফেললো। সে বুঝতে পারছিল, পিউ কতটা কষ্ট পাচ্ছে। তার মনে হলো, সে এতদিন ধরে ভুল পথে চলছিল। সাফল্য আর অর্থ তার কাছে সবকিছু ছিল, কিন্তু এখন সে বুঝতে পারছিল, ভালোবাসার চেয়ে বড় আর কিছু নেই।

কমল পিউকে শান্ত করার চেষ্টা করলো। "পিউ, তুমি চিন্তা করো না। আমি এখুনি ফিরে আসছি। আমি আর তোমাকে একা রাখবো না।" তার কণ্ঠে ছিল এক ধরণের দৃঢ় প্রতিজ্ঞা। "আমি জানি, আমি ভুল করেছি। আমি আমার ব্যস্ততার কারণে তোমাকে সময় দিতে পারিনি। কিন্তু আমি তোমাকে প্রতিশ্রুতি দিচ্ছি, আমি সব ঠিক করে দেবো। আমি আমার

কাজ আর তোমার মধ্যে একটা ভারসাম্য আনবো। আমি ভালোবাসার জন্য আপস করবো।"

কমলের এই কথাগুলো পিউয়ের মনে এক নতুন আশার সঞ্চার করলো। তার চোখে জল ছিল বটে, কিন্তু তা ছিল আনন্দের জল। সে জানতো, কমল তাকে ভালোবাসে, আর তার জন্য সে যেকোনো কিছু করতে প্রস্তুত।

কমল দ্রুত প্লেন থেকে নেমে ট্যাক্সি নিয়ে বাড়ির দিকে ছুটে গেল, যেখানে পিউ একা আছে। তার মনে তখন কেবল পিউয়ের মুখ, তার হাসি। তার কাছে এখন তার ব্যবসায়িক সাম্রাজ্য বা কোটি কোটি টাকার চুক্তি – সবকিছুই গৌণ মনে হচ্ছিলো। তার কাছে এখন সবচেয়ে মূল্যবান ছিল পিউয়ের ভালোবাসা।

কমল যখন বাড়িতে পৌঁছালো, তখনো রাত বারোটা বাজেনি। পিউ দৌড়ে গিয়ে কমলকে জড়িয়ে ধরলো। তাদের ভালোবাসা এক নতুন দিগন্তে প্রবেশ করলো। এই মুহূর্তটি ছিল তাদের ভালোবাসার এক নীরব জয়, এক অদম্য প্রতিজ্ঞা। কমল তার জীবনের সবচেয়ে বড় উপলব্ধি অর্জন করলো – সত্যিকারের সাফল্য কেবল অর্থ বা প্রতিপত্তিতে নয়, তা লুকিয়ে থাকে ভালোবাসা, সম্পর্ক আর আত্মিক শান্তিতে। সে প্রতিজ্ঞা করলো, সে আর কখনো পিউকে একা রাখবে না, তাদের ভালোবাসার জন্য সে যেকোনো আপস করতে প্রস্তুত।

www.ingramcontent.com/pod-product-compliance
Lightning Source LLC
LaVergne TN
LVHW040432051026
849517LV00002B/563
* 9 7 9 8 2 3 1 9 9 0 1 2 2 *